Fantasy Frontier Spirit

김운영 판타지 장편 소설

흑사자
Dark
Leonal

黑獅子

흑사자 7

김운영 판타지 장편 소설

초판 1쇄 찍은 날 § 2006년 4월 20일
초판 1쇄 펴낸 날 § 2006년 4월 30일

지은이 § 김운영
펴낸이 § 서경석

편집장 § 문혜영
편집책임 § 최하나
편집 § 문정흠

펴낸곳 § 도서출판 청어람
등록번호 § 제1081-1-89호
등록일자 § 1999. 5. 31
어람번호 § 제1-0700호

주소 § 경기도 부천시 원미구 심곡1동 350-1 남성B/D 3F (우) 420-011
전화 § 032-656-4452 팩스 § 032-656-4453
http://www.chungeoram.com
E-mail § eoram99@chollian.net

ISBN 89-251-0087-8 04810
ISBN 89-5831-759-0 (SET)

7

한계를 벗어난 자

Fantasy Frontier Spirit

김운영 판타지 장편 소설

흑사자
Dark Leonal
黑獅子

도서출판 청어람

CONTENTS

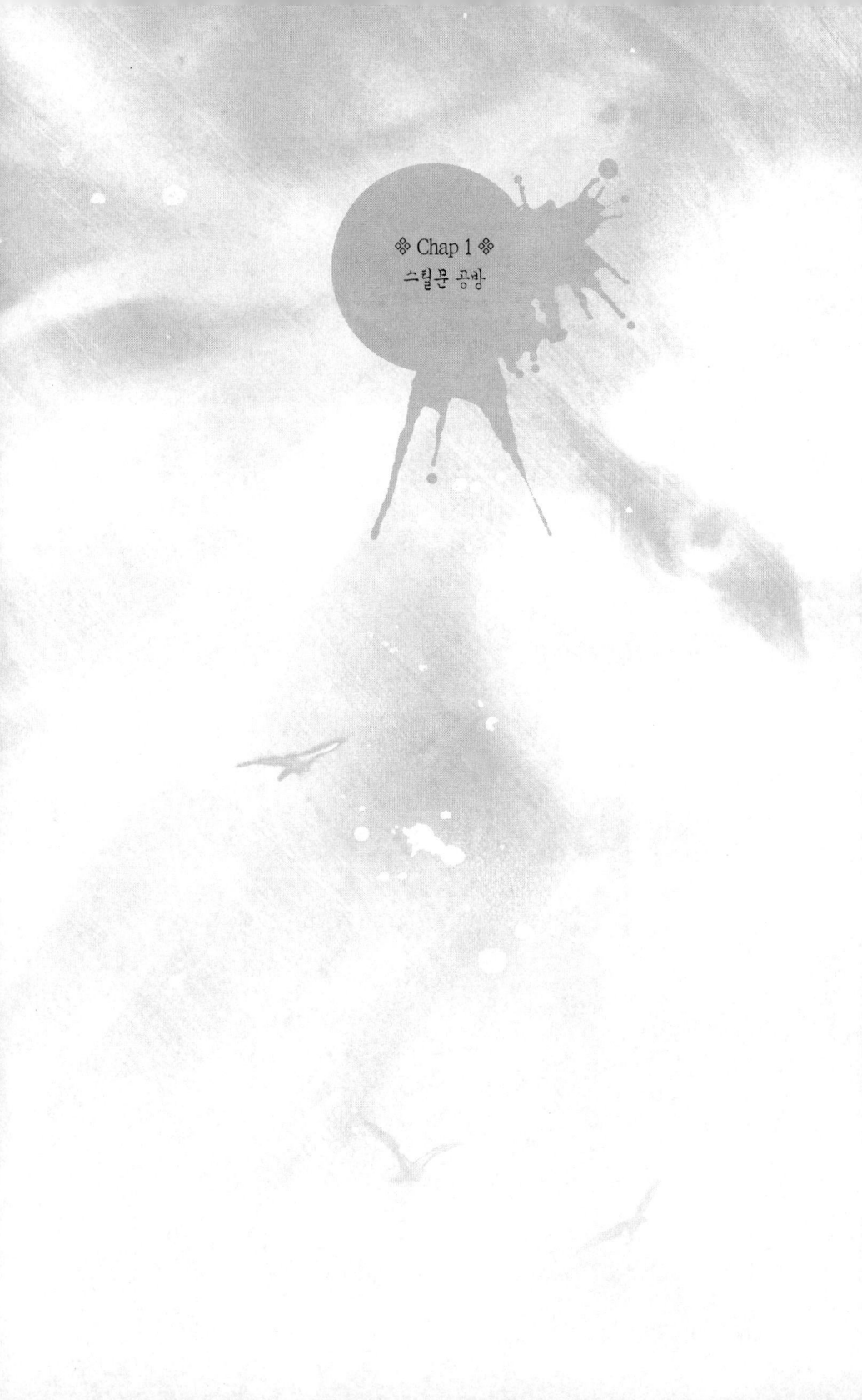

❀ Chap 1 ❀
스틸문 공방

스틸문 공방

성이 공격당한 지도 벌써 열흘이 지났다.

'정말 지옥과 같은 시간이었지!'

타로스는 날짜를 꼽아보면서 생각했다. 사실 지금 이 시간에도 달라진 것은 없었다.

주위를 둘러보니 병사들은 자신과 같은 감정을 느낄 새도 없는 것처럼 보였다. 그들은 눈앞에 닥쳐오는 적을 상대하는 데 모든 신경을 쏟아 붓고 있는 중이다.

30만의 병력을 이끌고 기세등등하게 쳐들어온 미노 군이 처음 본 것은 활활 타오르는 성벽이었다.

'흐흐, 그때는 저들도 꽤나 놀랐겠지.'

타로스는 불타오르는 성벽을 보며 놀랐을 그들을 생각하고는 슬며시 미소 지었다. 무려 3일간이나 꺼지지 않고 타오르는 불길 때문에 적들은 접근전을 시도하지도 못했다.

물론 미노 쪽에서도 성벽이 불탄다 하여 보고만 있지는 않았다. 그들은 투석기를 사용하여 성안으로 바위와 흙을 퍼붓기 시작했다. 하지만 성은 무수한 돌덩어리를 끄떡없이 받아내며 병사들을 보호했다.

미노 제국군은 모르고 있을 테지만, 이 성은 2중의 성벽을 가지고 있어 가장 안쪽에 있는 성벽까지는 돌이 날아오지 않았다.

돌의 파편에 맞아 부상을 당한 병사는 그야말로 재수가 없는 경우라 할 수 있었다. 미노 제국군이 예상했던 것처럼 심각한 피해는 일어나지 않은 것이다.

그리고 그 뒤로 다시 이틀 동안은 방어하기가 쉬웠다. 적이 해자를 메우는 시간도 시간이지만, 성벽이 달아올라 적들이 기어오를 수 없는 상태였기 때문이다.

3일 동안 불에 탄 돌은 용광로에 달군 쇠처럼 뜨겁다. 하지만 쇠와는 달리 겉으로는 전혀 달라 보이지 않기에, 후방에서 지휘하고 있는 자들에게는 조금도 문제가 없어 보였다.

결국 수백 명의 화상자를 내고 나서야 진군 중지 명령이 하달되었다. 그리고 그 명령이 실행될 때까지 또다시 수백 명의 병사들이 뒤에서 밀고 나오는 자신들의 동료에게 떠밀려 성벽에 닿아 화상을 입었다.

밀리지 않으면 쓰러지는데, 그럼 깔린다. 벽에서 느껴지는 열기에 놀라 멈췄다가 밟혀 죽은 병사들도 상당수 있었다.

하지만 그 이후에는 처절한 공방전이 계속되었다. 마키아의 분노에 찬 지휘는 미노 제국군을 모두 광전사로 만들어 버린 것 같았다. 그들은 끊임없이 성을 기어올랐다.

그때부터 가이안 군은 서서히 밀리기 시작해 어제는 성벽의 한쪽이 미노 제국군에게 점거당했을 정도였다.

다행히도 상황을 미리 예측한 타로스 부인이 대기 중인 병사들을 모두 동원하여 미노 제국군을 다시 성 아래로 쫓아낼 수 있었다.

'일단 적을 몰아낸 건 다행이지만 피해가 너무 컸어. 무엇보다 병사들의 피로가 쌓이고 있다는 것이 큰일이야.'

타로스는 병사들의 체력이 급격하게 떨어져 간다는 사실을 잘 알고 있었다. 어제의 일로 인해 그들의 피로는 더욱 누적될 수밖에 없었다.

가이안 영지에서의 수성전과 비교해 보아도 지금의 상황이 더욱 열악했다. 가능하면 교대 시간을 지켜 병사들이 휴식을 취하게 하는 것이 장기전을 버티는 기본 원칙이다. 하지만 지금은 그럴 여유가 없다.

머리 속으로는 여러 가지 생각이 오갔지만 타로스의 시선은 성벽 곳곳에서 벌어지는 전투들을 쉴 새 없이 좇아가고 있었다.

"성벽 위로 적을 올라오게 하지 마라! 아무리 힘들어도 성을 기어오르는 병사들과 싸우는 것이 성벽 위에서 칼을 맞대고 싸우는 것보다 훨씬 쉽다!"

타로스의 커다란 목소리가 다시 울려 퍼졌다.

지쳐서 조금씩 밀리던 가이안 병사들의 기세가 조금 회복되는 것이 보인다. 어제 성벽을 점령당했을 때의 절망감을 생각하자 더욱 사력을 다할 수밖에 없었다.

병사들은 어깨를 나란히 하고 서로를 의지하며 용감하게 적을 막아냈다. 그들은 정신을 번쩍 들게 하는 타로스의 우렁찬 외침에 따라 온 힘을 다해 일사불란하게 움직이고 있었다.

하지만 이 모든 노력에도 불구하고, 확실히 병사의 수가 모자란 만큼 물리적인 한계가 있었다.

오늘도 전투는 계속되고 있었다. 적은 수가 많으니 하루종일 공격해도 충분히 병사들을 차례로 쉬게 할 수 있다. 하지만 이쪽은 병사들을 쉬게 하는 것이 결코 쉽지 않았다. 위급한 상황이 오면 쉬던 병사들을 동원시켜야 하기 때문이다.

"결국 5일을 버틴 셈인가?"

타로스는 지휘를 하다가 약간의 여유가 생기자 병사들 모르게 한숨을 쉬며 중얼거렸다.

불을 지른 덕분으로 5일을 전투 없이 버텼다. 그러나 막상 전투가 시작되자 역시 마음먹은 대로는 되지 않았다. 10일 중 실제로 싸우면서 버틴 것은 5일에 불과한 것이다.

"슬슬 이 성벽도 한계인 것 같아요."

옆에서 타로스 부인이 같이 한숨을 쉬며 나직한 목소리로 말했다. 그녀의 눈에는 완전히 메워진 해자와 그 위로 모래주머니와 병사들의 시체로 성벽의 절반 이상까지 쌓아올려진 둔덕이 보였다.

결국 적병들은 성을 기어오르기가 훨씬 쉽게 되었고, 아군은 더욱 힘들게 되었다.

"젠장, 이 성벽을 쌓는 데 꼬박 1개월이 걸렸다고! 그것도 기존에 있는 것을 개조했는데도 말이야!"

타로스는 작은 목소리로 투덜댔다. 성이 완성되고 충분한 병력이 있었다면 이렇게 쉽게 위기에 빠질 성이 아니었다. 그러나 현실적으로 성은 미완성 상태이기 때문에 방어력에서 큰 차이가 났다.

애써 지은 성벽이 제 몫을 못하고 무너지게 생겼다. 타로스는 그 점이 정말로 안타까웠다.

"알아요. 당신의 새로운 성벽이었는데 말이에요."

타로스 부인은 그런 남편의 심정을 너무나도 잘 이해했다. 그녀도 이 성벽에 많은 애착을 가지고 있었기에.

"5일이나 버텼잖아요. 다 이 성벽 덕분이에요."

"그래, 버텼지."

타로스는 적의 움직임에서 눈을 떼지 않은 채 말했다. 그것은 아내에게 하는 말이라기보다는 스스로에게 하는 말이라 할 수 있었다.

대군을 상대로 5일간 버틴 성벽이다. 처음에는 3일 만에 함락될 것이라 생각하지 않았던가? 역시 전투는 실제로 해보기 전에는 모르는 것이다.

"하지만 이제 한계야. 이 성벽으로는 하루도 버틸 수 없어."

"알아요."

아내의 나직한 대답에 그는 그제야 고개를 돌려 그녀를 보았다. 피곤한 얼굴이다. 하지만 결코 전장의 공포에 잡아먹히지는 않았다. 그녀는 여전히 냉정했고, 목소리에서 느껴지는 부드러움은 평화롭기까지 했다.

미세스 타로스의 그러한 모습은 병사들에게도 늘 안정감을 준다. 연약한 여성인 그녀가 저렇게 평온한 모습으로 전장을 누비고 다니면 병사들은 또 다른 의미에서 힘이 솟는 것이다.

그것은 병사들뿐만 아니라 타로스 본인도 마찬가지였다. 아니, 사실 아내가 아니었다면 벌써 몇 번이라도 포기하고 싶었을지도 모른다.

타로스는 어느새 여유를 되찾고 감탄하듯 말했다.

"당신이야말로 정말 타고난 지휘관인 것 같군."

"흐음, 그래요? 사실 저도 그렇게 생각해요."

그녀 또한 장난스럽게 맞받아 쳤다. 지금은 초조함보다는 여유가 필요할 때이다. 지휘관의 불안감은 병사들에게 전염되기 쉽다. 부부는 그것을 알기에 지금 이렇게 서로를 격려하고 있는 것이다.

"당신이 없었다면 난 아직도 그냥 평범한 성벽지기로 남아 있었을 거야."

타로스는 말을 하면서 자기 자신을 되돌아보고 있었다. 그는 기사 출신이 아니다. 덩치가 비교적 크고 힘도 세서 할버드를 능히 사용할 수 있지만, 그건 어디까지나 병사들 수준에서의 이야기다.

일 대 일의 대결이라면 하급 기사보다도 약하다.

그런데 그런 자신이 지금은 귀족이 되어 있다. 그것도 그냥 평범한 귀족이 아니라 제국의 수도를 지키는 엄청난 임무를 가진 중요한 인물이다.

'내가 정말 내 실력으로 이 자리에 오른 걸까?'

타로스는 문득 의구심이 생겼다. 어쩌면 이 자리는 모두 아내의 덕일지도 모른다. 자신은 그저 목소리만 큰 평범한 성벽지기의 그릇이 아니었던가?

마음이 약해지면 오만가지 생각이 떠오르게 마련이다. 타로스가 막 자괴감에 빠져들려 할 때 그의 팔을 잡아오는 작지만 따스한 손이 있었다.

타로스가 자신보다 작은 체구의 아내를 내려다보며 시선을 맞추자 그녀가 입을 열었다.

"제가 지휘관의 자질이 있다고 했지요?"

타로스가 고개를 끄덕이자 그녀는 미소를 지으며 말했다.

"제가 지휘하고, 또 지휘를 받고 싶은 사람은 오직 당신뿐이에요."

그가 무어라 말하려 했지만 아내는 살짝 고개를 저었다. 아직 말이 끝나지 않았다는 뜻이기에 타로스는 기다렸다.

"제가 이 성벽을 사랑하게 된 것은 당신이 사랑하는 것이기 때문이랍니다. 그리고 당신은 자신이 사랑하는 것을 끝까지 지키는 사람이죠."

타로스는 아내의 말보다 그 눈빛에 정신이 번쩍 들었다. 그녀는 지금 말하고 있다. 성벽도, 그녀 자신도 그가 지켜야 할 대상이라고. 그리고 그가 끝까지 지켜줄 것임을 믿고 있다고.

'내가 지금 무슨 생각을 하고 있었지? 내가 지켜야 할 아내가, 성이, 부하들이 바로 여기 있는데……'

타로스는 아내로부터 시선을 돌려 다시 성벽 곳곳의 전황을 살피기 시작했다. 그리고 마침내 아내를 돌아보며 결심을 굳힌 어조로 말했다.

"이 성벽을 포기해야겠어. 뒤쪽의 지휘를 부탁할게."

"그래요. 서두르는 것이 좋겠어요."

그의 결정에 아내는 더 생각할 것도 없다는 듯 움직이기 시작했다. 그를 믿고 있는 것이다. 그리고 그것은 그가 최선의 선택을 했다고 무언으로 보여주고 있었다.

바쁘게 몇 가지 지시를 끝낸 미세스 타로스는 그의 옆을 스치듯 지나가면서 낮은 목소리로 속삭였다.

"이 세상 누구라도 저 대군을 상대로 이보다 더 오래 적을 막을 수는 없어요. 당신은 최고예요."

타로스의 입가에 미소가 떠올랐다. 할버드를 움켜쥔 그의 손에 한층 더 힘이 들어갔다. 멀어지는 아내의 뒷모습을 보면서 그는 속으로 생각했다.

'후훗, 당신은 최고의 아내요.'

타로스는 마음을 다잡으며 생각했다. 아내의 말대로 그는 최고의 수성전을 할 수 있는 사람이다. 누구보다 강력하고 훌륭한 조력자가 저렇게 자신의 옆에 있지 않은가?

끝까지 포기하지 않고 최선을 다할 수 있도록, 아내조차 훌륭한 조력자로 완벽하게 이용하여 도움받을 수 있도록 자기 자신에게 최면을 걸어야 했다.

"얼마 남지 않았다! 적들의 시체가 이미 저렇게 쌓여 있지 않은가? 북동쪽! 지금이다! 화살을 쏴라!"

지휘를 하는 그의 목소리는 여전히 활기에 차 있어서 성벽의 구석구석까지 직접 명령을 내릴 수 있었다.

*　　　　*　　　　*

"이제 며칠 안으로 성을 함락시킬 수 있습니다."

"늦다! 3일이면 함락할 수 있다고 말하지 않았나!"

부관의 말에 마키아는 호통을 쳤다. 30배의 병력으로 10일 동안이나 성을 함락하지 못한 현실을 믿을 수가 없는 그였다.

"저 성은 아직 완성도 안 된 성이다! 그런데도 아직까지 성벽을 부수지 못하다니! 이게 말이 된다고 생각하나?!"

마키아는 분을 참지 못하고 연이어 부관을 다그쳤다. 그가 흥분하면 늘 그렇듯, 붉은 머리카락은 이미 하늘을 향해 곤두서 있었다. 웬만한 무장들도 감히 대꾸도 하지 못할 기세가 전신에서 풍겨 나왔다. 하지만 정작 보고를 한 마키아의 부관은 압도되는 기색없이 낮고 침착한 목소리로 대답했다.

"성의 방어력이 상상을 불허합니다. 하지만 곧 부술 수 있을 것입니다."

마키아는 곧 함락시킬 수 있다는 부관의 대답에 확인하듯 되물었다.

"그런가?"

"네. 물론 처음보다 조금 늦긴 했지만, 이제 버틸 수 있는 시기는 지났습니다."

그제야 마키아의 머리카락이 스르르 가라앉았다. 사실 모든 작전을 결정하고 판단한 것은 마키아 본인인 만큼 부관에게 화를 낸 것은 아니다. 그저, 스스로 분을 이기지 못한 것뿐이다.

마키아의 수하 무장들 중 화가 난 그에게 접근할 수 있는 몇 안 되는 사람이 바로 지금의 부관이다.

홍염의 광전사!

마키아는 그 호칭에 부끄럽지 않은 마스터의 경지에 이른 검사이다. 거기에 개인적인 무력뿐만 아니라 군을 지휘하는 능력도 가히 발군이라 할 수 있었다.

하지만 그에 반해 성격이 급하고 화를 잘 내는 편이었다. 그러다 보니 부하를 함부로 대하고, 상당히 무리한 명령을 내리는 일도 비일비재했다. 말하자면 덕이 부족한 것이다.

그 때문에 마키아의 밑에서 완충지대 역할을 하기 위해 군부에서 특별히 냉정하고 참을성있는 보좌관을 붙여주었다.

보통의 신경으로 되는 일은 아니기에 미노 제국에서도 '생각하는 곰'이란 별명으로 불릴 정도로 인내심이 강한 자였다.

과연 그들이 같이 군을 지휘하기 시작한 이후 마키아는 거의 실수를 하지 않았고, 그들은 언제 어디서나 승승장구할 수 있었다.

마키아 스스로도 특별히 말은 하지 않았지만, 지금의 부관이 자신에게 크게 도움이 된다는 것을 잘 알고 있었다. 그런 만큼 부관의 말에는 일단 귀를 기울이고 잘 들어주는 편이다.

"하기야 땅 아래쪽까지 바위를 쌓아놓은 성이니 견고할 만도 하지."

마키아는 푸념하듯 말했다. 땅속을 파 아래쪽으로 침투하는 부대는 아직 성벽 안쪽으로 진입하지 못한 상태였다.

성벽 일대의 지표면 속에 상당량의 바위가 섞여 있어서 땅을 파는 것이 정말로 힘들다고 했다.

애초에 일주일이면 충분하다고 장담했던 지휘관은 이미 마키아에게 두들겨 맞고 막사에서 근신하고 있었다. 그것도 지휘관의 잘못이 아니라고 마키아가 인정했기 때문에 그 정도로 끝났지, 아니었다면 목을 베었을 것이다.

지금 새로 투입된 지휘관은 마키아에게 보름 정도의 시간이 걸릴 것이라고 말했다. 흙을 파는 것과 바위를 뚫는 것은 전혀 다른 이야기다. 시간적으로 열 배는 걸리지만, 그래도 병사들을 닦달하면 어떻게든 될 거라는 설명이었다.

"결국 땅속은 의미가 없었나? 젠장, 30만으로 1만이 지키는 성을 지금까지 점령 못할 줄이야……."

마키아는 기가 막혀 고개를 절레절레 저으며 중얼거렸다. 적지 않은 전쟁 경험에 성을 함락시킨 적도 몇 번이나 있었지만, 지금처럼 힘든 적은 없었다.

적 지휘관의 목소리는 이곳까지 들려올 정도로 컸는데, 그 목소리의 주인은 마키아가 감탄할 정도로 훌륭한 지휘를 하고 있었다.

그때 부관이 다시 말했다.

"성벽 전체가 파괴되기 시작한 이상, 벽에 걸려 있는 강화 마법도 곧 깨질 것입니다. 그 후에는 하루도 걸리지 않습니다."

"그건 말하지 않아도 알고 있다. 성벽도 없는데 저들이 잠시라도 버틸 수 있을 것 같나? 그냥 밟고 지나가도 이긴다."

마키아는 당연하다는 듯 그렇게 말했다. 그러면서도 기분이 풀린 듯 고개를 돌려 저 멀리 보이는 스틸문의 성벽을 바라보았다.

부관의 말대로 성벽 이곳저곳에 금이 가 있었다. 정말 징하게도 단단한 성벽이었지만 그래도 한계는 있다.

아무리 마법으로 강화를 한다고 해도 그것은 거의 대마법 공격용 강화일 뿐, 순수한 물리적인 타격에 대해서는 일정 이상의 강화는 하기 힘들다.

그렇기 때문에 성벽을 부수는 가장 확실한 방법은 바로 공성용 투석기인 것이다. 투석기의 무한 투석에 견딜 수 있는 성벽이란 존재하지 않는다. 단지 시간의 문제일 뿐이다.

그렇게 판단한 마키아는 부관에게 말했다.

"10일, 그래, 10일이면 아직 여유가 있지. 오늘이다! 오늘 밤 내로 성벽을 완전히 부숴라!"

그러면서 마키아는 비릿한 웃음을 지었다. 그의 눈에 성벽의 최후가 보이는 듯했다.

'날 고생시킨 대가로 아주 철저하게 밟아주겠다!'

분노와는 다른 섬뜩한 살기가 마키아의 몸에서 배어 나오기 시작했다.

"알겠습니다."

부관은 그 살기를 느끼면서도 여전히 침착한 목소리로 단호하게 대답했다. 그러면서도 그는 이번 적들은 어떤 경우보다 더 처참한 최후를 맞을 것이 분명하다 생각했다.

"공격을 강화하라는 명입니다. 스틸문의 성벽은 오늘 밤 내로 무너집니다."

부관이 다른 참모들에게 명령을 하달하는 소리가 들리자 마키아는 만족한 표정을 지었다.

사실 정작 명을 하달받은 참모들은 이해할 수 없다는 표정을 지었지만, 반사적으로 우렁찬 목소리로 대답했다.

'하긴, 여기서 어떻게 더 세게 공격을 하란 건지 알 수 없을 만도 하지.'

부관은 각 부대로 뛰어가는 참모들은 보면서 속으로 혀를 찼다. 미노 군은 이미 최대의 공세를 퍼붓고 있었다. 사실 이번 명령을 군이 하달한 것은 마키아가 듣게 하기 위함이었고, 그 목적은 훌륭하게 달성되었다고 할 수 있었다.

해가 지고 밤이 될 때까지 공격은 계속되었다. 성벽의 곳곳은 균열이 가고, 일부는 무너져 내리기까지 했다.

그때부터 미노 제국군은 마법사들을 이용하여 마법 공격을 가하기 시작했다. 화살과는 달리 마법은 성벽 뒤에 숨어 있는 적을 살상할 수 있다. 그중 독의 안개(Poison Fog)와 같은 마법은 특히 효과가 좋다.

"아아악!"

병사들은 자신의 몸을 덮어오는 녹색의 덩어리를 보며 비명을 질렀다.

"독 안개다! 서둘러서 정화를!"

타로스는 안색이 변해서 다급하게 외쳤다. 생각했던 것보다 적은 성질이 급한 것 같았다.

대기하던 종군 성직자들이 재빨리 앞쪽으로 달려나가며 독의 안개를 해제하는 모습이 보였다. 다행히도 그들이 제 몫을 해주어서 이번에는 그렇게까지 큰 피해를 입지 않은 것 같았다.

"더 이상은 힘들겠어요."

"알고 있어! 전원 성벽을 포기하고 후퇴한다. 서둘러라!"

아내의 말에 타로스는 약간 거칠게 반응하면서 옆쪽에 있는 전령에게 외쳤다. 상황이 급하니 말이 거칠어질 수밖에 없었다.

전령도 마음이 급한지, 즉시 손에 들고 있는 깃발을 흔들어대기 시작했다. 그와 동시에 다른 전령은 열심히 북을 쳤다. 빠른 템포로 세 번, 느린 템포로 두 번. 전격적 퇴각을 의미하는 신호이다.

"불을 질러라!"

타로스는 다시 외쳤다. 아껴두었던 기름으로 시간을 벌어야 했다.

그러는 사이 마법사들은 성의 방어 마법이 깨어진 곳을 집중적으로 노려 공격 마법을 사용하기 시작했다. 병력의 수가 30배인 만큼 마법사의 수도 30배이다.

원래는 성의 공사를 위해 초빙한 마법사들이 10여 명 있었지만, 그들은 전장에 대한 경험이 없는 자들이었기에 다른 사람들과 같이 피난시켰다.

전문적인 훈련을 받은 워 메이지(War Mage)가 아니면 전장에서는 거의 도움이 되지 못한다.

공사를 위해 온 마법사들은 주로 부여 마법을 장기로 하는 인챈터이기 때문에 성벽에 마법진을 새기는 데에는 뛰어나나 파이어 볼을 만들어내는 데에는 별로 능숙하지 못한 것이다.

결국 이쪽은 단 두 명이 남았고, 저들은 60명이 넘는다. 막아낼 도리가 없었다.

콰콰쾅!

"아아악!"

"이, 이런, 막으려 하지 말고 어서 피해라!"

타로스는 당황한 목소리로 외쳤다. 60여 명의 마법사가 일제히 마법을 사용하자 그 파괴력은 그가 상상했던 것 이상이었다. 성벽에 새겨진 방어 마법이 얼마나 고마운 것이었는가를 지금 이 순간 알 수 있었다.

"동쪽 성벽이 무너지고 있습니다!"

"불은 아직 멀었나?"

타로스는 신경질적으로 외쳤다. 단 몇 분 차이로 수십 명의 병사들이 희생되었다. 다시 몇 분이 지나면 수십 명에서 수백 명으로 희생자가 늘어날 것이다.

그러나 다행히도 타로스가 외치는 순간 성벽에서 불길이 일며 타오르기 시작했다.

콱, 화르르르륵—

"아앗! 저놈들이 또!"

불길이 치솟아오르자 외부에서 공격을 가하던 미노 제국군이 놀라 비명을 지르는 소리가 들려왔다. 지난 며칠간 잊고 있었던 불타는 성벽의 공포가 그들의 머리 속에서 다시 깨어난 것 같았다.

일단 불의 장벽이 생기면 외부에서는 안쪽을 볼 수 없게 된다. 결국 마법사들의 마법 공격도 그 정확도를 잃게 될 것이다.

"이때다! 전원 제2성벽으로 후퇴하라! 근무 교대는 제2성벽에 도착한 뒤에 한다!"

타로스는 그렇게 명령을 내리고는 바로 뒤로 돌아서 아내를 안아 올렸다.

"아, 여보!"

"급하니까 뛰자고!"

휘익, 팍!

계단을 이용하지 않고 아내를 안은 채로 바로 뛰어내렸다. 타로스가 지휘를 하던 성벽의 뒤쪽에는 그의 집이 있었다. 그 집의 지붕에 착지한 타로스는 다시 바닥으로 뛰어내렸다. 아내가 아무리 잔소리를 해도 급할 때에는 꿋꿋하게 이용을 하는 긴급 이동 경로라 할 수 있었다.

그런데 이번에는 부인까지 안고 뛰어내렸다. 지붕에서 뿌직, 하고 무엇인가 부서지는 소리가 들렸다.

"당신은 정말……."

"이번에는 정말로 급했잖아! 넘어가자고."

다다다닥!

타로스는 아내를 보고 진지한 표정으로 그렇게 말했다. 발은 여전히 멈추지 않고 뛰고 있었다.

거칠게 흔들리는 남편의 품 안에서 타로스 부인은 떨어지지 않기 위해 필사적으로 두 팔로 남편의 목을 꽉 감아 안고는 혀를 차며 말했다.

"이런 상황에서 장난을 치다니."

하지만 그녀는 마음속으로 안도했다. 방금 전 마법사들의 공격에 의한 피해를 남편이 냉정하게 받아들인 것을 알 수 있었기 때문이다. 그녀는 소리없이 웃고 있었다.

이미 제2성벽에는 휴식을 끝낸 병사들이 준비를 하고 기다리고 있는 상황이다. 지금 싸우던 병사들의 절반은 후퇴를 한 이후에는 휴식을 취할 수 있게 된다.

병사들은 그것을 알고 있었기에 더욱 필사적으로 뛰었다. 조금이라도 빨리 도착하면 그만큼 더 일찍 교대할 수 있는 것이다.

                    *   *   *

"아직 기름이 남아 있었나……!"

마키아는 이를 갈며 중얼거렸다. 하지만 소리를 지르며 분노하지는 않았다. 그때처럼 며칠간이나 태울 기름이 있을 리가 없다. 최후의 발악이리라.

"마법사들은 불을 꺼라!"

마키아는 눈을 날카롭게 빛내며 차가운 목소리로 외쳤다. 마법 방어벽이 깨진 이상 블리자드와 같은 빙계 마법이라면 불을 빨리 끌 수 있을 터였다. 기다렸다가 기름이 떨어지면 공격해도 되지만 그 시간마저도 아까웠다.

퍼퍼퍼펑!

휘이이이잉—

마키아의 그런 마음을 이해하는지 마법사들은 바로 마법을 사용했다. 냉기를 품은 얼음의 바람이 타오르는 불길 위로 불기 시작했다. 그러자 기름의 열기는 그 냉기에 대항하여 더욱 거세게 타오르기 시작했다.

성벽 전체에 불이 붙은 이상, 아무리 마법이라고 해도 단번에 끌 수는 없었다. 하지만 마키아의 의도대로 불을 빨리 끄는 데에는 충분한 역할을 했다.

5분도 지나지 않아서 성벽이 드러나고, 다시 5분쯤 지났을 무렵에는 성벽이 차갑게 식었다.

"이때다! 전원 돌격한다!"

마키아는 신이 나서 외쳤다. 애를 태우며 고대하던 순간인 만큼 기쁨의 감정을 조금도 숨기려 하지 않았다.

각 부대의 지휘관들도 이때가 기회라는 것을 잘 알고 있었기에 호통을 쳐가며 부하들을 독려했다.

병사들은 모두 사다리와 갈고리 밧줄을 이용해 성을 기어오르기 시작했다. 조금 전까지 필사적으로 방어하던 성의 수비병들은 더 이상 그들을 방해하지 않았다.

마법사들도 계속해서 마법을 날렸다. 그들이 노리는 부분은 주로 균열이 생겼거나 무너지기 시작한 곳이었다. 균열은 점점 커지고, 무너지는 곳은 더욱 많아졌다.

얼마 안 있어 수천 명의 병사들이 성벽 위로 기어올라 갔다. 아직 성벽 밖에 있는 병사들은 그 모습에 크게 함성을 질렀다. 그들은 이미 승리했다는 기분에 휩싸인 듯했다.

그러나 정작 성벽 위로 올라간 병사들은 안색이 변해 성 안쪽을 보았다. 곧 그들의 얼굴에 멍한 표정, 허탈한 감정이 나타났다.

"뭣들 하나! 어서 남은 성문을 열어라!"

바깥쪽에서 소리치는 부대장들의 목소리에 그들은 퍼뜩 정신이 든 듯 고개를 돌려 외쳤다.

"부대장님! 성 안쪽에 물이 있습니다!"

"뭐라고?"

그제야 지휘관들은 성벽 위에 저항하는 적의 병사들이 없다는 것을 깨달았다.

"무슨 일이냐? 적은? 상황을 보고하라!"

"일단 성문을 열어!"

여기저기서 외치는 소리가 들렸다. 병사들 중 일부는 그 목소리에 따라 되는 대로 성벽의 안쪽으로 내려가 문 쪽으로 달려갔다.

반면에 다른 병사들은 다시 소리를 질러 그들이 보고 있는 것을 아래쪽의 부대장들에게 자세히 설명하려 하였다.

"그러니까요! 앞에 또 다른 성벽이 있습니다! 그리고 그 앞은 물이고요! 예, 물 말입니다. 아니요! 마시는 물이 아니고 헤엄치는 물!"

놀란 병사들로서는 정말로 필사적인 설명이었다. 그러나 수천 명의 병사들이 움직이는 상황이기 때문에 병사들의 목소리는 이리저리 얽혀서 잘 전달되지 않았다.

사실 눈으로 보기 전에는 믿기 어려운 광경이라고 할 수 있었다. 부대장들은 화난 목소리로 잔말 말고 시키는 대로 하라며 외쳤다.

그러는 사이에도 병사들은 계속해서 성벽을 기어오르고 있었다. 그들이 받은 명령은 바로 무조건 돌격이었기 때문에 본대의 명이 없는 이상 계속해서 실행해야만 하는 상황이었다.

"뭔가 이상합니다."

부관의 말에 마키아는 별로 기분이 좋지 않은 듯 인상을 찡그리며 대답했다.

"그렇군. 안쪽에 또 다른 성벽이 있는 것 같은데?"

"그럴 겁니다. 거대한 성이니까요."

"그럼 또 며칠을 지체해야 한단 말인가?"

신경질적인 목소리. 부관은 그 목소리에서 마키아의 인내심이 이미 한계에 달했음을 느낄 수 있었다.

"그렇지는 않을 겁니다. 아무래도 안쪽 성벽은 방어력이 약할 테니까요. 또 성을 짓기 시작한 지 얼마 되지 않았으니, 제2성벽이 있다고 해도 완벽하지는 않을 것 같습니다."

"그런가? 확실히 그렇겠군."

부드득!

마키아는 이를 갈며 말했다. 어쩐지 적들의 저항이 없다고 했더니 안쪽 성벽으로 이동한 모양이다. 불을 지른 것은 그 시간을 벌기 위해서일 것이다. 멋지게 당한 셈이다.

하지만 그것이 무슨 상관인가? 마법사를 동원해서 건축을 돕는다고 해도 보통 성의 공사는 1, 2년은 걸리는 것이 상식이다.

기존의 성벽을 이용해서 지었으니, 외벽은 빠른 기한 내에 어느 정도라도 지을 수 있었을 것이다. 하지만 내벽은 원래 없었던 부분인 만큼 마법 방어진이나 제대로 새겨져 있는지조차 의심스러웠다.

"좋아, 기껏해야 하루 이틀이겠지."

마키아는 더 이상 화를 내지 않았다. 다만 그의 머리카락이 그의 오러의 힘으로 거꾸로 치솟아올라 글자 그대로 불꽃처럼 하늘을 향해 쉬지 않고 흔들리고 있었다.

최후의 최후까지 포기하지 않고 저항하는 적들은 그의 속을 완벽하게 뒤집어놓았다.

마키아는 살기 띤 시선을 성벽에 고정시킨 채 부관에게 명했다.

"항복은 인정하지 않는다. 한 놈도 남기지 않고 모두 죽여라!"

"알겠습니다."

부관은 조금도 머뭇거리지 않고 마키아의 말을 받았다. 그도 사실 지난 10일간 마키아의 짜증을 받아주느라 인내심의 한계를 느끼고 있었다.

그런데 그때, 성벽에서 이변이 일어났다.

콰콰콰쾅!

"뭐냐? 무슨 일이 일어난 거냐!"

마키아는 비명을 질렀다. 눈앞에서 벌어진 일을 믿을 수 없었다.

"서, 성벽이!"

부관도 당황해서 말을 잇지 못했다. 상상도 해본 적이 없는 일이었기에 미쳐 날뛰고 있는 마키아를 말릴 생각도 못했다. 그도 같이 날뛰고 싶었다.

성벽이 터져 버렸다. 지축을 울리는 굉음과 함께 그 거대한 성벽이 산산조각이 나서 앞쪽에 몰려 있는 병사들을 덮친 것이다.

성벽을 이루고 있던 바위들은 모두 마법의 불덩어리와도 같았다. 그것에 맞은 병사들은 형체도 찾기 어려울 정도로 부서져 재가 되었다.

성벽 위로 올라가 있던 병사들은 말할 필요도 없다. 그들의 몸이 어디에 있는지 찾으려 해도 찾을 수 없을 것이다.

단번에 1만이 훨씬 넘는 사상자가 발생했다. 다행히 죽음을 피한 자들도 크고 작은 상처를 입고 쓰러졌다. 뒤쪽에 있던 자들은 눈앞에 펼쳐진 지옥도에 질려 몸을 움직이지도 못했다.

병사들의 움직임이 멈추자 밤의 어둠이 그들의 흥분한 머리 위로 드리웠다. 시원한 바람이 목에 흐르는 땀을 식혔다.

조금 전까지 목이 터져라 소리를 질러도 잘 들리지 않던 그 소란했던 전장이 지금은 조용했다. 오직 신음과 울음소리만이 밤의 적막을 깨고 구슬프게 울려 퍼졌다.

"이럴 수도 있는 거냐?"

정신을 차린 마키아는 즉시 가장 가까운 마법사에게 뛰어가서 물었다.

그는 흥분도 잘하지만, 흥분한 상황에서도 항상 머리 한구석으로는 냉정한 이성을 유지한다. 가슴속은 미칠 것 같이 화가 나 지금이라도 입으로 불을 뿜어낼 것처럼 뜨거웠지만, 지휘관의 자리가 그를 오히려 냉정하게 만들었다.

"있을 수 없습니다. 적어도 8서클 마법진이 열 개 정도 작동하지 않으면 불가능합니다."

"8서클이라고! 웃기지 마라!"

마키아는 눈을 부라리며 호통을 쳤다.

8서클 마법사가 세상에 어디 존재한단 말인가? 현재 대륙에서 가장 강력한 마법사는 미노 제국의 궁중 마법사인 노르먼 백작이다.

그는 7서클 마스터이고, 어쩌면 8서클의 마법을 한두 개 정도 쓸 수 있을지도 모른다고 알려져 있다.

유일하게 마법으로 마스터와 어깨를 견줄 수 있는 자인데, 그라고 해도 절대 지금처럼 성벽을 통째로 터뜨릴 수는 없을 것이다.

"보시면 알겠지만, 저게 마법이라면 정말로 그 정도의 힘이 필요합니다!"

마법사는 억울하다는 듯 외쳤다. 장군이 묻기에 성심성의껏 대답했는데, 돌아온 것은 호통뿐이다. 마법사의 자존심을 걸고 상당히 억울했다.

"으음, 설마 적에게 8서클 마법사가 있단 말인가? 성벽에 8서클 마법진을 설치하여 비상시에 발동할 수 있도록 했다고?"

"그것밖에는 생각할 수 없습니다. 이론적으로 8서클의 익스플로전 마법을 성벽의 돌에 걸어두면 저런 효과가 납니다."

"익스플로전……."

마키아는 결국 눈앞에 벌어진 현실을 받아들이기로 했는지 몇 번이나 마법사가 말한 마법의 이름을 입속으로 중얼거리기 시작했다. 그러다가 어느 순간 그대로 앞으로 쏘아져 나가며 전신의 오러를 모아 외쳤다.

"계속 밀어붙여라! 적의 계략에 빠져 희생된 동료들의 복수를 한다!"

위이이잉—

붉은 오러가 그의 검을 타고 흘러나왔다. 높이 치켜든 검은 어두운 밤의 전장에서도 선명하게 보였다.

이윽고 마키아는 앞쪽에 위치한 부대에 있는 말들 중에서 되는 대로 하나를 잡아 타고 돌진하기 시작했다.

히히히히힝!

크게 울부짖는 말의 울음소리에 병사들의 시선이 집중되었다.

그 모습을 본 마키아의 부관은 급히 옆에 있던 병사에게 말했다.

"함성을 외쳐라! 장군께서 직접 나가신다!"

"옛!"

"와아아아아아아!"

마스터의 출진이다. 막대한 희생에 놀란 병사들이 자신들의 가슴속에서 피어오르던 죽음의 공포를 잊기 위해 뒤쪽에서 들려오는 함성에 동조하기 시작했다.

그리고 그 함성에 부응하기라도 하듯 마키아가 검을 들고 돌진하는 뒤쪽으로 기사단이 따르기 시작했다. 피의 독수리(Bloody Eagle) 기사단, 마키아가 단장으로 있는 제국 4대 기사단 중 하나로 최고의 정예였다.

두두두두두—

말들이 땅을 박차 지표면을 울렸다. 그 진동과 마키아의 검에서 나오는 오러는 병사들의 용기를 북돋아주었다.

함성은 더욱 커졌다. 그들이 나선다는 것은 승부를 결정짓겠다는 의지와도 같았기 때문이다.

방어력이 약한 성을 힘으로 부수겠다는 것인가? 안쪽에 성벽이 남아 있다고 했는데 기마 돌진을 하다니?

병사들은 좌우로 갈라서서 그들이 지나가는 모습을 보았다. 그리고 그 뒤를 따라 다시 전진하기 시작했다.

"멈추지 마라! 계속 돌진한다!"

마키아는 다시 외쳤다. 병사들의 사기가 되살아나는 것을 느낄 수 있었다.

그들을 다시 움직이게 하기 위해 스스로 가장 앞으로 나섰다.

멈춘 자들이 움직이게 하는 데에는 시간이 걸린다.

그것을 줄이기 위해 이런 퍼포먼스를 했다. 맹장이 군을 지휘하는 요령이다.

물론 두 번째 성벽을 부수고 안까지 돌진할 수는 없다. 성벽의 앞쪽에서 멈출 생각이었다.

하지만 일단 움직이기 시작한 병사들은 그대로 전진을 계속할 것이다. 대군이란 일단 움직이기 시작하면 쉽게 멈출 수 없는 존재이기 때문이다.

멈추면 뒤에서 밀고 들어오는 병사들에 의해 깔린다.

곧 병사들은 성벽을 넘어 걸리는 모든 것을 집어삼킬 수 있을 것이다.

그러나 마키아의 생각은 첫 번째 성벽이 있던 자리를 넘어서는 순간 완전히 사라져 버렸다.

"워워!"

히히히히힝!

그는 급히 말을 멈추고 안쪽에 보이는 두 번째 성벽과 그 앞을 보았다.

첫 번째 성벽의 자리가 약간 높게 되어 있어 멀리서는 볼 수 없었던 모습이 완전히 보였다.

"어떻게 이런 일이!"

마키아는 허탈한 심정을 감추지 못하고 중얼거렸다.

그의 눈앞에는 넓은 해자가 모습을 드러내고 있었다. 처음 성을 공략하기 시작했을 때 메웠던 해자와 거의 비슷할 정도로 넓어 보였다. 마치 첫 성벽과 해자가 다시 모습을 드러낸 것 같았다.

그리고 그 뒤로 보이는 성벽! 그 위에 수백 개의 깃발을 날리며 서 있는 적들은 전혀 사기가 떨어지지 않았고 여전히 당당해 보였다. 그 모습에서 마키아는 그들이 자신을 비웃고 있다고 느꼈다.

이를 갈며 분해했지만, 아무리 마스터라고 해도 수십 미터의 해자를 넘어서 성벽 위에 있는 병사들을 공격할 수단은 없었다. 그저 멍하니 서 있을 뿐이었다.

그사이 다른 병사들도 첫 번째 성벽을 넘어서서 그 광경을 보고는 기겁해서 멈추려 했다. 하지만 뒤에서 밀어붙이는 자들에게는 앞쪽이 보이지 않는다.

"어어어! 밀지 마!"

"멈춰! 멈추라고!"

필사적으로 제자리에서 버티려고 하지만, 어느새 밀집된 대열은 엄청난 압력으로 전면의 병사들을 밀었다.

밤에 갑옷을 입은 채 물에 빠지면 살아남기 어렵다는 것을 잘 아는 병사들은 죽음의 공포에 떨며 계속 소리를 질렀다.

그들의 비명 소리를 들은 마키아는 신경질적으로 고개를 획, 돌리며 전력으로 외쳤다.

"멈춰라!"

멈춰라, 멈춰라, 멈춰라!

밤의 대기에 그의 목소리가 퍼져 메아리가 되어 돌아왔다. 그 정도로 그의 목소리는 컸다, 전진하던 병사들이 모두 놀라서 일제히 정지할 정도로.

휘이이잉—

밤바람은 여전히 시원했다. 낮의 무더위를 조금은 잊게 해주는 고마운 바람에 몸을 맡기고 병사들은 어쩔 줄 몰라 했다. 다시 명이 떨어지기 전까지는 움직일 수 없었다.

마키아는 크게 한숨을 쉬고는 뒤에서 다가오는 부관에게 말했다.

"일단 군을 물려라. 다시 시작한다."

그것은 마키아가 스틸문의 성을 공격하기 시작한 이후 처음으로 한 후퇴 명령이었다.

*　　　*　　　*

"적이 물러가네요. 다행이에요."

"지금은 밤이니까. 내일부터 시간을 들여 해자를 메우려 하겠지."

"그럴 거예요. 아무튼 오늘은 좀 쉴 수 있겠군요."

"하하하, 이제 쉬어야지."

타로스는 기분 좋게 웃었다. 자신의 애정이 깃든 성벽을 날려 버린 것을 잊기 위해서 더욱 크게 웃었다.

비록 성벽 하나를 포기하고 내준 셈이지만, 오히려 병사들의 사기는 높아졌다. 적이 크게 한 방 먹은 것을 보았기 때문이다.

"내일부터가 큰일이네요."

타로스 부인은 가볍게 한숨을 쉬며 말했다.

"염려 마시오. 이 성벽은 첫 번째 성벽과 거의 비슷할 정도로 견고하오. 그리고 이쪽에는 성벽을 폭파시키는 마법진은 설치되어 있지 않지만, 적병들은 그걸 모르니 공격을 할 때 약간은 조심스러워할 테니 훨씬 기세가 약해질 거요."

"그러면 얼마나 좋을까요? 그래도 다행히 두 번째 성벽이 완성된 상황이어서 싸울 만은 하겠네요."

타로스 부인은 미소를 지으며 말했다.

그녀의 말대로 두 번째 성벽은 이미 완성되어 있었다. 스틸문에서 공사를 시작한 것은 얼마 안 되지만, 그전에 헬룬에서의 준비가 완벽했기 때문에 공사의 시간을 몇 배나 단축할 수 있었다.

성벽의 돌 중 대부분은 하이번이 지난겨울부터 헬룬 내에서 비밀리에 만들어둔 돌들을 옮긴 것이다. 그러므로 실질적인 공사 기간은 반 년이 훨씬 넘는다고 할 수 있다.

그리고 그때 만들어진 돌 중에는 마법진이 새겨진 돌들도 다수 있었다.

공사 중에는 그 마법진과 연동이 되는 보조 마법진만을 새겨 넣는 것으로 충분했다. 그들이 만들어놓고도 그 효과에 놀란 최후의 파괴 마법진은 마법사들이 보고 눈물을 흘리며 감동했을 정도다.

하이번은 그것을 제국의 힘이라고 말했다. 또한 마법사들에게는 흑사자가 대륙을 떠돌다가 우연히 얻은 고대 마법사의 연구실에서 나온 스크롤로 만든 것이라고 설명했다.

그의 설명에 마법사들은 두 눈을 반짝반짝 빛내며 제국을 위해서 충성을 맹세했다.

그들에게는 흑사자가 발견한 마법사의 연구실이 새로운 생의 목표가 되었다. 적어도 8서클 마법 스크롤이 쌓여 있는 연구실! 그것은 바로 현존하는 꿈이었다.

그 10장의 8서클 스크롤을 위해 하이번이 티모라에게 얼마나 애원을 했는지는 아무도 모를 것이다.

그가 티모라에게 비밀리에 약속한 것은 다른 사람이 알면 반역죄로 하이번을 고발할 정도의 것이었다.

하지만 하이번은 이번 전투에서 이 상황을 예상했기에 미리 이런 장치를 하게끔 설계했다. 티모라와 계약까지 하면서 말이다.

대륙에 흑사자가 고대 마법사의 연구실을 발견했다고 선전하기 위해서! 그럼으로써 모든 마법사의 이목을 가이안 제국에 돌리기 위해서!

스틸문의 성을 사석으로 쓰는 상황에서 조금이라도 그 상황을 이용하려는 하이번의 필사적인 노력의 결과라 할 수 있었다.

그런 상황이기 때문에 사실 성벽의 공사에 마법사는 그렇게 많이 필요하지 않았다.

그럼에도 불구하고 마법사가 10여 명이나 온 것은 바로 해자를 만들기 위해서이다. 땅을 파는 마법으로 매일같이 성벽의 주변을 파는 것이 마법사들이 하는 가장 주된 일이라 할 수 있었다.

3중의 성벽과 2중의 해자를 가진 거성이다.

수백 년 동안 지어진 적이 없는 구조를 하이번이 몇 가지 아이디어를 내어 단계별 건축 방법을 사용, 기본이 되는 성채를 먼저 짓고 그 뒤에 점점 확장할 수 있도록 했다.

아무래도 위험한 전방이니 언제라도 적의 침입에 대비해서 싸울 수 있어야 한다는 것이 하이번의 설명이었는데, 확실히 그의 말대로였다.

하지만 세 번째 성벽은 아직 짓지 못했다. 두 번째 성벽이 바로 그들에게 남겨진 최후의 보루인 셈이다.

"어쨌거나 이만 쉬시오. 내일부터는 제대로 잠을 자기 힘들 것 같소."

타로스는 아내를 보며 그렇게 말했다. 아내의 얼굴을 보니 밤에도 알아볼 수 있을 정도로 피부가 거칠어져 있는 것이, 피로가 극에 달한 것 같았다. 그러고 보니 어제도 그녀가 잠을 자는 것을 보지 못했다.

"알았어요. 오늘 자둬야 내일 잘 싸우겠죠."

타로스 부인은 순순히 고개를 끄덕이고는 성벽 안쪽에 있는 숙소로 향했다.

원래 살던 집은 이미 성벽의 폭발에 휩싸여 흔적도 없이 사라졌기에 장교용 숙소 중 하나에 임시 거처를 정했다.

아쉬운 일이지만 어쩔 수 없는 일에 마음을 두는 성격이 아니기에 타로스 부인은 조용히 숙소로 돌아가 그대로 잠을 청했다. 그녀의 머리 속에는 내일부터 어떻게 남편을 도와 싸울 것인가에 대한 것으로 가득 차 있었다.

타로스 역시 내일의 생각으로 고민했다.

'앞으로 5일인가? 아니면 더 버틸 수 있을 것인가?'

냉정하게 생각해 보니 5일이 한계인 것 같았다. 첫 번째 성벽보다 길게 버틸 가능성은 아주 적기 때문이다.

하지만 타로스는 곧 고개를 저었다.

'한 달이다! 이번에는 돌덩이 하나하나에도 집중을 하자. 적도 이제는 투석기를 마음대로 쓸 수는 없게 될 테니까.'

타로스는 하늘에 떠 있는 달과 해자에 비치는 달을 번갈아 보면서 자신이 아는 하늘과 땅의 모든 전술에 대해 다시 한 번 생각하기 시작했다.

아군이 온다고 해도 한 달은 걸린다. 미노 제국군은 절대로 허용하지 않겠지만, 타로스는 죽어도 한 달은 버티고 죽겠다고 결심했다.

❖ Chap 2 ❖
타로스의 외침

타로스의 외침

날이 밝자마자 미노 제국군은 성의 해자를 메우기 시작했다. 가이아 군은 그들에게 쉬지 않고 화살을 날렸지만, 타워 실드로 방어벽을 쌓고 작업하는 그들에게 큰 피해는 줄 수 없었다.

타로스는 그 모습에서 미노 제국군이 공격을 서두르지 않고 철저하게 준비를 갖춘 후에 맹공을 가하려는 의도임을 알 수 있었다. 이것은 미노 제국군이 타로스와 스틸문의 수비병들을 더 이상 얕보지 않는다는 증거라 말할 수 있었다.

"좋지 않군."

"그러게요."

타로스가 인상을 쓰며 중얼거리자 부인도 동조했다.

"일단은 병사들이 휴식을 취할 수 있으니 좋지만, 전투가 시작되면 어제보다 훨씬 더 위험하게 될 거야."

타로스는 그렇게 말하며 손을 들어 궁수들을 물러서게 했다. 해자를 메우는 작업을 적극적으로 방해하지 않고 효율적으로 시간만 끌도록 할 생각이었다.

"일단 해자가 이틀 정도는 시간을 벌어줄 거야. 전투는 그 뒤에 벌어지겠지."

타로스는 변명을 하듯 말했다. 그는 이번에 전투가 벌어지면 일주일 이상 버티기는 힘들다 생각하고 있었다.

"끝까지 버티면 어떻게든 될 거예요."

타로스 부인은 남편이 또다시 의기소침해지지 않도록 부드러운 말로 위로했다. 하지만 그녀도 더 이상 한 달을 말하지는 않았다. 사실 애초에 그녀가 계산하기에도 20일 정도가 한계였다. 남편은 그것을 그 이상으로 확실하게 해내었다.

이 정도면 되지 않겠는가? 그런 생각이 들었다. 그러나 곧 그녀는 미소를 지었다. 남편에게 절대로 절망하지 말라 하고는 정작 자신은 한계를 생각하고 있었다니?

순간적으로 흔들린 속내를 감추기 위해 타로스 부인은 약간 강한 어조로 다짐하듯 말했다.

"설령 내일 함락당하는 한이 있더라도 오늘은 막아야 해요."

타로스 역시 무겁게 고개를 끄덕이며 대답했다.

"옳은 소리요. 가이안 출신이 얼마나 독한지 내가 저놈들에게 보여줄 거요."

그가 말하는 가이안은 과거의 자작령을 의미한다. 비록 레오가 황제가 되어 그 밑에 수많은 신하가 생겨났어도 처음 영지에서부터 그에게 충성을 맹세했던 자들은 각별한 자부심을 가지고 있었다.

타로스 역시 레오의 신하가 아닌 부하라는 의식이 강하기에 그를 위해서 움직이는 데에는 조금의 거리낌도 있을 수 없었다. 레오가 황제가 아니라 산적이라고 해도 그는 레오를 따랐을 것이다.

"나는 레오 공자님의 성을 지킨다. 그분이 오셨을 때 언제라도 문을 열어드릴 수 있도록."

타로스는 지난 십여 년 동안 입버릇처럼 말해왔던 말이다. 그렇기에 마음속으로 레오가 지원병을 이끌고 올 때까지 절대로 적에게 이 성을 내주지 않겠다고 결심했다.

"후우, 좋아. 현실을 직시해야겠지."

타로스는 상념에서 벗어나 적의 후방을 살폈다. 후방의 움직임을 살피면 적의 다음 공격 방법을 예상할 수 있기에 지휘관은 항상 전방과 후방을 같이 봐야 한다.

공성차가 서서히 접근하고 있었고, 기마병은 완전히 뒤로 빠져서 안전한 장소에서 휴식을 취하는 중이었다. 그들은 조금도 움직일 기색이 없었다. 당연하다면 당연한 움직임이다. 공성전이니까.

'흠, 궁수들의 위치가 애매하군.'

타로스는 고개를 갸웃하며 손으로 턱수염의 아래쪽을 문댔다. 적극적으로 공격에 가담할 수도 있고, 후방에서 대기할 수도 있는 위치이다.

어중간하기 때문에 그들도 제대로 휴식을 취할 수는 없다. 전투가 시작되면 상황에 따라 응용하려는 생각일까?

'전법이 바뀐 건가? 적장은 완전히 멧돼지 같은 맹장 타입이라고 생각했는데, 의외로 결정적인 순간에는 참을 줄도 아나 보군.'

그렇다면 일이 더욱 힘들어진다. 타로스는 고개를 살짝 숙이고 고민에 빠졌다. 그리고는 곧 고개를 돌려 아내에게 말했다.

"아무래도 저놈들이 계략을 쓸 것 같은데? 머리를 굴리는 소리가 들려."

"그럴지도 모르지요. 힘으로 하다가 한 번 실패를 했으니까요."

"이 상황에서 쓸 수 있는 계략이란 게 뭘까?"

"여러 가지가 있지요. 당신도 다 알지 않나요?"

"응, 그런데 적이 무엇을 쓸 것인지는 잘 모르겠어. 적장이나 그 참모진의 수준이 전혀 가늠이 안 되거든. 지금까지는 워낙 저돌적이어서 말이야."

"푸훗, 확실히 그렇네요. 계략을 쓰는 걸 본 적이 없으니 말이에요."

"적장이 마키아라고 했지?"

"예. 들리는 소문에는 미노 제국의 프라임 나이트이자 홍염의 광전사라는 별명으로 불린다고 했어요."

"딱 어울리는 별명이구만. 그런 자가 이제 와서 무슨 계략을 꾸밀까?"

"어떤 사람도 머리를 쓸 수는 있어요. 단지 그게 상대에게 얼마나 먹히는가는 또 다른 문제이지요."

"그래서?"

"생각해 보니 지금까지 적들이 투석기로 쏜 흙주머니 말이에요."

"응."

"거기에 검은 흙이 섞여 있었던 것 같아요."

"오호!"

타로스는 알았다는 듯 고개를 끄덕였다.

검은 흙! 그것이 의미하는 바는 컸다. 원래 이 일대에는 검은 흙이 없기 때문이다. 그것을 얻을 수 있는 곳은 단 한 곳, 적은 지금 그곳을 파고 있는 것이다.

"그렇다면 그놈들은 단순히 땅을 파 흙주머니를 만드는 게 아니라, 땅굴을 파 성안으로 진입하려 하는 거군?"

"그렇지요. 그걸 대비해서 당신이 성벽 기초 공사를 할 때 해자 아래쪽에 바위와 검은 흙을 깔아놓은 거잖아요."

"맞아, 맞아. 내가 해놓고도 정작 발견하지 못했다니, 난 바본가 봐."

"항상 성 밖만 살피고 계시니까요. 안쪽은 제가 봐야죠."

"하하하, 그렇지. 당신은 항상 내가 안 보는 쪽을 봐주거든."

타로스는 크게 웃었다. 적이 왜 갑자기 맹공을 멈추고 차분하게 공격을 하려고 하는지 알 것 같았다.

시간적으로 땅속으로 침입하는 자들이 더욱 빠르게 성안까지 침입할 수 있다고 판단했으리라.

지금 땅 위에서 싸우는 것은 일종의 바람잡이와 같다. 그렇기에 무의식적으로 피해를 줄이려는 마음이 작용했을 것이다. 지금 미노 제국군의 주력은 바로 땅 아래쪽으로 접근하고 있다고 봐야 했다.

"뭐, 그 정도야 계략이라고 할 것도 없지. 완전히 매뉴얼대로군."

"뛰어난 전술을 구사할 정도면 광전사라는 별명이 붙겠어요? 그래도 생각하는 광전사 정도는 되어야지요."

"맞아, 휴케바인 경처럼 말이야. 하하하!"

휴케바인의 또 다른 별명이 바로 사색하는 오우거다. 그가 상당히 약삭빠르고 머리가 좋다는 것을 아는 사람은 그를 그렇게 부른다. 타로스는 아내에게 농담을 던지고는 다시 의미심장하게 웃으며 말했다.

"그럼 우리도 매뉴얼대로 방어를 해야겠군. 식수는 확보되어 있지?"

"그럼요. 100만이 살아도 충분히 사용할 수 있는 식수원이 있으니 제국의 수도로서 선택된 거잖아요. 물은 얼마든지 있어요."

"그렇지. 놈들에게도 그걸 알려주자고."

그들 부부는 앞으로 다가올 처절한 전투에 대한 비장한 심정을 잠시나마 잊고, 적에게 한 방 먹일 생각에 빠져 열심히 상의하기 시작했다.

*   *   *

미노 제국군은 3일에 걸쳐 차근차근 준비를 하고 나서 공격을 시작했다. 일단 준비가 철저하니 공격하는 쪽의 피해도 적고, 가장 효율적으로 공격을 가할 수 있었다.

그에 따라 그들은 수성을 하는 가이안 군을 끊임없이 압박할 수 있었다. 그러나 그들에게 이전과 같은 광기는 없었다.

반면에 타로스가 이끄는 가이안 군은 여전히 냉정하게 대처해 나갔다. 지휘관에 대한 믿음으로 밀리는 상황에서도 절대 불안해하지 않고 차분히 명령에 따랐다. 단지 전투가 밤과 낮을 가리지 않고 계속되는 것이 힘들 뿐이었다.

마치 연극을 하는 것처럼 적은 조금씩조금씩 다가오고, 성벽의 수비병들은 그에 따라 약간씩 물러나는 형국이었다. 정공법의 교본을 보는 것과 같이 전형적인 공성전이라고 할 수 있었다.

그런 식으로 3일이 지나자 제2성벽의 몇몇 부분에는 균열이 일어나 방어력이 현저하게 떨어지게 시작했다. 하지만 그래도 아직은 가이안 쪽도 지치지 않았기에 충분히 싸울 수 있었다.

그러나 그 전투는 사실상 눈속임에 불과했다. 수천 명이 동원된 땅굴은 이제 2차 해자의 아래를 꿰뚫고 거의 성벽에까지 도달한 상태였다.

하루나 이틀 안으로 적의 허를 찔러 성 안쪽으로 특공대를 투입할 수 있는 상황인 것이다.

"기사단을 투입한다."

마키아는 당연하다는 듯 말했다.

"어느 기사단 말입니까?"

"매드옥스(Mad Ox)를 보낸다."

"알겠습니다."

부관은 두말없이 명에 따라 참모들에게 마키아의 결정을 알렸다.

원래 처음 돌입하는 자들은 위험도가 큰 만큼 정규 기사단이 특공대로 투입되는 경우는 거의 없다고 할 수 있다.

그러나 미노 제국에서는 이런 때를 대비하여 범죄자들 중 무력에 어느 정도 자신이 있는 자들에게 가혹한 훈련을 시켜 기사단을 구성했다.

기사라고는 해도 사실은 살인 부대라고 할 수 있다. 이들이 바로 미노 제국의 숨겨진 힘 중 하나이다.

이들은 일정 이상의 공을 세우면 은퇴할 수 있는 자격이 주어진다. 사실 처음에는 그것이 매드옥스 기사단의 가장 큰 희망이었고, 몇 명은 그렇게 은퇴를 했다. 하지만, 이미 지금은 그 단계를 넘어선 지 오래였다.

현재 매드옥스에 남아 있는 단원들은 대부분 피와 살육의 즐거움에

중독되었다고 할 수 있다. 기사단에 있는 동안 이들은 좋은 대우를 받으면서 타고난 잔인함을 충분히 채울 수 있었다.

지금에 와서는 매드옥스의 무력은 다른 기사단을 상회하는 수준이 되었다. 다른 기사단들과는 비교할 수 없는 많은 경험과 위험한 전투를 치르면서 그들의 실력은 일취월장해 왔다.

살아남는 기간만큼 강해진다!

이것이 매드옥스에서 전해지는 절대불변의 진리이다. 결국 지금 이들은 미노 제국의 손꼽히는 병기가 되어 있다. 그러면서도 언제라도 희생시킬 수 있는 강력한 도구이기도 했다.

마키아는 다시 말했다.

"일단 매드옥스 기사단이 안쪽을 제압하고 성문을 열면 내가 직접 들어가겠다."

"알겠습니다. 준비하도록 하지요."

부관은 마키아가 이미 피에 굶주려 있다는 것을 알 수 있었다.

'일주일 동안이나 한 번도 발작하지 않고 참았으니 이미 그 한계에 달하셨겠군!'

그만큼의 쌓였던 것이 단번에 폭발한다. 부관은 홍염의 광전사의 검에 의해 얼마나 많은 피가 흐를지 짐작조차 할 수 없었다.

이제 곧 저들에 의해 죽어간 미노 제국군의 영혼을 위로하는 진혼제가 펼쳐질 것이다.

                    *   *   *

휘익, 콰쾅!

공성차가 날린 바위가 성 안쪽에 있는 한 집에 떨어졌다. 다행히도 비어 있는 집이라 인명 피해는 없었다.

"공성차의 공격이 심해졌습니다!"

참모의 외침에 타로스는 그쪽을 돌아보지도 않고 소리쳐 대답했다.

"신경 쓰지 마라! 한 번 떨어진 곳에는 다시 안 떨어지니 작업조는 서둘러서 작업해라!"

그의 말에 바위를 수거하는 작업조가 달려나가기 시작했다. 땅에 박힌 바위를 몇 조각으로 쪼개어 아군 투석기의 탄환을 조달하는 것이 그들의 임무였다. 그것은 목숨을 건 위험한 작업이다. 하지만 성내에서 땅을 파거나 외부에서 바위를 캐낼 수 없는 그들이기에 어쩔 수 없이 재활용을 해야 했다.

"슬슬 시간인가?"

타로스는 땡볕에 흐르는 땀을 닦으며 중얼거렸다.

주변의 바위는 거의 다 파내서 썼을 터인데, 이 정도 크기의 큰 바위를 다시 연속적으로 날리는 것으로 보아 그들도 마음을 굳게 먹은 것 같았다. 다시 말해서 땅 아래쪽의 진입이 얼마 남지 않았다는 의미일 것이다.

때를 맞추어 참모 한 명이 빠른 걸음으로 다가오고 있었다. 그 표정을 보고 타로스는 성공을 확신하면서 물었다.

"위치는 찾았나?"

"옛! 서쪽입니다."

애써 침착한 태도를 보이고는 있었지만 참모의 목소리에는 약간의 흥분감이 드러났다. 타로스 또한 슬그머니 떠오르는 웃음을 꾹꾹 눌러 참으려 진지하게 말했다.

"이쪽의 대비는?"

"확실합니다!"

자신감에 가득한 대답에 결국 타로스는 살짝 미소를 보이며 단 한 마디로 자신의 감정을 표현했다.

"좋아."

준비는 완벽하다. 적은 무척 허탈해할 것이다. 타로스는 천천히 고개를 한 번 끄덕이고는 다시 전장에 집중하기 시작했다.

*　　　　*　　　　*

"조금만 더 파면 됩니다."

"그럼 밤에는 진입할 수 있겠군."

매드옥스 기사단의 단장은 땅굴조의 보고를 듣고 얼굴을 일그러뜨리며 중얼거렸다.

그 딴에는 웃는다고 하는 것 같은데, 땅굴조의 조장은 그 얼굴에서 흘러나오는 살기에 다리가 떨려왔다. 사람을 잡아먹는 마물이 먹이를 앞에 두고 웃는다면 저런 표정일 것이다.

"우리도 슬슬 준비를 하지. 잊지 마라! 이번 전투에서 성문에 가장 빨리 도달해 문을 여는 자는 일급의 공적을 인정한다고 마키아 사령관이 약속했다! 삶과 죽음은 한순간! 오로지 원하는 것은 전공뿐!"

"전공을 위하여!"

50여 명에 이르는 모든 단원들이 일제히 외쳤다. 단장을 비롯해 이들 중 세 명은 검기를 사용할 수 있을 정도로 실력이 뛰어나다. 그렇지 못한 자라고 해도 사람을 상대로 목숨을 걸고 싸우는 데에는 누구보다도 익숙하다.

　그들은 구호를 외친 후 즉시 움직이기 시작했다. 지금까지 기사답지 않은 자세로 나무 그늘에 늘어져 있던 자들이라고는 상상하기 어려울 정도로 일사불란한 움직임이었다.

　그들은 대형 철퇴를 등에 메고, 소검은 허리에 찬 후 석궁을 손에 들었다. 그리고 그 이외에도 각종 암기와 자신들이 특별히 좋아하는 무기를 장비하기 시작했다.

　심지어는 수십 개의 단검을 일렬로 꽂은 가죽띠를 두 개나 몸에 두른 자도 있었다. 마치 용병단의 무리들과도 같은 모습이었다.

　그들의 뒤를 따라 돌입하기로 되어 있는 돌격병들 역시 대부분 매드옥스의 견습 기사인 만큼 하나같이 흉악범 출신이었다. 그들은 대부분 창과 석궁으로 무장을 했다.

　"곧 뚫린답니다!"

　"가자!"

　기사단의 단장은 전령의 보고가 들어오자마자 바로 명령을 내렸다. 그와 동시에 그의 손에 들린 전투 도끼가 불그스름하게 빛났다. 상처의 고통을 잊게 해주는 광전사의 도끼, 매드옥스 기사단장의 표식이라고 할 수 있었다.

　기사들은 묵묵히 그의 뒤를 따라 땅 아래로 뚫린 통로로 들어갔다. 한 번 들어간 이상 반대편으로 나올 것이다. 물론 돌아올 때에는 땅 위로 당당하게 걸어나올 것이다, 최고의 전공과 함께.

　그러나 지금 그들을 흥분시키는 것은 전공이 아니었다. 무방비하게 그들의 손에 거두어질 먹잇감들이 코앞에 있다. 누구랄 것 없이 살인에 익숙한 이들의 몸에서 음습한 기운이 풍겨 나오기 시작했다.

통로 입구에 있던 미노 제국의 병사들은 이들의 기운에 문득 오한을 느꼈다. 그들은 매드옥스 기사단과 눈이 마주치는 것을 극도로 두려워하면서 조심스럽게 뒤로 물러났다.

여름의 무더운 공기는 땅속으로 들어가는 순간 차갑고 축축하게 변했다. 벽 양쪽으로 걸려 있는 등불이 흐린 빛을 발해 그들의 길을 밝혔다.

길의 너비는 기사 네 명이 같이 걸어 들어갈 정도로 땅굴치고는 상당히 넓다고 할 수 있었다. 전투마도 같이 들어갈 수 있게 하기 위해서였다.

"잘 팠군."

기사단장은 웃으면서 중얼거렸다. 땅굴로 진입해 본 경험은 이번이 처음이 아니다. 하지만 역시 대규모 전투라서 그런지 땅굴의 규모가 달랐다.

이 정도면 기사단 전원이 돌입하는 데 얼마 시간이 걸리지 않아 순식간에 성 안쪽을 제압하고 바로 성문을 열 수 있을 것 같았다.

뚝, 뚝, 뚝.

천장에서 물이 떨어져 그의 어깨 보호대 위로 떨어졌다. 해자의 아래쪽을 지나가고 있는 것 같았다.

"기분이 나쁘군. 옛날 생각이 나."

그렇게 말하면서도 기사단장의 입가에는 웃음기가 남아 있었다. 그 말이 신호라도 된 듯 침묵을 지키고 있던 부하들의 입도 열렸다.

"크크, 지하 감옥의 공기가 딱 이 정도였지."

"그래 봐야 지금은 여름이지. 지랄맞은 겨울엔 정말 죽는 줄 알았다구."

"실제로 돼진 놈도 꽤 되지."

"어차피 그런 놈들은 첫 전투에서 다 죽었을 테니 아쉬울 것도 없잖아?"

"그건 그렇군. 가이안 놈들의 살맛은 어떨까?"

"크흐흐흐, 모르긴 몰라도 꽤나 질길걸? 여태 버틴 걸 보면 모르냐?"

"후후, 써는 맛이 있겠군."

거칠게 시작된 말은 점점 그 수위를 더해갔지만 단장 역시 그러한 부하들을 말릴 기미는 보이지 않았다. 아니, 오히려 그 자신이 누구보다 살육의 순간을 기대하고 있기도 했다.

이렇게 먹이를 앞에 두고 떠드는 것은 흥분을 고조시키고 전투력을 높인다. 다른 기사단이라면 말도 안 되는 일이겠지만, 매드옥스에서는 당연한 절차이기도 했다.

팍팍팍!

멀리서 작게 땅을 파는 소리가 들리기 시작하자 기사단원들은 약속이라도 한 듯 입을 꾹 다물었다. 땅굴에 들어선 지 5분 정도가 지난 후였다.

조금 더 들어가니 앞쪽에서 몇몇 인부들이 작업을 하고 있는 것이 보였다. 팍팍팍, 하는 소리와 함께 인부들의 곡괭이가 연속적으로 땅의 흙을 파내고 있었다.

기사단장은 무표정한 얼굴로 한 인부에게 물었다.

"얼마나 남았지?"

그의 목소리는 동굴 속에서 울려 퍼져 더욱 차갑게 들렸다. 인부는 부르르 떨며 몸을 일으키고는 고개를 돌려 대답했다.

"바로 앞입니다. 5분도 걸리지 않을 것입니다."

"서둘러라!"

"네, 네."

팍, 팍, 팍, 팍!

그들은 즉시 곡괭이를 휘두르는 속도를 높였다. 위쪽으로 구멍을 뚫어야 하기 때문에 평소보다 배는 힘든 작업이었다.

그렇게 허리 한 번 펴지 못하고 계속해서 곡괭이질을 해대는 인부들을 기사들은 마치 감시라도 하듯 노려보았다.

이윽고 인부 중 한 명의 곡괭이가 팍! 하고 천장의 한쪽 부분을 뚫고 나갔다.

"뚫렸습니다!"

"어서 통로를 넓혀라. 적이 곧 알아차릴 것이다."

"옛!"

파파파파팍!

인부들은 사력을 다해 뚫린 구멍을 넓혔다. 다행히도 주변에 적은 없는 듯했다. 곧 사람들이 충분히 나갈 수 있을 정도로 구멍은 넓어졌다.

"비켜!"

기사단장은 차갑게 외치며 작업을 하던 인부들을 제치며 땅 위로 뛰어 올라갔다. 더 이상 땅속의 음습한 공기를 마시고 싶지 않았다.

타타탁!

"성문은 저쪽일 것이다. 제2대는 그곳으로 가라. 그리고 전투마를 어서 끌어내라. 서둘러!"

기사단장은 밖으로 나오자마자 사방을 살핀 후 뒤따라 나오는 자들에게 명령을 내렸다. 그의 명에 따라 기사들은 조금의 머뭇거림도 없이 신속하게 움직이기 시작했다. 좀 전에 떠들어대던 그들이라고는 생각할 수 없을 정도의 반응이다.

단지 온몸에서 풍겨지는 음습한 살기만이 아까보다 더욱 진하게 그들의 존재를 나타낼 뿐이었다.

'아직 눈치채지 못한 것 같군.'

기사단장은 흐뭇한 표정으로 부하들의 움직임을 보며 그렇게 판단했다. 하기야 정면에서 그렇게 격하게 공격을 해대는데 뒤를 돌아볼 겨를이 있을 리 없다. 성 안쪽에 살던 자들은 이미 피난을 가서 비어 있는 상황이 아닌가?

그는 기세 좋게 도끼를 들어올리며 계속해서 부하들을 재촉했다.

그런데 그중 한 명이 이상하다는 듯 말했다.

"땅이 흙입니다."

"뭔 헛소리냐? 땅이 흙이지, 그럼 철이냐?"

"성의 바닥이면 돌이 깔려 있어야 하지 않을까요?"

"응?"

생각해 보니 그게 맞다. 단장은 주변을 돌아보았다. 과연 주변의 땅이 모두 흙바닥이었다. 그리고 자세히 보니 흙바닥도 사람이 다녀서 굳어진 곳이 아닌 발이 푹푹 빠지는 부드러운 흙바닥이었다. 마치 방금 땅을 파낸 곳과도 같았다.

"어떻게 된 거지?"

단장은 극도로 긴장을 하며 주변을 살폈다. 그때서야 그는 볼 수 있었다. 어둠에 가려 잘 보이지 않았는데, 지금 보니 그들이 나온 곳은 지반보다 2m 정도 낮게 파여져 있었다.

"공사를 하던 곳으로 나온 건가?"

성 공사는 끝나지 않았다고 들었다. 그렇다면 건물을 세우기 위해 기초 공사를 하던 곳일지도 모른다. 단장은 그렇게 생각했다.

하지만 다음 순간, 그는 전신에서 무서운 기세를 뿜어대며 외쳤다.

"매복이다! 적은 이미 우리가 올 것을 알고 있다!"

"그런!"

기사들은 놀라서 움직임을 멈추고 주변을 살폈다. 그러자 사방에서 수백 명의 사람들이 일어서는 것이 보였다.

"하하하하! 감이 뛰어난 놈이군. 정답이다."

마치 악당과도 같은 대사를 읊으며 일어선 자는 경악과 분노로 일그러진 매드옥스 기사단의 모습을 즐겁게 감상하는 것 같았다.

이에 매드옥스의 기사단장은 이를 악물고 자신의 전투 도끼를 들어 올려 그를 가리키며 외쳤다.

"쳐라!"

"와아아아!"

땅굴 속에서 기사들이 재빨리 튀어나왔다. 머뭇거릴 시간이 없다. 보나마나 수백 발의 화살이 그들을 향해 날아올 것이 뻔했다.

그렇다고 다시 땅굴을 통해 도망갈 수도 없었다. 이미 입구까지 돌격병들로 인해 꽉 차 있는 상황이기 때문에 어쨌든 간에 앞쪽 병력은 적과 싸워야 하는 것이다.

들킨 시점에서 이미 일방적인 살육의 기회는 사라진 것이나 다름없다. 아니, 지금 이 상황에서는 전공은커녕 살아 돌아가기도 힘들어 보였다.

하지만 이런 위험한 순간에 이미 익숙한 이들인 만큼 매드옥스 기사들은 오히려 눈빛을 흉흉하게 빛냈다. 죽지 않기 위해 최후까지 싸운다. 아니, 당장 죽더라도 상대의 피를 보아야 했다.

같은 동료인 미노 제국의 병사들까지 몸을 떨게 했던 살기가 더욱 진하게 표출되기 시작했다. 위험한 상황일수록, 살아나갈 확률이 적을수록 이들은 말 그대로 미친 듯이 적과 싸울 것이다.

'잘못 건드렸다는 걸 보여주지. 우리는 매드옥스니까.'

기사단장은 그 자신도 흉포한 기세를 발하면서 미친 황소처럼 앞으로 돌격하기 시작하는 부하들을 바라보았다. 이렇게 된 이상 저들은 최후의 한 명이 움직이지 못할 때까지 죽이고 또 죽일 것이다. 일단 하나를 목표로 움직이기 시작하면, 전멸하지 않는 이상 실패란 있을 수 없다!

보통 일반 병사들은 이들과 얼굴을 마주 대하는 순간 공포에 질리게 마련이다. 지금 중요한 것은 바로 그 공포를 전염시킬 수 있도록 적의 눈앞까지 돌파하는 것이라 할 수 있었다.

기사단장의 생각대로 가이안 병사들로부터 석궁 공격이 쏟아지기 시작했다.

"돌진하라! 일단 위로 올라가면 살 수 있다!"

쏟아지는 화살에 벌써 여럿이 쓰러졌지만 매드옥스의 기사들은 굴하지 않았다. 옆에서 동료가 쓰러지면 그 몸을 방패 삼아 자신의 앞에 세웠다.

땅굴에서 쏟아져 나온 기사단 중 상당수가 목숨을 잃었지만 빠른 대처 덕에 뒤쪽의 기사들은 상당수 생존할 수 있었다. 거침없이 동료의 시체를 방패로 이용하는 그 모습에 가이안 병사들의 얼굴에도 질린 표정이 떠올랐다.

'인간 같지 않은 놈들!'

매드옥스의 기사단장은 적들의 눈빛이 하는 말을 잘 알고 있었다. 저건 초반의 반응, 조금 있으면 저들은 곧 치를 떨며 두려움과 맞서 싸워야 할 것이다.

다음 순간 가이안의 지휘관과 눈이 마주친 그는 움찔했다. 적 지휘관은 지금 싸늘하게 웃고 있다. 결코 질린 표정이 아니다. 다음 순간 가이안 쪽 지휘관의 입이 열리며 명령이 떨어졌다.

"물을 내려라!"

차르르르르—

명령 소리가 밤하늘에 울려 퍼짐과 동시에 쇠사슬이 풀리며 한쪽에 있는 나무 문이 위로 끌어올려지기 시작했다.

촤아아아아!

"앗! 물이!"

"피해!"

매드옥스의 기사들은 기겁해서 비명을 질렀다. 문이 열리자 엄청난 양의 물이 쏟아져 나왔다.

그것은 수문이었다. 가이안 군은 적이 뚫고 나올 지점을 예상하여 그곳에 땅을 파고 식수 저장소 중 한 곳과 연결해 놓은 것이다.

물은 거역할 수 없는 힘으로 그 앞을 막아서는 모든 것을 덮쳤다. 일단 문이 열리고 물이 아래쪽으로 흐르는 이상, 인간의 힘으로는 감당할 수 없다.

"아아악!"

기사들 전원이 물살에 휘말려 중심을 잃었다. 그리고 물은 그들을 휘감은 채 더욱더 낮은 곳을 향해 흘렀다. 바로 미노 제국이 파놓은 땅굴이었다.

촤아아아아!

물은 소용돌이를 일으키며 구멍 속으로 빨려들어 갔다. 아래쪽에 있던 사람들은 기겁해서 뒤로 도망가려 했지만 그럴 여유는 없었다.

검이라도 휘둘러 보고 패했다면 조금이라도 덜 억울했을지도 모른다. 그러나 그들은 땅속에서 수몰되었다. 비명 소리마저 물소리에 파묻혀 땅 위에 있는 자들에게는 전혀 들리지 않았다.

"혹시라도 버티는 자가 있을지 모르니 방심하지 마라!"

가이안의 지휘관들은 이제 사람의 흔적도 없이 물만 차 있는 곳을 손가락으로 가리키며 외쳤다.

매복해 있던 궁수들은 그런 지휘관의 요구에 따라 석궁을 앞으로 겨냥한 채로 서서히 땅속으로 빠지는 물을 구경했다.

약 10분이 지났을 무렵, 겨우 물이 빠지고 진흙탕이 된 땅바닥에는 적이 뚫어놓은 구멍만 남게 되었다.

"묻어라!"

"옛!"

그때서야 병사들은 석궁을 놓고 등에 지고 있던 삽을 들었다. 그리고는 열심히 삽질을 해서 구멍을 막기 시작했다. 칼을 들고 싸우는 것보다는 덜 힘들기에 그들의 삽질은 상당히 기운찼다.

*   *   *

"뭐라고! 그놈들이 내 작전을 눈치채고 미리 대비하고 있었다고!"

마키아는 거의 발광하기 직전의 기분이 되어 소리쳤다. 두 눈에서는 마족과도 같은 붉은 안광이 흘러나오는 듯했다.

"그렇습니다. 매드옥스 기사단은 전멸, 돌격대 절반 이상이 희생됐습니다. 통로는 물에 침몰되어 다시 사용하기 힘든 상황입니다."

"이익!"

쾅!

마키아는 자신도 모르게 검을 휘둘러 옆에 있는 나무를 때렸다. 사람 팔뚝만한 굵기의 나무가 마치 폭발하듯 터져 나가며 그대로 쓰러졌다.

"공격을 가한다! 3일 이내로 성벽을 부숴라! 시체의 산을 쌓아서라도 저 성벽을 넘어라!"

드디어 그는 인내의 한계를 느낀 듯 장군으로서 해서는 안 될 말을 해가며 검을 허공중에 휘둘렀다.

그 살기가 너무나도 강렬하여 부관조차도 마키아의 근처로 다가가지 못했다. 이 정도라면 정말 3일 이내로 성벽을 부수지 못할 경우, 마키아의 손에 의해 부대장들이 죽을지도 모른다는 생각이 들었다.

이미 공격은 가해지고 있었다. 하지만 지금 마키아의 눈에는 적당히 놀고 있는 것으로밖에 보이지 않는다.

부관도 그걸 알기에 안색을 굳히고 부대장들 쪽으로 달려갔다. 이제 상황은 자신의 손을 떠나갔다고 판단했다.

그 뒤로 미노 제국군의 공격이 바뀌기 시작했다.

독전대가 투입되어 병사들의 뒤에 섰다. 이름이 독전대지, 뒤에서 도끼를 휘두르며 조금이라도 물러서는 병사들을 죽이는 자들이다.

"죽은 자는 산 자의 발판이 된다! 앞으로 나아가서 죽으면 뒤의 동료들이 복수를 해준다!"

독전대는 그렇게 외쳤다. 광기와 공포로 전장이 조성되기 시작했다.

일단 시작되면 먹이를 완전히 먹어치울 때까지 멈추지 않는 피의 수레바퀴이다.

"이거지! 이게 바로 내 방법이야."

마키아는 만족스러운 표정으로 웃었다. 그동안 부관에게 알게 모르게 억눌려 있었던 감정이 일거에 터지는 것 같았다.

"성은 함락된다. 앞으로 3일 이내에!"

마키아는 가이안의 병사들이 들으라는 듯 힘을 모아 외쳤다. 그의 목소리가 모든 병사들의 고함 소리를 누르고 대기에 널리 퍼졌다.

*   *   *

"저놈들이 각오를 다졌군."

타로스는 심각한 얼굴로 중얼거렸다.

"피해를 감수한 정도가 아니라, 피해를 아예 생각하지 않는군요."

타로스 부인도 질린 표정으로 말했다. 홍염의 광전사라더니, 과연 그 칭호가 전혀 틀리지 않았다.

"이제부터는 다시 버티기인가? 병사들의 체력과 사기를 유지하는 것이 가장 중요하겠군."

"그래요. 적의 광기에 이쪽이 압도되지 않도록 해야겠네요."

"쉬운 일은 아니오."

"예."

타로스 부인은 작은 목소리로 대답했다. 사실 지금 미노 제국군의 기세는 그녀가 상상했던 것을 완전히 넘어서는 것으로, 적들의 모습은 구역질이 날 정도로 처절했다.

그런 상황에서도 계속해서 남편을 도와 군의 참모 역할을 하는 것은, 사실 군사 훈련도 제대로 받지 않은 그녀에게는 정말 고역이라고 할 수 있었다.

하지만 그녀는 변함없이 남편의 옆에 서 있었다. 현실적으로 그것이 최선이라 생각한 이상, 있는 힘껏 행하는 것이 그녀의 성격이었다.

비명을 지르며 울고 싶은 마음은 이미 사라지고, 이제는 언제까지라도 이렇게 차분한 마음으로 세상을 바라보았으면 좋겠다 생각하고 있었다.

"하지만 성벽의 내구력이 이미 한계에 달했어요."

그녀는 다시 마음을 가다듬으며 남편에게 말했다. 별로 좋은 소리는 아니었지만 현실은 현실이다. 역시 이 성벽의 방어력은 제1성벽보다 약했던 것이다.

"나도 알고 있소."

타로스는 고개를 한 번 끄덕이고는 다시 소리를 쳐서 병사들을 독려하기 시작했다.

그리고는 잠시 후, 약간의 여유가 생기자 아내에게 말했다.

"성벽이 무너지면 병사로 막을 수 있소. 병사들이 전멸하기 전에는 적을 이 성안에 들이지 않을 것이오."

그렇게 말하는 그의 두 눈은 빛나고 있었다. 타로스 부인은 이미 남편의 마음이 굳은 결의로 절대 흔들리지 않는 경지에 도달했음을 알았다.

"맞아요. 이 성은 함락되지 않아요. 당신이 있으니까요."

그녀는 그렇게 말하며 다시 성 안쪽에 대기하고 있던 병사들에게 깃발로 이것저것 지시를 내리기 시작했다. 섬세하면서도 어떤 면에서는 차가울 정도로 냉정한 지시였다.

　기세와 기세의 싸움, 지금 미노와 가이안의 싸움이 바로 그랬다. 타로스의 결의는 말하지 않아도 자연스럽게 병사들에게 전염되어 그들을 최면 상태에 빠뜨렸다.
　미노 제국의 병사들이 공포와 광기로 달려든다면, 가이안의 병사들은 생각을 정지하고 기계처럼 귓속으로 들려오는 타로스의 명령에 따랐다.
　갈고리로 기어오르는 적의 밧줄을 끊고, 사다리를 넘어뜨리고, 무너지려는 성벽은 안쪽에서 보강했다.
　두 번이나 성벽 위로 올라온 적병들을 필사적으로 다시 몰아내기도 했다. 하지만 적의 병력은 거의 무한이라고 할 만큼 많았다.
　이제는 정말 시체가 성벽 바깥쪽에 쌓여 적들이 사다리를 사용하지 않고도 성벽을 넘어올 수 있게 되었다. 곳곳에서 전투가 벌어졌다.
　그러는 와중에서도 투석기는 쉬지 않고 성벽과 안쪽으로 돌과 흙주머니를 날렸다. 3일 밤낮을 가리지 않고 그렇게 싸우니 가이안 병사들의 피로는 극에 달했다.
　그와 함께 성벽도 점점 부서져 갔다.
　"제3대가 적에게 공격당하고 있다! 대기 2대 지원하라!"
　타로스는 오늘도 외치고 있었다. 그의 목은 강철로 만들어진 것처럼 아무리 소리를 질러도 이상이 없었다.
　적장들은 하나같이 타로스가 엄청난 기사인 줄 알고 있었다. 오러의 힘을 다루지 않으면, 그것도 상당한 경지에 이르지 않으면 이렇게 며칠 동안이나 계속 소리를 질러댈 수 없다는 것이 그들의 상식이었다.

그런데 이것이 보통 인간의 선천적인 능력이라는 것을 알면 그들은 크게 놀랄 것이다.

슈우우웅, 콰콰쾅!

거대한 바위가 정확하게 성벽 위로 떨어졌다. 균열이 가서 약화된 부분이었다.

"와아아아아!"

미노 군이 일제히 함성을 질렀다. 지금 무너진 곳은 이제까지와는 비교도 될 수 없을 정도로 컸다.

그러나 타로스는 조금도 흔들리지 않고 외쳤다.

"서쪽 성벽이 무너졌다! 제 5, 6, 7대는 적의 진입을 막아라!"

"와아아아아!"

가이안 군도 함성을 질렀다. 기세에서 질 수 없다는 오기의 함성이었다. 남아 있던 병사들 전원이 무너진 곳으로 달려갔다.

그들은 지금까지 자신들을 보호해 준 성벽을 대신해서 스스로 벽을 만들었다. 그리고는 밖에서 밀고 들어오는 미노 군과 육박전을 벌이기 시작했다.

"저놈들에게 아직 바위 덩어리가 남아 있었다니……."

타로스는 작은 목소리로 중얼거렸다. 무척 억울한 기분이 들었다. 아직은 버티고 있지만 이제 더 이상의 여유 병력이 없다.

적들이 눈치채지는 못했겠지만 성벽의 어느 한곳이 더 무너질 경우, 막을 병사들이 없다. 아니, 지금 상태로도 병사들에게 휴식을 취하게 할 수 없기 때문에 얼마 못 가 지칠 것이다.

'역시 병력의 차이는 어쩔 수 없는 것인가?'

타로스는 속으로 탄식을 했다. 하지만 겉으로는 전혀 그런 기색을 비추지 않았다. 마치 몸이 강철로 만들어진 것처럼 굳건하게 버티고 서 있었다.

　그는 슬쩍 눈을 돌려 하늘을 보니 수많은 별들이 평화롭게 반짝이고 있었다. 어느 지방의 전설에는 사람이 죽으면 그 혼은 별이 된다고 한다.

　'나도 죽으면 별이 되는 건가?'

　타로스는 피식 웃었다. 아직 별이 되고 싶지는 않았다. 싸울 수 있는 이상 무조건 현실 세상의 주민으로 남고 싶었다. 하지만 이제는 한계다.

　병사들의 움직임이 둔해진다 싶으면 본능적으로 소리를 질러 독려를 하면서도 타로스는 지난날들을 생각했다.

　더 이상의 작전은 없기에 머리를 쓸 필요가 없었다. 그저 완전히 타서 재가 될 때까지 투지를 불태우는 것뿐.

　'죽을 때에는 웃어야겠지.'

　타로스는 그렇게 생각하며 다시 고함을 질렀다.

　"곧 날이 밝는다! 아침 해를 보고 싶지 않은가?"

　완전히 어두워져 바로 앞의 적밖에 보이지 않는 병사들의 귀로 타로스의 고함 소리가 똑똑하게 들렸다.

　처절한 전투, 삶과 죽음의 경계선에서 어둠에 둘러싸여 싸우는 시간은 어떻게 보면 고독하리만치 주변과 격리된 것처럼 느껴졌다.

　그런 상황에서 아침이란 단어가 머리 속에 들어오자 병사들은 손에 힘을 주기 시작했다. 비록 힘든 상황이라 해도 옆에 어제 싸웠던 동료들이 살아 있음을 확인할 수 있다. 그것이 새로운 힘을 주는 것이다.

그러는 사이 어두운 하늘의 색이 점점 파랗게 변하고, 동쪽으로부터 붉은 태양의 기운이 느껴지기 시작했다.

타로스의 말대로 새벽이 된 것이다.

가이안의 병사들이 하루 더 성을 지켜낸 셈이다. 병사들의 움직임은 약간이나마 활기를 띠기 시작했고, 지휘관들은 눈에 보이기 시작한 전장의 상황에 나름대로 최선을 다해 명령을 내렸다.

하지만 그것은 미노의 병사들에게도 마찬가지였다. 특히 미노 군의 지휘관에게 있어서 오늘 새벽의 태양 빛이 가져다준 정보는 컸다.

그들은 절대 무능하지 않았다. 오히려 그들 역시 실전으로 단련된 최고의 기사들이라고 할 수 있었다.

일단 전체의 상황을 눈으로 확인하게 되자 그들은 성의 수비 병력이 한계에 달했다는 것을 알았다.

한곳만 더 성벽을 부수거나 성 위에 올라 전투를 벌이면 충분히 성을 함락시킬 수 있다! 그들은 그렇게 판단하고는 공격을 한곳에 집중시키기 시작했다.

평소라면 무모할 정도의 공격이었지만, 여유 병력이 전혀 없는 가이안 군에 대해서는 가장 효과적인 전술이라고 할 수 있었다.

"여보, 남쪽에 적병이 올라왔어요! 지원군을 보내야 해요!"

타로스 부인이 다급하게 말했다. 그녀는 항상 타로스가 보는 반대편을 살피다 문제가 생기면 1초라도 빨리 타로스가 명령을 내릴 수 있도록 도와준다. 덕분에 타로스는 항상 360도를 살피는 것과 같은 효과를 얻었다.

타로스는 즉시 그곳을 살피고 참모에게 명했다.

"북쪽 성문의 병력 중 절반을 남쪽 성벽으로 보내라. 그쪽은 아직

여유가 있다."

"알겠습니다."

명령을 받은 참모는 바로 깃발로 반대편 성문으로 명령을 전했다.

얼마 안 있어 북쪽 성문 위에 있던 병사들 중 800여 명이 성벽을 내려와 남쪽을 향해 달리는 것이 보였다. 그 정도 인원이라면 어떻게든 적을 성벽 아래로 다시 쫓아 보낼 수 있을 것 같았다.

"북쪽으로 적의 공격이 집중되기 시작합니다!"

이번에는 참모가 외쳤다. 타로스는 볼 것도 없다는 듯 서쪽의 접전을 지켜보면서 대답했다.

"나도 알고 있다. 성동격서의 전법이겠지. 하지만 어쩔 수 없다. 이 상태로 버틴다."

항상 성의 양면을 번갈아 공격해 지원병을 쉬지 않고 움직이게 하는 것은 공성전의 전법 중 하나이다. 미노 군은 스틸문의 병사들이 지친 것을 알고 착실하게 괴롭히고 있는 셈이다.

타로스는 담담한 표정이었다. 적은 최선을 다한다. 그걸 뭐라고 할 수는 없다. 그나마 아직은 수비의 진형이 유지되고 있었다.

그러나 정말로 이제는 체력이 바닥나는 순간까지 버티는 수밖에 없다.

일단 한곳이 무너지면 그쪽으로 해일처럼 적이 몰려들어 와 계속해서 아군을 집어삼킬 것이다.

타로스는 아내에게 말했다.

"성벽이 완전히 무너지면 동쪽 성벽에 전 병력을 집중시켜 돌진합시다."

"그게 좋겠어요. 그쪽이 제일 약해 보이는군요."

타로스 부인도 알겠다는 듯 고개를 끄덕이며 대답했다.

동쪽은 주로 궁수들이 많이 배치되어 있는 곳이다. 완전히 수세에 몰려 농성만을 하던 자신들이 최후의 순간 역으로 공격할 거라고는 아무도 생각하지 못할 터이니, 제법 큰 피해를 입힐 수 있을 것 같았다.

운이 좋으면 1차 진형을 뚫고 후미까지 들어갈 수 있을지도 모른다. 그러면 적의 공성 병기와 보급품도 일부는 없앨 수 있다.

타로스는 다시 부관에게 물었다.

"이쪽 물자를 폐기할 준비는 다 되었나?"

"물론입니다. 식량 창고에는 이미 설사약을 뿌릴 준비를 끝내놓았고, 목재에 뿌릴 마지막 기름도 아직 있습니다."

"좋아. 그럼 돌진하기 전 모든 작업을 하도록 하지."

"알겠습니다."

부관은 비장한 목소리로 대답했다. 그도 이제는 최후의 순간임을 느끼고 있었다.

이제 남은 과제는 어떻게 적에게 끝까지 최대한 피해를 입혀서 뒤에 있는 고국의 동료들에게 조금이라도 도움이 될 수 있는가 하는 것이다.

"맨 앞에서 돌진할 건가요?"

타로스 부인이 약간 불안한 얼굴로 타로스에게 물었다. 만약 타로스가 군의 선두에 선다면 그녀로서는 따르기가 힘들다. 최후에도 남편의 옆에 있고 싶은 그녀였기에 그것이 불만이라면 불만이었다.

그러나 타로스는 씨익, 웃으며 말했다.

"내가 발렌 경이나 휴케바인 경처럼 무력이 뛰어나 보이오? 난 맨 뒤에 갈 거요. 뒤에서 소나 지르는 게 내 수준에 딱 맞거든."

그러면서 부관을 보고 다시 말했다.

"선두에는 그대가 서게. 기사단 전원과 함께 어떻게든 적의 1진을 뚫어보게나."

"그렇게 하겠습니다."

부관은 두말없이 승낙했다. 자신의 상관인 타로스가 절대 기사급의 무력을 가진 자가 아니라는 것을 잘 알고 있는 그였다.

그런 타로스가 선두에 서면 정말로 앗! 하는 순간에 죽어버릴 것이다. 차라리 끝까지 살아서 소리를 지르는 것이 병사들의 사기를 돕는 일이다.

어차피 죽을 때는 다 죽는다. 최후의 순간 맨 앞에 서는 것으로 기사로서의 의무를 다 할 수 있다면 그것도 좋지 않은가?

"그럼 저도 승마용 가죽 바지를 입고 와야겠네요."

타로스 부인은 웃으면서 말했다. 가장 뒤쪽이라면 충분히 따를 수 있다. 그녀는 그것으로 만족하였다.

"그럼 서두르시오. 시간이 그리 많지 않소."

"알겠어요."

남편의 재촉에 그녀는 성벽에서 내려와 서둘러 자신의 임시 숙소로 향했다.

탁.

일단 문을 닫자 사방에서 들려오는 전장의 소음이 거짓말처럼 사라졌다. 집 안에 있으면 바깥에서 얼마나 치열하게 싸우고 있는지 전혀 알 수 없을 정도였다.

방 안에 들어간 타로스 부인은 일단 침대의 아래에 있는 작은 상자를 꺼냈다.

상자는 검게 칠해진 목재 상자였는데, 상당히 낡아 모서리에 댄 금속 조각이 닳아 있었다. 그러나 그녀가 매일같이 손질을 한 덕분에 표면이 반질반질하고 먼지 하나 묻어 있지 않았다.

끼익.

"기름을 칠해야겠네. 여는데 이런 소리가 나다니……."

타로스 부인은 웃으면서 그렇게 중얼거렸다. 그리고는 그 안에서 하나의 목걸이를 꺼내 자신의 목에 걸었다.

남편이 결혼 당시 예물로 준 반지와 목걸이 중 하나였다. 반지는 항상 끼고 있었지만 목걸이는 너무 화려한 장식이라서 평소에는 걸고 다닐 수 없었다. 그저 이 상자에 넣어두고 매일같이 한 번씩 보기만 했을 뿐이다.

목걸이를 건 그녀는 다시 거울을 꺼내 벽에 걸고 머리를 정돈하고 화장을 했다.

약 5분 동안 서둘러 모습을 정돈한 다음, 비로소 몇 번 입지도 않은 승마용 가죽 바지를 꺼내 입었다.

"후우~"

타로스 부인은 크게 심호흡을 했다. 길다면 길고 짧다면 짧은 그동안의 결혼 생활에 일어났던 크고 작은 추억들이 주마등처럼 그녀의 머리 속을 스쳐 지나갔다.

"이 정도면 내 인생에 후회는 없지."

그녀는 거울을 보며 밝게 웃었다. 그리고는 일어나 방을 나섰다.

"와아아아아!"

문을 여니 다시 함성이 들려왔다. 함성이라기보다는 절규일지도 모른다. 단지 기세를 잃지 않기 위해 쉬지 않고 소리 지를 뿐이다.

사방을 둘러보니 이미 북쪽에는 적의 병사들이 적지 않게 올라와 난

전으로 발전하고 있었다.

이 정도면 이미 아군의 병사들이 최후의 돌진을 위해 움직이기 시작해도 하나 이상할 것이 없었다. 그녀는 서둘러 남편이 있는 성벽으로 올라갔다.

"여보, 준비됐어요."

"딱 맞춰 왔군. 지금 시작하려던 참이오."

타로스는 고개도 돌리지 않고 말했다. 그리고는 왼손을 들어 전령에게 신호를 보냈다. 부관의 모습이 보이지 않았다. 아마 벌써 기사들을 데리고 동쪽 성문으로 간 모양이다.

전령의 두 손에 들린 깃발이 요란하게 움직이자 서서히 병사들이 성벽에서 내려와 동쪽으로 이동하기 시작했다. 적이 눈치채기 전에 준비를 끝내고 벼락 치듯 성문을 열고 돌진해야 한다.

얼마 지나지 않아 성문 안쪽에 3천 정도의 병력이 모였다. 그리고 사방의 성벽 위로 적이 올라오기 시작했다.

최후의 순간이다. 타로스 부인은 갈증을 느끼고 자신도 모르게 침을 한 번 삼켰다. 그리고는 입술을 가볍게 한 번 깨물어 마음을 안정시킨 후 평온한 목소리로 남편에게 말했다.

"이제 우리도 움직이죠."

그러나 타로스는 할버드를 한 손에 든 채 석상처럼 버티고 서서 움직이지 않았다.

"여보, 서둘러야 해요."

타로스 부인은 남편을 재촉했다.

시간이 없다. 성벽 위의 적병들이 이미 안쪽의 상황을 보고 소리를 지르고 있었다. 그 소리가 적의 지휘관에게 들어가 동쪽의 대기 병력이 전투 준비를 하기 전에 움직여야 한다.

타로스도 당연히 그것을 알고 있을 것이다. 바로 지금 성벽을 열고 앞으로 나아가지 않으면, 최후의 의식과도 같은 이 돌격이 정말 허무하게 끝나 버릴 거라는 것을.

그러나 타로스는 여전히 움직이지 않았다.

"여보!"

타로스 부인은 약간 목소리를 높여 다시 남편을 불렀다. 최후의 순간 남편이 겁을 먹은 것일까? 죽음을 향해 담담히 걸어 들어갈 수 없는 것일까?

순간적으로 그런 생각이 들었다.

무리도 아닐 것이다. 사람이란 죽음을 두려워하는 존재이니까. 그녀는 가볍게 한숨을 쉬었다.

그런데 그때 타로스가 자신의 오른손에 있는 할버드를 높이 치켜들며 외쳤다. 그것은 맹세코 타로스 생애에 가장 큰 목소리였다.

"흑사자다!"

"예?"

타로스 부인은 놀라 고개를 돌려 성벽 밖을 보았다.

까마득한 지평선 끝 쪽으로 언덕이 보였다. 그리고 그 언덕 사이, 성으로 오는 가장 큰길로 세 필의 말이 먼지를 일으키며 적의 후미로 돌진하고 있었다.

❖ Chap 3 ❖
인간의 한계

인간의 한계

　레오는 언덕을 넘자마자 눈앞에 펼쳐지는 적의 대군의 모습에 말고삐를 놓고 허리에 차고 있던 검을 뽑았다.

　챙!

　익숙해진 검의 쇳소리가 그의 귀에 들려왔다. 12세 때 아버지 구스타프 자작으로부터 선물받은 후 15년간 써온 검이다.

　실전용이라기보다는 훈련용 검의 성격이 다분해서 무게도 무겁고 날도 날카롭지 않지만, 레오에게는 가장 소중한 물건 중 하나이자 유일한 무기이기도 했다.

　"흑사자다!"

　"쳐라!"

　사방에서 산발적으로 들려오는 명령 소리. 그러나 레오가 보기에 그 목소리의 주인공들은 하나같이 일반 병사들뿐이었다. 지휘관들은 어디로 갔는지 전혀 보이지 않았다.

그럼에도 불구하고 병사들은 그 목소리에 따라 일사불란하게 움직이기 시작했다.

흑사자가 나타난 시점에서 모든 기사들은 말에서 내렸다. 그들의 복장은 겉보기에는 일반 병사들의 옷과 같다. 안쪽에 체인 메일을 대어 실질적으로는 기사의 무장이라고 해도 겉만 보고는 판단할 수 없었다.

특히 상급 기사들은 갑옷에 특수한 마법진을 새겼는데, 마나의 흐름을 숨기기 위한 것이다. 마법진은 오러를 수련하는 자의 몸에서 느껴지는 힘을 감춰 버린다.

마법사라면 단번에 알아보겠지만, 그들이 알기로 레오는 마법을 사용하지 못한다. 그렇기에 마법을 모르는 사람의 눈에는 기사가 아닌 일반 병사로 보이는 것이다.

병사들은 레오와 부딪치려 하지 않고 급히 좌우로 갈라져 길을 터주었다. 그리고 그 뒤쪽으로부터 몇몇의 궁수들이 거대한 석궁을 들고 나타났다.

두두두두두—

말은 주인의 의지에 따라 전속력으로 달리고 있었다.

하지만 어느 순간, 앞쪽에서 일단의 적병이 비켜서지 않고 기나긴 창을 고슴도치의 가시처럼 세우며 진을 형성하고 있었다.

흑사자를 진 안으로 끌어들여 말을 죽이려는 속셈인 것 같았다.

일단 말이 죽고 레오가 적진의 한가운데에 떨어지면, 그 뒤에는 병사들로 깔아 죽이려는 것일지도 모른다.

최강의 전사를 병사들의 발로 밟아 죽일 수만 있으면, 미노 제국은 단번에 대륙을 통일할 수 있을 것이다.

"하앗!"

레오는 기합성을 지르며 검을 두 손으로 잡아 머리 위로 높이 올렸다.

그동안에도 말은 멈추려 하지 않았다. 주인이 고삐를 놓은 이상 멈추려면 얼마든지 멈출 수 있는 상황인데도 최고의 속도를 유지한 채 창들이 빽빽하게 들어서 있는 진을 향해 돌진했다.

적어도 레오의 말은 투지가 극에 달한 것 같았다. 어쩌면 그 말도 레오의 뒤를 따라 달리고 있는 휴케바인처럼 주인의 필승을 믿고 있는지도 모른다.

우우우우웅─

그 말의 투지에 부응하기 위한 것일까? 레오의 검이 소리를 내며 울리기 시작했다. 그리고 그 울림은 마치 전염병처럼 공기중으로 퍼졌다. 사방에서 질러대는 병사들의 고함 소리에도 전혀 약해지지 않는 무거운 울림이었다.

창을 들이대고 있는 병사들은 불안한 눈으로 서로를 향해 눈짓으로 이 울림에 대해 물었다. 그러나 무슨 일이 일어나고 있는지 아는 사람은 없었다.

눈으로는 보이지 않지만 소리와 기세로 느껴지는, 아주 무서운 무엇인가가 느껴질 뿐이었다.

이윽고 레오와 그가 탄 말이 적병이 만든 창의 벽에 거의 부딪칠 정도로 다가왔다. 바로 그 순간, 레오는 말 위에서 상체를 일으켜 세우며 검을 앞으로 내려찍었다.

콰콰콰쾅!

"아! 저런!"

뒤쪽에서 달리던 크로티아가 놀라 비명을 질렀다.

병사들이 만든 인간과 창의 벽이 종이처럼 찢어져 나갔다. 그리고 레오의 검이 내려친 땅에는 균열과도 같은 흉터가 길게 파였다.

그것은 인간의 검이 아니라 마치 죽음의 판결을 내리는 심판자의 낫과도 같았다.

하지만 그것으로 끝이 아니었다. 레오는 다시 연속해서 검을 옆으로 휘둘렀다.

파파팍!

"아악!"

"피, 피해라!"

무장한 병사를 이렇게 쉽게 벨 수 있을까? 검이 닿지도 않는 거리란 말이다! 아무리 오러 블레이드라고 해도!

단 두 번의 공격에 모든 병사들이 레오에게 접근하려는 생각을 버렸다. 그들은 창을 버리고 필사적으로 뛰었다.

"쏴라!"

슈슈슈슈슉—

창이 안 되면 활이 있다. 석궁이 있다! 적의 지휘관은 그렇게 생각한 듯 크게 외쳤다. 물론 진짜 지휘관의 표시를 읽은 병사들 몇 명이 외친 소리였다.

병사 10명 중 1명은 석궁을 들고 있었다. 그리고 100명 중 1명은 손으로 들고 다니기도 힘든 대형 석궁을 전문으로 훈련한 자들이 배치되어 있었다. 그들이 일제히 석궁을 쐈다.

대형 석궁을 든 자들은 레오를 향해, 보통 석궁을 든 자들은 레오의 말과 그 뒤를 따르는 휴케바인과 크로티아를 노렸다.

레오의 뒤를 좇아 정신없이 달리고 있던 휴케바인의 눈에 자신과 크로티아를 향해 겨눠진 활시위가 들어왔다.

"이크! 왜 우리까지!"

그는 억울하다는 듯 외치며 큰 덩치에 어울리지 않게 엄청난 속도로 움직여 급히 말에서 뛰어내렸다. 그것도 혼자가 아니라 옆에 나란히 달리고 있는 크로티아를 향해 뛰어 그녀를 끌어안은 채 바닥에 몸을 굴렸다.

히히히히힝!

말들은 순식간에 고슴도치가 되어 바닥에 나뒹굴었다. 휴케바인의 반응이 조금만 늦었어도 마찬가지 신세가 되었을 것이다.

그는 자신의 망토로 몸을 감싼 채 바닥을 굴렀다. 보통 사람이라면 몸이 부서져도 이상하지 않을 충격이었겠지만, 휴케바인에게는 레오의 발길질보다 덜 아프게 느껴졌다.

"다친 곳은……?"

자세를 바로잡자마자 전방을 경계하면서 아내를 챙긴다.

"없어요! 폐하는요?"

달리는 말 위에서 거의 나동그라지다시피 뛰어내렸음에도 크로티아 자신은 별 충격을 입지 않았다. 휴케바인은 떨어지면서도 아내의 몸에 상당히 신경을 썼던 것이다.

크로티아는 멀쩡한 자신보다는 앞서 달려간 레오가 더 걱정이었다. 아무리 흑사자라고 해도 저런 거대한 석궁까지 들이대면 피할 수 있을 리가 없다고 그녀는 생각했다.

"그쪽은 신경 쓰지 마. 뛰어!"

그녀의 물음에 일고의 여지도 없다는 듯 빠르게 대답한 휴케바인은 이미 달리기 시작한 후였다. 휴케바인의 망토를 함께 뒤집어쓴 크로티아도 반사적으로 남편을 따라 내달리기 시작했다.

그리고 약속이나 한 것처럼 가속도를 붙인 크로티아는 남편의 등 뒤에 가뿐하게 매달렸다. 한마디로 달리면서 뛰어 업힌 셈인데, 그렇게 하는 동안에도 속도는 전혀 떨어지지 않았다.

휴케바인은 정말로 사력을 다해 뛰고 있었다. 말이 쓰러진 이상 두 발밖에 믿을 것이 없다.

뒤처지는 순간 끝장이다. 적의 이목이 자신들에게 쏠려 있는 이상 죽는 수밖에 없다. 사는 방법은 단 하나! 주군의 뒤를 바짝 따르는 것이다.

'역시 주군의 뒤를 따르는 것은 결코 쉬운 일은 아니야!'

"으아아아아아!"

휴케바인은 속으로 그렇게 생각함과 동시에 폭발적인 기합을 지르며 전신의 힘을 두 다리에 모아 땅을 박찼다.

장거리라면 몰라도 단거리 정도는 말이 달리는 속도를 따를 수 있는 그였다.

난 살아서 타로스 영감을 만난다! 그는 속으로 그렇게 외쳤다.

파파파팡!

휴케바인의 말대로 레오는 석궁의 공격에 상처 하나 입지 않았다. 그가 타고 있는 말도 마찬가지였다.

모든 화살은 레오가 한 손으로 휘두르고 있는 망토에 걸려 튕겨 나갔다. 아무리 무거운 대형 석궁의 화살이라고 해도 망토의 힘을 이길 수 없었다.

레오의 검은 망토는 마치 살아 있는 것처럼 사방을 감싸며 검은 바람을 일으키는 것처럼 보였다.

망토에서도 오러의 힘이 발생하는 듯 공기의 흐름이 격해지며 사방으로 충격파를 날렸다. 가벼운 화살은 접근하기도 전에 그 충격파에 의해 방향을 틀 정도였다.

슈웅, 콰콰쾅!

화살의 다음은 마법 공격이다. 마법사들이 쏜 파이어 볼이 레오의 머리 위에 정확하게 날아와 터졌다. 그러나 레오의 망토는 파이어 볼의 폭발마저 날려 보냈다.

이쯤 되면 보통 상대는 질리기 마련이다. 하지만 지금 흑사자를 막아선 것은 미노다. 대륙에서도 가장 오랫동안 체계적으로 그와 맞서기 위한 여러 가지 방편을 연구해 온 이들이었다.

우드드득!

이번에는 달려나가는 앞쪽의 땅이 저절로 파였다. 말이 달리지 못하도록 마법사들이 마법으로 땅을 파기 시작한 것이다.

첫 공격 이후 망토로 방어만 하면서 묵묵히 달리던 레오가 갑자기 크게 외쳤다.

"가랏!"

히히히히힝!

말이 하늘을 날았다. 레오를 보는 미노의 병사들은 한결같이 그렇게 생각했다. 흑사자가 탄 말도 그 주인처럼 괴물인 것인지, 수미터가 넘게 파여진 구덩이를 긴 울음소리와 함께 나는 듯 단번에 뛰어넘어 버렸다.

"저, 저……."

"으으으……."

살아 움직이는 듯한 검은 망토에 이어 이번엔 사람을 태우고 저만한 구덩이를 뛰어넘는 엄청난 말이라니! 아무리 대비를 했다고 해도 미노 측의 지휘관들은 저절로 신음성이 나올 지경이었다.

구덩이를 본 레오는 기합과 함께 말이 전력을 다해 뛰도록 하고, 자신의 몸무게를 가볍게 했다. 그 덕에 말은 홀가분하게 장애물을 뛰어넘을 수 있었다.

그와 동시에 레오는 검을 허공에 대고 휘둘렀다.

쐐에엑, 팍!

"컥!"

실패란 있을 수 없다. 그의 의지를 담은 검의 오러가 공기를 날카롭게 찢으며 날아가 정확하게 표적의 몸을 뚫었다.

파파팍!

"아아악!"

"이런! 끅!"

다음 마법을 준비하던 마법사 몇 명의 심장이 단번에 뚫렸다. 일단 마법을 사용한 이상 레오의 눈을 피할 방법은 없었다.

거리를 격하고 벌어진 일이다 보니 그들은 죽는 순간까지 자신에게 닥친 위험을 감지하지 못했다. 크게 떠진 채 쓰러진 마법사들의 눈에는 이해할 수 없다는 빛이 역력히 드러나 있었다.

몇 번에 걸쳐 자신을 귀찮게 한 마법사들의 위치로 오러를 날린 레오는 다시 눈앞의 적을 향해 소리쳤다.

"비켜라!"

위이이잉, 쾅!

다시 한 번 휘둘려진 검! 그 검의 궤적 앞쪽에 있던 병사들이 몸이 갈라져 튕겨 나갔다.

"피해!"

근처의 병사들이 놀라 비명을 지르며 몸을 바닥에 던져 엎드렸다. 하지만 레오는 그들을 거들떠보지도 않고 그대로 일직선으로 성을 향해 달렸다.

정면의 병사들은 레오가 다가오기 전에 좌우로 비켜서려 필사적으로 노력할 뿐이었다. 그러나 밀집 대형과도 거의 비슷한 상황이라 좀처럼 몸을 움직일 수 없었다.

파파파파파!

레오가 가는 길목은 미처 비키지 못한 적의 피로 물들고 있었다.

휴케바인도 크로티아를 업은 채 그 뒤를 따라 달렸다.

"뒤쪽 놈들을 잡아라!"

어디선가 들려오는 무정한 목소리. 휴케바인은 그 소리에 인상을 팍, 쓰며 중얼거렸다.

"고래를 보고도 새우를 잡으려는 치졸한 놈들."

병사들이 휴케바인을 향해 달려오고 있었다. 흑사자를 상대하라는 명령보다는 훨씬 듣기 좋은 명령이라고 판단한 것 같았다.

중형 석궁을 든 자들도 휴케바인을 노리기 시작했다. 한꺼번에 여러 발의 중형 석궁 화살이 날아오면 흑사자가 아닌 다음에야 살아남기가 무척 어렵다.

마스터라면 그래도 할 만하겠지만, 휴케바인은 아직 마스터의 경지에 도달하지 못했다.

"여보!"

매달려서도 사방을 주시하고 있던 크로티아가 이 광경을 보고 놀라 외쳤다. 하지만 휴케바인은 앞만 보고 달리는 것에 모든 힘을 쏟아 넣고 있는 듯 크로티아를 보지 않았다. 그저 뒤처지지만 않으면 살 수 있다고 믿는 것 같았다.

슈슈슈슉—

석궁이 발사되었다. 병사들이 도달하기 전에 먼저 휴케바인을 고슴도치로 만들려는 것 같았다. 그런데 그때 앞에서 달리던 레오가 자신의 망토로 뒤를 향해 세차게 휘둘렀다.

팡!

마치 물에 젖은 빨랫감을 허공에 털 듯 망토가 소리를 내며 공기를 때렸다. 그러자 그 힘으로 흔들린 공기가 레오의 오러에 반응하여 강력한 충격파를 발생시켰다.

"차앗!"

어느새 아내를 앞쪽으로 돌려 안은 휴케바인은 몸을 앞으로 던지며 땅 위를 낮게 굴렀다. 말에서 뛰어내리며 구르던 것과 거의 마찬가지의 동작이었다.

그리고는 상당히 숙련된 움직임으로 구르던 가속도를 거의 죽이지 않고 다시 벌떡 일어나 앞으로 계속 달렸다.

그사이 레오가 일으킨 충격파가 그 위를 지나갔다. 그리고는 휴케바인이 원래 있던 장소에서 폭발하듯 터졌다.

콰콰쾅!

"아악!"

석궁의 화살과 접근하던 병사들이 그 충격파의 폭발에 휘말려 날아갔다. 휴케바인은 재빠르게 몸을 날렸기에 무사할 수 있었다.

"미치겠네. 주군이 흥분했어!"

앞쪽으로 매달린 덕에 휴케바인이 낮게 중얼거리는 소리를 들은 크로티아가 남편의 말에 곧바로 반문했다. 전투에 익숙한 편인 그녀지만 느닷없이 땅 위를 뒹굴고 폭발음이 터지는 바람에 무슨 일이 일어났는지 잘 알 수가 없었다.

"어떻게 된 거예요?"

"나중에 설명할게! 꽉 잡아!"

전보다 격해진 남편의 말에 크로티아는 두말없이 팔에 힘을 주어 찰싹 매달렸다. 그녀는 지금 그것이 자신이 할 수 있는 최선임을 본능적으로 알고 있었다.

휴케바인은 정말 다급한 심정이었다. 그러니 크로티아에게 설명할 시간이 있을 리 없었다. 방금 전 한 바퀴 구른 사이 레오와의 간격이 더 벌어졌기 때문이다.

'주군! 조금만 천천히 달려주세요!'

휴케바인은 마음속으로 애절하게 외쳤다. 그러나 레오의 성격을 잘 아는 그인 만큼 정말로 소리쳐 레오를 부르지는 않았다.

달리는 레오는 절대로 멈추지 않는다. 하지만 애초에 휴케바인을 믿지 않았다면 절대 달리지 않았을 것이다.

적어도 살아서 자신의 뒤를 따라올 정도의 능력은 있다고 판단했기에 그는 폭주하는 것이다.

'믿어주시는 것도 좋지만, 이건 너무 괴롭단 말입니다!'

휴케바인은 속으로 비명을 지르며 계속 달리기 시작했다. 아직 갈 길이 멀었다.

두두두두두—

레오는 이미 적진을 절반이나 뚫고 들어왔다. 마치 광전사와 같이 앞을 막는 모든 것을 파괴하는 그의 모습에 미노 병사들은 공포와 경외의 감정을 같이 느꼈다.

*　　　　*　　　　*

"흑사자가 성안으로 들어갔습니다."

"멍청한 놈들!"

쾅!

뿌지직!

마키아는 부관의 보고에 분통이 터지는지 발로 옆에 있는 나무를 차 쓰러뜨리며 외쳤다. 아무리 뒤를 공격당했다고는 해도 단 몇 명을 막아내지 못하다니?

하지만 마키아는 더 이상 화를 내지는 않았다. 흑사자가 하는 일에 일일이 화를 낼 수는 없었다.

그는 곧 이성을 회복하고는 다시 물었다.

"정찰병은 돌아왔나?"

"예, 다른 병력은 없다고 합니다. 만약을 대비해서 1천의 별동대를 다시 보냈습니다."

"혼자 왔는가? 과연 흑사자군."

솔직히 감탄이 나왔다. 엄밀하게 따지자면 뒤에 두어 명 정도 따라온 것 같지만, 그들은 계산할 필요도 없을 것이다.

광전사라 소문난 그리고 해도 적의 대군이 있는 곳에 혼자 돌진하지는 않는다. 무인으로서 흑사자에게 존경심 비슷한 감정이 생기는 것은 어쩌면 당연한 일일 것이다.

반면에 맹렬한 질투심이 생기기도 했다.

'저놈은 도대체 어떤 수련을 했기에 저렇게 강해졌지? 인간적으로 저럴 수가 있을까?'

미노 제국에서도 100년 만에 최고의 인재라고 인정받은 마키아도 삼십대가 되어서야 마스터의 경지에 다다를 수 있었다. 그리고 그 뒤에 다시 몇십 년을 수련하는 동안 나름대로 강해지기는 했지만, 새로운 길은 열리지 않았다.

마스터 경지를 넘어서는 그 무엇! 그걸 알고 싶어도 앞에 펼쳐진 것은 망망대해와도 같아 감히 건널 수 있는 성질의 것이 아니었다.

결국 마키아의 끝은 마스터인 것이다. 스스로 그걸 인정하고, 개인적인 기량이 아닌 군의 지휘에 대해 나름대로 공부했다. 그 결과 어쨌거나 장군이 될 수 있었다.

그런데 마키아가 절대로 넘을 수 없는 벽을 깬 자가 나타났다. 그것도 20대 초반의 새빨간 애송이가!

인정할 수 없었다. 인정하는 순간 그가 평생 가져온 자부심이 깨어져 다시는 흑사자의 앞에서 고개를 들지 못할 것 같았다.

'죽인다!'

마키아는 마음속으로 중얼거렸다. 지난 몇 년간 흑사자가 머리 속에 떠오를 때마다 흘러나온 대사였다.

그는 천천히 고개를 돌려 스틸문의 성벽을 보았다. 그리고 미소 지었다.

"혼자란 말이지? 부하들을 구하기 위해 혼자서 왔단 말이지?"

기분이 좋아졌다.

위대한 흑사자! 최강의 흑사자! 그를 죽일 수 있다!

마키아는 고개도 돌리지 않은 채 부관에게 말했다. 무척이나 냉정하고 강한 목소리였다.

"본국에 연락해라. 사정을 설명하고, 혹시라도 대군이 이쪽으로 이동하고 있는지를 알려달라고 해라."

"옛."

"저 흑사자란 놈이 설마 이번에도 도망가지는 않겠지? 부하가 있으니 말이야."

부드득!

이가 갈렸다. 사자가 혼자서 대륙을 돌아다닐 때에는 그를 죽일 수 있는 방법이 정말 아예 없었다.

일단 모습을 감추면 마법사들도 그를 추적할 수 없으니 미치는 노릇이었다. 그리고는 갑자기 이쪽의 중요 지점에 나타나 깽판을 치니 이보다 더 무서울 수는 없었다.

정말 고수란 이래서 무서운 것이다.

하지만 이제는 도망갈 수 없다! 그가 도망가면 남겨진 부하가 죽는다. 가장 잔인하게! 흑사자의 부하는 무조건 죽이기로 작정하지 않았던가?

"아니야. 도망갔으면 좋겠군."

마키아는 그렇게 중얼거리며 입가의 미소를 더욱 진하게 했다. 흑사자가 부하를 버리고 도망가는 모습을 보는 것도 즐거울 것 같았다.

그의 명성을 모두 빼앗고, 철저하게 비참한 최후를 맞이하게 할 수만 있다면 그보다 더 좋을 수는 없다.

"어쨌거나 네놈은 죽는다, 흑사자."

마키아는 결론을 내렸다. 그리고는 참모들을 향해 명령을 내렸다.

"지금까지와 같다. 밤낮을 가리지 않고 밀어붙여라! 흑사자를 잠시도 쉬지 못하게 한다. 단, 흑사자가 나오면 접근하지 말고 장거리 무기로만 대항한다."

"그럼 흑사자를 죽이는 데 주력하지 않아도 되는 겁니까?"

"그렇다. 일단 성을 함락시키는 게 먼저다. 성은 사면이고, 흑사자가 싸울 수 있는 곳은 한 면뿐이니 남은 삼면을 집중 공략하면 답이 나올 것이다."

"알겠습니다."

부관도 미소를 지으며 대답했다. 그가 생각하기에도 마키아답지 않게 좋은 작전인 것 같았다.

특히 흑사자에게는 화살만으로 힘을 빼라는 것이 아주 좋았다. 그래야 병사들이 싸울 의욕을 잃지 않을 수 있기 때문이다.

참모들도 과연 그런 식이라면 성을 함락시키고, 결국 흑사자도 잡을 수 있다고 느꼈는지 일제히 대답했다.

마키아는 만족한 듯 고개를 끄덕이며 다시 이를 갈았다. 그리고는 성벽을 보며 중얼거렸다.

"흑사자! 얼마나 버티는지 한번 보자. 설마 그놈도 인간인데 혼자서 1만을 죽일 수 있을까? 2만은? 그것도 싸우지 않고 피하려는 상대를?"

한 번 검을 휘둘러 죽일 수 있는 상대의 수는 정해져 있다. 검사는 마법사가 아닌 것이다.

그리고 끊임없이 날아오는 화살을 막으려면 계속 몸을 움직이거나 오러를 끌어올린 채 싸워야 한다. 오러를 이용해서 싸우면 그냥 싸우는 것보다 몇 배는 쉽게 지친다.

"3일 안으로 네놈의 목을 볼 수 있겠군."

아무리 생각해도 답은 이미 나왔다. 마키아는 결국 참지 못하고 하늘을 보며 크게 광소했다.

"하하하하하하하하하!"

그것은 승리를 예약한 자의 웃음이었다.

                    *   *   *

해가 떴다. 어둠과 공포는 서로 친구와도 같은 것, 날이 밝은 지금 사람들은 또다시 약간의 활기를 얻어 기를 쓰고 몸을 움직이기 시작했다.

쉬지 않고 몰려드는 미노 제국군을 상대로 가이안 병사들은 끝까지 버텼다.

아직 살아 있다는 감정은 곧 버틸 수 있다는 자신감으로 변했다. 어차피 처음부터 적의 수는 눈으로 셀 수 없을 정도로 많았다.

비록 성벽 곳곳이 무너지고 마법 방어진은 약화될 대로 약화된 상황이지만, 그래도 아직까지는 성벽의 역할을 하고 있었다. 평지에서 싸우는 것보다는 훨씬 유리했다.

그리고 지금은 위험한 순간마다 나타나 구해주는 사람도 있다. 그가 성문을 열고 나오는 순간, 적들은 모두 싸움을 멈추고 뒤로 물러선다. 그사이 병사들은 다시 체제를 갖추고 싸울 준비를 할 수 있었다.

좌르르르르, 콰!

"와앗! 나타났다!"

쇠사슬이 풀리는 소리와 함께 동문이 거칠게 열리며 그 안에서 검은 흑마에 탄 흑기사가 달려나왔다. 흑마는 주인의 뜻에 따라 날 듯이 적을 향해 돌진했다.

보병들이 아무리 빨리 물러나려 해도 곧 따라잡힐 수밖에 없다.

"쏴라!"

슈슈슈슝—

미리 준비하고 있던 병사들이 일제히 석궁을 쐈다. 이걸 다 맞으면 몸이 형체도 없이 분해되고 말리라.

그러나 흑마의 주인은 가소롭다는 듯 망토의 한쪽 지지대를 풀어 왼손에 쥔 채 팍! 휘둘렀다.

거대한 깃발과도 같은 망토가 충격파를 만들어내며 화살들을 쳐내는 모습은 이미 양군의 병사들에게는 익숙한 모습이었다. 하지만 가이안의 병사들은 변함없이 함성을 지르며 기뻐했다.

성벽 위에서 싸우고 있던 휴케바인은 특히 좋아라 하며 손가락으로 레오를 가리키며 소리쳤다.

"봐라! 저게 바로 전신의 모습이란 말이다!"

"와아아아아!"

다시 울려 퍼지는 함성, 그것은 숭배의 대상을 보는 병사들이 전의를 극한까지 끌어올리며 지르는 전의의 표출이었다.

화살로부터 자신과 전투마를 보호하면서도 돌진하는 기세를 전혀 늦추지 않고 나아간 레오는 결국 자신을 피하려는 병사들의 앞까지 도달했다.

비명을 지르며 몸을 땅바닥에 던져 필사적으로 흑사자의 검에서 벗어나려는 그들의 모습은 처절했다.

그러나 레오의 눈에는 그저 흘러가는 풍경과도 같았다. 무심의 경지로 검을 휘둘렀다. 앞에 무엇이 보이든 단번에 베었다.

검끝에서는 자연스럽게 기세가 일어나 눈에 보이지 않는 투명한 검강이 몇 미터나 뻗어나갔다. 철과 돌을 두부처럼 자르는 힘은 분명 검기가 아닌 검강의 그것이었다.

스스로 의식하여 집중하는 것이 아니라 그냥 검을 휘둘렀을 뿐인데도 검강이 발생하는 것이다.

레오의 의지에 주변의 마나가 스스로 모였다. 레오는 검을 휘두르는 것 이외에는 조금도 자신의 힘을 사용하지 않았다.

순식간에 레오가 있는 주변의 적들이 생을 마감했다. 그사이 병사들은 계속해서 뒤로 물러나면서 석궁이나 화살을 날렸다.

그것만이 그들이 할 수 있는 유일한 저항 수단이라 할 수 있었다.

"음."

어느 순간 레오는 뒤를 돌아보며 의미를 알 수 없는 짧은 신음 소리를 내었다. 뒤에서 느껴지는 기운이 그를 부르고 있었던 것이다.

이미 이쪽은 정리가 되었으니 당분간은 충분히 버틸 수 있을 것이다. 그러나 성벽 뒤쪽에서 구름처럼 하늘로 치솟아오르는 기세를 보니 북문 쪽이 위험했다. 그야말로 한계에 달해 이대로라면 10분도 버티기 힘든 상황.

직접 싸우는 모습을 보지 않아도 레오의 눈에 보이는 양군의 기운이 그걸 말해주었다.

"끼랴!"

두두두두두—

레오는 그대로 고삐를 돌려 성문 안으로 달려갔다.

그때 가장 전열에 있던 병사들은 거의 죽어 있는 사람의 표정이었다. 그러다 레오가 돌아서자 멍한 표정을 지으며 그대로 바닥에 주저 앉았다. 살았다는 기쁨의 환성을 지를 기력도 빠져나간 듯했다.

그러는 사이 레오는 일직선으로 달려 열려진 동문 안으로 들어가 버렸다.

레오가 나온 순간부터 성문은 열려진 채였다. 일단 레오가 나가면 적은 뒤로 물러나는 데 주력할 뿐이지, 감히 뒤로 돌아서 훤히 열려진 성문 안으로 들어가려는 자는 없었다.

쿵!

"와아아아아!"

성문이 닫히자마자 양군이 일제히 소리를 질렀다. 미노 군은 이제 다시 정당하게 상식적인 수준의 사람끼리 싸워보자는 함성이었고, 가이안 군은 다시 싸울 준비가 다 되었다는 의미였다.

곧 동쪽 성벽은 양군의 치열한 투지가 부딪치는 경계선이 되었다. 그리고 그때 레오는 북문으로 나아가 방금 자신이 한 일을 반복해서 행하고 있었다.

*   *   *

쾅!

"희생자가 얼마라고?"

마키아는 거의 미칠 듯한 기분이 되어 막사 안의 탁자를 부수며 외쳤다. 그의 머리카락이 송곳처럼 위로 뻗치고, 눈은 충혈되어 붉게 빛났다.

부관은 자신도 모르게 침을 한 번 삼키고는 억지로 평정을 유지하며 말했다.

"4만입니다."

"4만! 4만! 어떻게 그럴 수가 있단 말이냐?"

두 손을 부르르 떨며 외치는 마키아는 강제로 용돈을 빼앗기고 가까스로 울음을 참는 어린아이와 같았다.

부관을 비롯한 참모들은 고개를 숙인 채 묵묵히 마키아가 이성을 차리기를 기다렸다. 사실 그들도 그들의 상관처럼 고함을 치며 발광하고 싶었다.

"7일이다! 어떻게 인간이 7일 동안 잠시도 쉬지 않고 싸울 수 있단 말이냐? 그야말로 잠시도 쉬지 않고!"

무척이나 억울한 듯했다. 도저히 이해할 수 없는 현상에 직면한 자의 몸부림이었다.

그도 그럴 것이, 훈련된 병사라도 검을 휘두르며 싸우면 한 시간도 제대로 버티지 못한다.

하루종일 전투를 벌일 수 있는 것은 악에 받쳐 싸우면서도 자신도 모르게 동료들 사이에서 슬쩍슬쩍 쉬게 되기 때문에 가능한 것이다.

그럴 수 없는 상황, 즉 혼자서 다수에게 포위당해 싸운다던가 하는 상황이라면 어떤 고수라도 예상했던 것보다 훨씬 빠르게 한계가 오기 마련이다.

그래서 아무리 마스터라고 해도 혼자서 적진을 누비지는 못한다. 마키아의 상식으로는 그랬다.

마스터인 그 자신은 하루를 꼬박 싸울 수 있다. 호흡을 조절해 가며 아침부터 밤까지 싸우고, 다시 밤부터 날이 밝을 때까지 버틸 수는 있다. 그러나 그 이후에는 완전히 기력이 쇠진해 버릴 것이다.

그보다 더 싸우려면 광전사의 마법진을 몸에 새겨야 한다. 하지만 일단 광전사의 마법진을 몸에 새기면, 생을 유지할 체력마저 모두 소모해 버리고 무조건 죽게 된다.

그것은 가장 독한 저주이기도 하다.

그런데 흑사자란 인간은 마스터 이상의 경지에 도달한 자. 그래서 마키아는 큰맘 먹고 3일을 예상했다.

하루를 버티는 것보다 2일을 버티는 게 열 배는 힘들고, 2일과 3일은 또 다르다. 물론 전력으로 싸우는 상태에서이다.

3일만 해도 반쯤은 인간이 아니라고 인정한 셈이다.

그런데 7일이라니? 그리고 4만이라니? 물론 4만을 혼자 죽인 것은 아니다. 그러나 흑사자로 인해 죽게 되었고, 지금까지 성을 함락시키지 못했다는 것은 말할 필요도 없었다.

"이럴 수는 없어! 뭔가 잘못된 거야!"

마키아는 절대로 인정할 수 없다는 듯 막사 안을 이리저리 걸어다니며 몇 번이나 중얼거렸다.

지금 이 순간도 흑사지는 성 주변의 위험한 곳에 나타나 병사들에게 피할 수 없는 죽음을 주고 있을 것이다. 바로 마키아의 부대의 병사들에게.

"어떻게 할까요?"

부관이 조심스럽게 물었다. 그래도 일단 마키아가 안정을 찾은 것 같으니 지시를 받아야 했다. 마키아가 성질이 급하고, 참을성이 없는 것 같아도 결정적인 실수는 하지 않는다는 것을 그는 알고 있었다.

"어떻게 하긴 뭘 어떻게?"

"예?"

"계속하는 거다. 그놈이 3일을 버티든 7일을 버티든, 작전대로 가고 있지 않은가?"

"그렇습니까?"

"그래! 작전대로 가고 있는 거다!"

"예."

마키아는 부관의 짧은 대답에 고개를 끄덕였다. 그리고는 스스로에게 최면을 걸 듯 중얼거렸다.

"흑사자만 지치면 성은 바로 함락된다. 그리고 결국 나를 미치게 하는 놈들은 모두 죽는 거다."

"……."

"4만이 죽든 10만이 죽든 흑사자만 죽이면 된다. 그렇지?"

갑자기 고개를 돌려 참모들에게 묻는 마키아의 말에 사람들의 안색이 어두워졌다. 하지만 그들도 알고 있었다.

이미 피의 수레바퀴는 돌기 시작했고, 멈출 수는 없다는 것을. 다른 방법이 있을 리가 없었다. 다른 방법이란 바로 흑사자 한 명 때문에 군을 후퇴시키는 것인데, 그것이야말로 절대 할 수 없는 일이기 때문이다.

마키아는 사람들의 얼굴을 보며 그들의 심리를 알겠다는 듯 미소를 지었다. 반쯤 제정신이 아닌 듯한 일그러진 미소였다.

그리고는 고개를 돌려 성벽이 있는 쪽을 바라보며 중얼거렸다.

"흑사자, 네놈이 정말 인간이 아니라 한 달이고 두 달이고 지치지 않고 싸울 수 있다면, 그래서 혼자서 30만의 대군을 죽일 수 있다면!"

마키아는 부드득, 이를 갈았다. 그리고는 힘을 주어 말했다.

"나는 하늘을 비웃으며 스스로 이 검으로 내 목을 베어버리겠다!"

그의 귀기 어린 선언에 주변의 모든 사람들은 지금까지와는 또 다른 마키아의 광기를 느끼며 몸을 떨었다.

＊　　　＊　　　＊

수많은 사람들이 자신을 저주하고 있다는 것을 전혀 신경 쓰지 않는 레오는 오늘도 묵묵히 자신이 할 일을 하고 있었다.

검을 휘두르고 말을 달렸다. 이미 머리 속에 별다른 생각이 없는 상태에 돌입한 지는 오래다. 적을 베면서도 감정의 변화는 일지 않았다.

무념의 경지, 그것은 정말 전투를 위한 최적의 상태라 할 수 있었다.

그런 만큼 레오를 맞이하는 미노의 병사들이 느끼는 감정은 더욱 커졌다.

그러나 어느 순간, 레오는 인상을 찡그리며 주변을 보았다.

휘익, 파곽!

"아아악!"

이미 수천, 수만 번은 들은 비명 소리가 귓가를 스쳐 지나갔다. 공포에 질려 뒤로 물러서는 병사들이 참지 못하고 터뜨리는 울음소리도 섞여 있었다.

하지만 적의 수는 끝이 없었다. 처음 이곳에 왔을 때와 마찬가지로 시선이 도달할 수 있는 지평선 끝까지 미노의 깃발은 휘날리고 있었다.

"지겹군."

그는 문득 입을 열어 중얼거렸다. 뒤쪽에서 생생하게 느껴지는 기의 흐름으로 보아 다른 성문 쪽이 위기에 빠진 것 같았다.

레오는 고개를 돌려 뒤를 돌아보았다.

급속도로 치솟아오르는 적의 기세! 그곳은 방금 전까지 자신이 싸우던 곳이었다. 완전히 죽어버린 적의 힘이 믿기 어려울 정도로 빠르게 상승하고 있었다.

레오는 그걸 보면서 한 가지를 알 수 있었다. 그는 피식 웃으며 말했다.

"그런가? 내가 사라지는 것이 기쁜 모양이군."

아이러니한 일이다. 일단 레오가 나타나면 도망가기 바쁜 미노 병사들은 그 반대로 레오가 성문 안으로 사라지는 순간 전의를 회복한다. 그리고는 정말로 필사적으로 전투를 하게 되는 것이다.

흑사자가 없는 사이 싸워서 성을 함락시켜야 한다는 것을 병사들이 이해하기 시작했다.

다시 말해서, 성을 점령하지 않으면 언제까지나 흑사자가 튀어나올 것을 두려워해야만 하는 상황이다.

레오가 생각했던 것과는 반대로 미노 병사들은 레오로 인해 오히려 사기가 올랐다. 악에 받친 광기의 전의가 그들을 채찍질하고 있었던 것이다.

"물러나지 않을 건가? 다 죽여야 끝나는 건가?"

스스로에게 묻는지, 적에게 묻는지 구별이 가지 않았다. 하지만 레오는 자신이 한 말을 귀로 들으면서 가슴속의 무엇인가가 움직이는 것을 느꼈다.

레오가 멈추자 아무도 다가서려 하지 않았다. 계속해서 멀어지려 할 뿐이다.

화살이 날아온다. 습관적으로 망토를 휘둘러 그걸 막았다. 계속 날아온다.

언제 끝나지?

그 순간 레오의 눈빛이 변했다. 가슴속의 뜨거운 무엇인가가 분출되어 전신으로 퍼져 갔다.

레오는 왼손으로 잡고 있던 망토를 놓고 자신의 바스타드 소드를 두 손으로 잡았다.

티티티팅!

그의 주변으로 날아온 화살들이 보이지 않는 막에 튕겨 힘없이 바닥으로 떨어졌다.

오러 배리어! 그의 전신을 완벽하게 보호하고 있는 것은 무형의 오러 배리어였다.

레오가 드디어 힘의 소모를 두려워하지 않고 전신의 마나를 끌어올린 것이다.

파라라라라!

검은 망토가 서서히 펄럭이면서 하늘로 올라가기 시작했다. 마치 살아 있는 생명체의 날개와도 같은 기묘한 움직임을 보였다.

"여기서 끝낸다."

레오는 이를 악물고 입속에서 그렇게 중얼거렸다. 굳게 닫힌 입술 때문에 소리가 밖으로 새어 나가지는 않았지만, 그 의지는 그대로 오러와 섞여 하늘로 뻗어 올랐다.

그와 동시에 레오의 감각 영역이 급속도로 확산되기 시작했다. 눈앞에 보이는 수만의 적이 한 명 한 명 생생하게 느껴졌다.

그들 개개인이 지르는 소리가 모두 구별되어 들렸다.

고함을 지르는 자, 무기를 들고 좌우를 살피는 자, 화살을 들고 자신이 쏠 수 있는 차례를 기다리는 자.

모두 다른 움직임을 하는 사람들이지만 레오의 감각은 동시에 모든 것을 받아들였다.

인간이 한 번에 인식할 수 있는 한계를 한참이나 뛰어넘었다. 지금까지 느껴왔던 것과는 전혀 달랐다. 그리고 레오에게는 그 모든 사람들의 빈틈과 급소가 손에 잡힐 듯이 보였다.

지금 레오가 그중 한 사람을 노리고 검을 뻗는 것과 동시에 그는 죽는다. 누구라도 피할 수 없다.

누구를? 레오는 스스로에게 물었다.

전부! 어디선가 대답이 들려왔다.

그와 동시에 그의 전신의 힘이 한 군데로 모이기 시작했다. 그것은 바로 등에 있는 망토였다.

이미 레오가 일으킨 기세에 의해 거칠게 휘날리고 있던 망토의 끝이 서서히 풀어지면서 공기중으로 녹아 들어가기 시작했다.

망토를 이루고 있던 실이 모두 한 올씩 갈라져 사방으로 퍼져 나가는 것 같았다.

그리고 레오는 그 망토가 자신의 몸의 일부분과도 같다는 느낌을 받았다.

태어날 때부터 몸에 지니고 있던 육체의 무기! 그것은 그의 의지에 반응해서 수만 개의 가장 날카로운 송곳이 되었다.

거리는 상관이 없다. 수도 상관이 없다. 눈에 보이지 않는 송곳은 레오가 느끼는 적의 급소를 향해 찔러 들어갔다.

슈우우우우우——

마나를 가르는 소리는 레오의 귀에만 들렸다. 적의 움직임은 멈춰 있는 것과 같았다. 마치 시간 자체가 멈춰 레오의 심판을 기다리는 것처럼.

그러나 갑자기 레오는 검을 한 번 크게 휘두르며 소리를 질렀다.

"안 돼!"

위이이잉, 콰콰쾅!

검에서 일어난 기운이 땅을 갈랐다. 동시에 수만 개의 송곳은 레오의 감각에서 흔적도 없이 사라져 버렸다. 그의 감각은 원래대로 돌아왔고, 망토도 그대로 있었다.

환상과도 같이 실제로 있었는지조차 의심할 수밖에 없는 경험이었다.

"끼랏!"

레오는 급히 전투마의 고삐를 당겼다.

히히히힝!

두두두두두—

전투마는 방금 전의 상황을 전혀 느끼지 못한 듯 주인의 지시에 따라 그대로 몸을 돌려 성문을 향해 달려갔다.

쿵!

성문이 닫혔다.

미노의 병사들은 그들의 눈앞에서 레오의 모습이 사라지자 언제 자신들이 물러났냐는 듯 크게 함성을 지르며 다시 성문을 향해 돌진하기 시작했다. 이미 몇 번이나 반복한 움직임일 뿐이었다.

아무도 레오의 변화를 알지 못했다.

"폐하!"

성문 안쪽으로 들어가자 기사 한 명이 급히 다가와 한쪽 무릎을 꿇고 예를 취했다.

황제는 병사들에게 직접 명을 내리지 않기 때문에 기사가 대신 받고 다시 부하들에게 명을 내려야 한다.

레오는 말에 탄 채로 검을 아래로 가볍게 그어 기사의 예를 받은 다음 말했다. 감정을 알 수 없는 무심한 목소리였다.

"북문을 열어라."

"옛!"

기사가 명을 받자 뒤에 대기하고 있던 전령이 급히 파란색 깃발을 들어올렸다. 레오가 다음에 갈 곳은 북문이라는 것을 알리는 깃발이었다.

말할 것도 없이 지금은 북문이 가장 위험하다. 레오는 서둘러 그쪽으로 가야 한다고 느꼈다. 그런데 막 레오가 말을 몰아 북문 쪽으로 가려는 순간, 그는 무엇인가 이상한 느낌을 받았다.

"웃, 이것은……?"

"폐하!"

밑에서 보고 있던 기사의 몸이 옆으로 기울었다. 공중으로 날아오르는 것 같았다.

'신기하군. 마법사도 아닌데?'

레오는 그렇게 생각하며 그대로 말에서 떨어졌다.

하늘이 저절로 빙빙 돌았다. 옆에서 기사가 몇 번이나 자신을 부르는 소리가 들렸다. 그런데 그 목소리는 거의 알아듣기 힘들 정도로 울렸다.

생전처음 느껴보는 생소한 경험이었다. 정말로 오늘은 뭔가 신기한 경험을 많이 하는군. 이건 또 뭘까? 상당한 호기심이 일었다. 그러다가 문득 이게 뭔지 알 것 같은 기분이 들었다.

설마 내가? 레오는 거기까지 생각하고는 그대로 의식을 잃었다.

❖ Chap 4 ❖
의식 세계에 사는 자

의식 세계에 사는 자

어두운 공간이었다. 바닥도 천장도 구별할 수 없는 그곳에 누군가가
서 있었다.

바닥이 있는지도 없는지도 모르기 때문에 그가 서 있는지 공중에 떠
있는지도 구별이 가지 않았다.

그리고 팔짱을 낀 채 조금도 움직이지 않는 모습이 생물체인지 동상
인지 구별이 가지 않을 정도였다.

건장한 사람의 몸, 그러나 그의 머리는 결코 인간의 그것이 아니었
다. 머리 위부터 목에 이르기까지 두텁게 덮여 있는 털은 바로 사자의
갈기였다.

사자인간, 그는 사자의 머리를 가진 수인이었다. 신기하게도 전신
의 털이 모두 검었다. 지금이라도 어둠 속에 동화되어 녹아 들어갈 듯
한 털들은 바람도 불지 않는 이 공간에서 스스로 조금씩 흔들리고 있

었다.

그러던 어느 순간, 공간의 한쪽에서 조그만 발자국 소리가 들려왔다. 검은색의 사자인간은 그때서야 눈을 뜨고 고개를 돌리며 중얼거렸다.

"왔군."

"왜 나를 불렀지? 난 결코 잠들지 않았다!"

어둠을 헤치고 폭풍과도 같은 기세를 동반하며 나타난 사람은 바로 레오였다. 그는 크게 화가 난 것 같았다.

그도 그럴 것이, 한참 싸우려는 도중에 억지로 이곳으로 끌려들어온 것이다.

자신의 의지가 아니라! 레오는 이럴 수도 있다는 것을 지금 처음으로 알았다.

지금 자신이 쓰러지면 외부가 어떻게 될지는 굳이 진지하게 생각하지 않아도 쉽게 알 수 있다. 적이 스스로 물러날 리가 없는 이상, 몇 시간도 버티지 못하고 가이안 군은 전멸할 것이다.

그의 살기가 어둠을 밀어내기 시작했다. 빛도 어둠도 아닌 무형의 기운이 레오의 몸에서 뿜어져 나와 사자인간을 휘감듯 돌았다.

그러나 사자인간은 레오의 기세에 전혀 반응하지 않았다. 그저 묵묵히 레오의 분노가 담긴 기운을 보았다. 그리고는 입을 열어 담담하고 무거운 목소리로 말했다.

"어쩔 수 없다. 그대의 힘이 바닥난 이상 회복될 때까지 쉬어야 한다."

"힘이 바닥났다고? 나는 지치지 않았다! 충분히 싸울 수 있다!"

레오는 말도 안 된다는 듯 반박했다. 실제로 그는 반대편 성문을 향해 달려가던 참이었다.

현실 세계에서는 자신의 힘을 모두 알지 못하지만, 일단 의식 세계로 들어온 이상 스스로가 가진 힘이 어떤 것인지를 모두 기억할 수 있다.

앞으로 다시 7일 동안 쉬지 않고 검을 휘둘러도 계속 싸우는 것은 아무것도 아니다. 한 달이고 두 달이고 지쳐 쓰러질 일은 없다.

그러나 사자인간은 조용히 고개를 저었다.

"정상적이었다면 그렇지. 그대는 이미 무한에 가까운 힘을 얻은 상태이니까. 하지만 이번에는 다르다."

"뭐라고?"

"레오, 그대는 태어나면서부터 나의 주인으로 선택되어 교육받았다. 인간이 사용할 수 있는 모든 전투법에 대한 교육을."

"그래서?"

이미 알고 있는 것을 굳이 말할 필요가 있을까? 철이 들기 전부터 전투법을 가르친 것은 눈앞의 사자인간이고, 그것을 배운 것은 자신이다.

레오는 서론은 듣기 싫다는 듯 말을 받았다. 그러나 사자인간 역시 만만한 성격은 아닌 듯 태연하게 원래 자신이 하려던 대사를 계속했다.

"힘도 그렇다. 인간이 생각하는 한계 따위는 그대에게는 존재하지 않는다. 단지 그대가 스스로 받아들일 수 있는 것이 어디까지인가의 문제일 뿐이다."

"본론을 말해라."

레오는 노골적으로 요구했다.

하루 이틀 본 관계도 아니라 상대의 성격을 잘 알고 있었다. 하지만 일단 대화를 시작하자 점점 화가 풀리는지 기세가 많이 누그러들었다.

상대의 말투에서 나름대로 사정이 있다는 것을 눈치챘기 때문이다.

사자인간은 눈동자를 돌려 사라져 가는 레오의 기운을 보았다. 그리고는 대견스럽다는 듯 가볍게 미소를 지었다.

강력한 힘이다. 무속성의 기세라니?

레오의 의식 세계인 이곳에서는 레오의 힘이 물질로 변하여 나타날 수 있다. 불이 될 수도, 바람이 될 수도 있다. 그런데 그 어떠한 것으로도 변하지 않고 완벽한 힘, 그 자체로서 나타났다.

완벽하다! 자신이 선택한 이 남자는 순수한 힘을 지닌 최강의 전투 생물이었다.

사자인간은 레오를 보며 말했다.

"그대는 지금까지 스스로를 인간의 한계에 가두었다. 그 이상의 힘은 전혀 원하지 않았지. 하지만 방금 전, 처음으로 그걸 원했다."

"내가 인간 이상의 힘을 원했다고?"

"단숨에 모든 적을 죽이려 했을 텐데? 그리고 그런 힘을 발휘하려 하지 않았나?"

"……."

레오는 입을 다물었다. 확실히 사자인간의 말이 맞았다. 그리고 일단 자신이 원하면, 눈앞의 이자는 자신에게 힘을 전한다.

"그게 무슨 상관이지?"

레오는 화제를 바꿨다. 자신이 묻고 있는 것은 왜 싸울 수 있는데 정신을 잃었는가 하는 점이다. 그걸 알고 싶었다.

"단숨에 수만 명을 죽일 수 있는 힘이다. 살기를 실체화하여 피할 수 없는 화살로 만들어 보이는 모든 자를 죽이는 것이다. 그대가 얻은 힘 중에서 가장 강한 종류의 것이지. 대량 살상에 이보다 더 뛰어난 힘은 없다."

"알고 있다."

레오는 순순히 인정했다.

라스트 데스티니(Last Destiny). 이건 정말 인간적으로 너무 강하고 잔혹해서 제정신으로는 절대로 쓰지 않을 그런 힘이다. 마법도 검법도 아닌 그 이상의 힘이라고 할 수 있다. 자신은 무의식중에 그걸 사용하려 했다.

"하지만 그대는 결국 사용하지 않았다. 멈췄지. 억지로 힘이 발동하던 도중에 의지로써 눌러 버린 것이다."

"……."

"인간이고 싶어 하는 의지인가?"

"그렇다."

"무의식중에서도 용케 멈췄군. 그때에는 스스로 무엇을 하는지조차 몰랐을 텐데."

사자인간은 재미있다는 눈으로 레오를 보았다. 그리고는 천천히 고개를 저으며 말을 이었다.

"하지만 그 바람에 몸에 무리가 갔다. 그 자리에서 전신이 터져 가루가 되지 않은 것만 해도 대단하다고 할 수 있지."

"으음, 그런가?"

일단 레오가 인정하자 사자인간은 다시 고개를 돌려 레오를 보며 무거운 목소리로 선언하듯 말했다.

"나는 그대를 보호하게 되어 있다. 그것이 나의 역할이니까. 전력으로 그대의 몸이 붕괴되는 것을 막았고, 겨우 그게 가능했다. 그대가 정신을 잃은 것은 당연한 일이다."

"그런 것이군. 알았다."

"이해했다니 다행이군. 그대는 나의 주인이다. 나의 역할은 그대를 보호하고, 그대의 힘이 되는 것이다. 그러니 나를 거부하지 마라. 나를 받아들이면 받아들일수록 너에게 힘을 전달하기가 쉬워진다. 반대로 거부하면 힘들어지지."

"그건 알겠는데, 나는 다시 깨어나야겠다. 그럼."

레오는 사정을 알았으니 이제 잠에서 깨어나야겠다고 말했다. 여느 때처럼 사자인간의 공간 속에서 나가면 현실 세계로 돌아갈 것이다. 지금의 일은 기억하지 못하겠지만 싸우는 데에는 지장이 없다.

하지만 사자인간은 고개를 저었다.

"레오여, 나의 주인이여. 그대는 잠든 것이 아니다. 정신을 잃은 상태라는 것을 기억하라."

"그게 다른 건가?"

"다르다. 몸이 어느 정도 회복되지 않으면 깨어날 수 없으니까."

"으음, 그런 것인가?"

"가루가 될 뻔한 상황이었다고 말했지 않은가? 몸을 유지할 수 있는 수준까지는 치유를 해야 한다."

"지금 깨어날 수 없다니……."

부하들은? 그러나 지금 자신이 그들에게 할 수 있는 일은 없다.

"무리를 해도 좋다. 방법이 없는가?"

"없다. 일단 깨어나면 나의 힘에 한계가 생긴다. 너의 몸은 그대로 가루가 되어 바람에 날리겠지."

"그런가?"

레오는 약간 기분이 나쁜 듯 고개를 숙였다. 스스로의 힘에 의해 자멸한 꼴이 아닌가?

아무리 현실의 자신이 의식 세계의 일을 기억하지 못한다고 해도 지금까지는 아무런 문제가 없었다.

레오는 고민했다. 하지만 어쩔 수가 없는 일, 달려갈 수도 없다. 그저 깨어날 때까지 그들이 버티고 있기만을 기원할 뿐이다.

"어쩔 수 없군."

레오는 한숨을 쉬었다. 생각해 보니 정신을 잃은 것은 이번이 처음이었다.

원래대로라면 몸의 힘이 일정 이상 떨어지면 졸음이 오게 되어 있지만, 급할 때에는 참을 수 있었다. 그 뒤에 그만큼 더 잠을 자야 하는 것이 문제일 뿐이었다.

"그럼 시간이 되면 알려라."

레오는 사자인간에게 그렇게 말하며 그 자리에 앉아 명상에 들어갔다.

육체적으로 한계가 없어진 지금, 그가 수련하는 것은 바로 정신력이었다.

이미 10여 년 전에 사자인간이 가르쳐 준 모든 전투법을 익히고, 그의 힘을 사용하는 법도 깨달았다.

이제는 그 힘을 증폭하는 정신력만이 스스로를 강하게 만드는 유일한 요소라고 할 수 있었다.

"그사이에도 수련을 멈추지 않는 것인가? 과연 전신이라고 할 만하군."

사자인간은 고개를 끄덕이며 조그만 목소리로 중얼거렸다. 그리고는 레오의 뒤에 서서 팔짱을 낀 채 눈을 감았다. 마치 레오를 보호하겠다는 듯이.

시간이 흘렀다. 레오는 여전히 명상에 잠겨 자신의 내면이 전해주는 정보를 더욱 확실하게 느끼려고 노력했다.

오감과는 또 다른 정신의 감각. 현실에서 기연처럼 겨우 깨달은 힘이지만, 알고 보면 이미 그것을 알고 수련한 지도 오래되었다.

눈으로 볼 필요도 없고, 귀로 들을 필요도 없다. 주변의 모든 것이 한 번에 직접 영혼으로 전달되었다. 그 감각의 인식 한계 거리는 거의 무한에 가까워서 레오가 원하는 모든 영역의 상황을 정확하게 전달했다.

그러나 이곳은 의식의 세계, 현실의 상황을 알 수 없다. 망망대해와도 같은 의식의 공간 속에서 무의식의 영역을 탐색할 뿐이었다.

그러던 중, 동상처럼 조금도 움직이지 않고 서 있던 사자인간이 갑자기 눈을 떠 레오를 바라보았다.

"대단하군. 의식 영역의 확장이 이미 극한에 다다른 것인가? 이대로라면 몇 년 안으로 공간의 한계를 넘어 의식 세계에서 외부를 느낄 수 있게 되겠군."

진정으로 감탄한 목소리였다. 사실 그가 말하는 수준은 바로 소위 말하는 신의 영역이기 때문에 물질 세계에 사는 모든 생명체는 절대로 도달할 수 없는 경지라고 할 수 있었다.

스스스스—

어둠이 사자인간을 감싸기 시작했다. 레오의 감각으로부터 스스로를 지키기 위해서였다.

의식의 감각은 본질을 꿰뚫는 것. 이제는 레오의 앞에서 주의해야만

했다.

마침내 검은 사자의 몸이 안개와도 같은 어둠에 가려졌다. 오직 파랗게 빛나는 안광만이 레오를 주시할 뿐이다.

어둠 속은 모든 것을 차단한 또 하나의 공간이라고 할 수 있었다.

사자인간은 비로소 안심한 듯 입가에 미소를 떠올렸다. 그리고는 매우 기분이 좋다는 듯 이를 드러내며 중얼거렸다. 지금까지와는 전혀 다르게 가늘고 차가운 목소리였다.

"예상했던 것보다 강하다. 이 정도면 나는 최고의 몸을 얻은 셈인가?"

영겁에 가까운 세월 동안 힘을 모아 겨우 하나의 몸을 선택할 수 있었다.

가장 뛰어난 재능을 가진 아이를 선택하기는 했지만 이 정도까지 성장을 하리라고는 전혀 생각지 못했다.

사자인간은 참을 수 없다는 듯 웃기 시작했다.

"흐흐흐흐, 얼마 남지 않았다. 네놈이 아무리 나와 동화되는 것을 싫어해도 이미 나와 너는 하나나 다름이 없지. 태어나면서부터 너의 의식 속에는 내가 존재했으니까."

그에게는 별로 길다고 할 수 없는 시간이지만 그래도 수십 년의 세월이 지났다. 덕분에 눈앞의 인간은 자신이 의식 속에 같이 있는 것에 대해 전혀 거부감을 느끼지 않았다.

문제는 그 스스로가 인간으로 남고 싶어 한다는 것이다. 힘에 취하지도, 다른 욕망에 사로잡히지도 않았다.

살육을 두려워하는 감정은 없었지만, 반대로 좋아하게 하는 데에도 실패를 한 셈이다.

"하지만 이제 곧 이성을 잃고 힘을 쓰게 될 것이다. 네가 깨어나서 처음으로 보는 것이 모든 부하들의 시체일 테니까. 너와 나는 30만 인간의 시체 속에서 융합되어 하나가 될 것이다!"

사자인간의 목소리는 이미 확신에 차 있었다. 자신을 위해 강해진 인간에게 최후를 선언하는 자의 잔인한 즐거움을 만끽하는 듯했다.

그는 이곳에 있어도 현실에서 일어나는 일들을 알 수 있었다. 사방의 성벽에서 가이안 군이 처절하게 싸우는 모습이 생생하게 느껴졌다.

지금밖에 없다! 성이 무너지고 다른 부하들이 레오를 지키며 모두 죽어가는 그 순간이 바로 레오가 깨어날 때이다.

레오의 몸이 완전히 회복되는 순간이기도 하고, 그로 인해 레오는 분노로 이성을 잃고 힘을 사용하기 시작할 것이다!

사자인간은 그렇게 확신하며 레오의 정신과 육체의 벽을 넘어 주변의 상황을 살피기 시작했다.

곧 그의 감각이 사방으로 퍼져 성벽 전체를 한번에 살폈다. 마치 바로 옆에서 눈으로 보는 것과 같이 생생하게 각각의 성벽의 상황을 모두 알 수 있었다.

*　　　　*　　　　*

"주군께서 쓰러지셨다고?"

휴케바인은 믿을 수 없다는 듯 두 눈을 크게 뜨고 외쳤다.

"그래요. 타로스 경께서 만약을 대비해서 중앙 탑으로 오래요. 성문이 무너지면 기사들로 폐하를 끝까지 보호한다는군요."

"있을 수 없는 일이야!"

크로티아가 상황을 설명해도 휴케바인은 완강히 부인했다. 그러면서 거칠게 검을 휘둘러 성벽에 걸린 갈고리를 끊어냈다.

그가 버티고 있는 동문은 성벽이 가장 많이 부서진 곳으로, 그야말로 격전지 중에서도 격전지라 할 수 있었지만 다행히도 아직까지는 버틸 만했다.

적은 기사급의 전력을 아끼고 있었다. 왜냐하면 기사인 지휘관이 전면에 나설 경우, 거의 확실하게 흑사자에게 죽어나가기 때문이다.

아무리 복장을 바꾸어도 검을 휘두르는 수준의 차이가 있기 때문에 가까이에서 붙으면 바로 탄로가 난다. 그리고 일단 탄로가 나면 흑사자의 검은 절대로 자비를 베풀지 않는다.

그런 만큼 가끔씩 적이 성벽 위로 올라와도 휴케바인은 몇 명의 기사들과 함께 싸워서 성벽 아래로 쫓아보내고는 했다.

크로티아는 그런 휴케바인의 곁에서 같이 싸웠다. 그러나 확실히 그녀에게는 휴케바인의 오우거와 같은 체력은 없었다.

일정 이상 싸우면 쉬러 내려가야 했고, 병사들의 교대 시간에 맞추어 그녀는 휴식을 취하고 있었다.

그런데 갑자기 달려온 크로티아가 한 말은 휴케바인에게 있어서 절대로 받아들일 수 없는 말이었다.

"시간이 없어요. 북쪽은 거의 붕괴 직전이란 말이에요!"

"이익!"

캉!

검을 내려치자 돌에서 불똥이 튀었다. 마법으로 강화된 돌에 검 자국이 남았다. 휴케바인은 거친 목소리로 옆에 있는 기사에게 말했다.

"지휘권을 넘기겠다. 이곳을 지켜라. 난 북문 쪽으로 가겠다!"

"알겠습니다."

기사는 비장한 목소리로 대답했다. 동문이라고 해서 여유가 있을 리는 없지만, 어차피 한쪽이 무너지면 그때에는 모두가 끝이다.

"가자, 크로티아."

"여보!"

휘익—

크로티아가 당황해서 자신을 부르는 것도 뒤로한 채 휴케바인은 그대로 성벽 아래로 뛰어내렸다. 타로스의 명을 처음으로 어기는 것이지만, 지금은 그것을 신경 쓸 여유가 없었다.

사실 휴케바인도 무엇인가 이변이 일어났다는 것을 알고는 있었다.

어느 곳에서도 주군의 모습이 보이지 않았다. 북문 쪽으로 간다는 것 같았는데, 그쪽의 전투 상황을 보면 여전히 적과 치열하게 싸우고 있었다.

무슨 일이 일어났지? 주무시나? 그럴 리가 없지. 그래도 싸우는 도중에는 잠을 안 자고 버티시거든.

전력으로 북문을 향해 달리면서 휴케바인은 빠르게 머리를 굴렸다. 그러나 여전히 답은 나오지 않았다.

"알게 뭐야, 젠장! 버티자."

주군이 다시 나올 때까지만 버티면 된다. 휴케바인은 그렇게 결론을 내렸다.

잠시 쉬러 들어간 사이 성벽이 뚫리면 부하 된 도리가 아닌 것이다. 그는 레오가 쓰러졌다는 사실을 아예 머리 속에 받아들이지 않고 있었다.

"같이 가요!"

뒤에서 크로티아가 외치는 소리가 들렸다. 휴케바인은 미소를 지으며 대답했다.

"천천히 와! 어차피 조금 늦으나 빠르나 그게 그거야! 적은 충분히 있다구!"

그러면서도 그는 약간 발걸음을 늦췄다. 역시 크로티아가 자신의 등을 보호해 주는 것이 가장 마음놓을 수 있었다.

그사이 크로티아는 바람처럼 달려와 휴케바인의 옆에서 나란히 달렸다.

확실히 선천적으로 몸이 가벼워 아직 단련이 덜 되었지만, 달리는 속도는 휴케바인과 비교해도 거의 비슷할 정도였다.

한참을 달려 북쪽 성문에 거의 도달하자 눈앞의 성벽 위로 적이 올라와 싸우는 모습이 보였다.

"저쪽이야!"

휴케바인은 크게 외치며 약간 방향을 틀어 그곳을 향해 일직선으로 달렸다. 그리고는 성벽 아래에 도착하자마자 벽에 한쪽 다리를 대고 몸을 굽혔다.

그러자 크로티아가 그대로 몸을 날려 휴케바인의 어깨를 밟고 위로 뛰었다.

"차앗!"

"우랴!"

휴케바인은 그에 맞추어 허리를 쭈욱 펴며 뛰었다. 크로티아의 도약력을 극대화하기 위해서였다.

과연 크로티아는 작은 새처럼 날렵하게 하늘 위로 날아올랐다. 단번에 몇 미터를 솟아 허공에서 몸을 한 바퀴 뒤집더니 그대로 성벽 위에 착지했다.

"앗! 넌 뭐냐?"

한참 싸우던 적병 중 한 명이 그걸 보고는 놀라 외쳤다. 그러나 크로티아는 대답없이 그대로 허리에 차고 있던 작은 소검을 뽑아 그를 찔렀다.

푸욱—

"끅!"

"기사다!"

옆에 있던 자가 놀라서 외치며 급히 물러났다. 성벽을 단숨에 뛰어오르는 여자라면 적어도 검기를 다룰 수 있는 기사급의 강자라고 판단한 듯했다. 그 바람에 크로티아가 충분히 운신할 수 있을 만큼의 공간이 생겼다.

파파파팍!

크로티아는 단숨에 사방을 향해 검을 찔렀다. 단순히 팔만을 움직이는 것이 아니라 몸 전체를 앞으로 날리며 전력으로 검을 내뻗었다.

그러나 어느새 다시 제자리로 돌아와 다른 방향을 공격했다.

휘익, 휙!

잔상이 일어날 정도로 빨랐다. 병사들은 크게 놀라 더 뒤로 물러났다.

덕분에 한참 위기에 빠져 있던 가이안의 병사들이 그 빈자리를 차지하고 서로 보호하는 진형을 굳힐 수 있었다.

"물러서지 마라! 빠른 검을 구사해도 여자다! 몸으로 밀어!"

뒤쪽에서 누군가가 외쳤다. 아무래도 지휘관이 한 명 올라온 모양이었다.

병사들은 그 말에 약간 겁을 먹은 듯 좌우에 서 있는 동료들의 얼굴을 보았다. 몸으로 밀라는 말은 같이 죽으라는 말과 같지 않은가?

그러나 그 말을 들은 다른 병사들 중 몇 명이 손에 들고 있던 검을 뽑아 앞에 있는 자들을 겨누었다.

독전대! 명에 따르지 않고 머뭇거리는 자들을 뒤에서 치는 자들. 병사 다섯 명 중 한 명은 독전대로 구성되어 있었다.

"어서 가!"

칼을 겨눈 병사가 처절한 목소리로 외쳤다. 가지 않으면 동료를 죽여야 한다.

"이익! 미노 제국 만세!"

병사들은 이를 악물고 크게 고함을 지르며 일제히 앞으로 나아갔다.

성벽 위의 너비는 약 5미터 정도에 불과한 만큼 그들이 전력으로 몇 걸음만 더 밀어붙일 수 있다면, 크로티아는 꼼짝없이 다시 아래로 떨어져야 했다.

그러나 그때 성벽 아래에서 누군가의 손이 올라와 바닥을 잡았다.

"끙차!"

휘익, 턱!

거대한 덩치의 기사가 아래쪽에서 숫구쳐 올라 커다란 새처럼 가볍게 바닥에 내려섰다.

크로티아는 뒤를 보지 않고도 그것을 알았는지, 살짝 몸을 비켜서 그 거구의 기사 옆쪽에 딱 붙어 섰다.

"어억!"

앞으로 돌진하던 병사들이 놀라 소리를 질렀다. 그러나 이미 가속력이 붙어 그들은 몸을 멈출 수가 없었다.

"으라차차!"

휘익, 파파팍!

기사는 그대로 몸을 바닥에 굴리며 돌진하는 병사들의 밑으로 파고들었다. 그리고 갑자기 옆으로 회전하며 단숨에 사방으로 검을 휘둘렀다.

전혀 기사답지 않은 변칙 검법이라고 할 수 있었다. 그러나 그 효과는 놀라웠다.

"아아악!"

단숨에 세 명의 병사가 다리에 중상을 입고 바닥에 쓰러졌다.

벌떡.

"이놈들! 내가 바로 휴케바인이다!"

거구의 기사는 회전하는 반동을 이용해 바로 일어나 버티고 서서 크게 외쳤다.

보통 사람보다 머리 두 개는 더 큰 그가 자리를 잡고 서서 외치자 그 기세가 놀라웠다. 미노의 병사들은 기겁하여 싸우던 것을 멈추고 주춤주춤 뒤로 물러섰다. 반면, 가이안 쪽은 얼굴에 크게 기뻐하는 기색이 떠올랐다.

"지원군이다! 기사들이 지원을 왔다!"

누군가가 외쳤다. 휴케바인은 그에 답하기라도 하듯 방패를 위로 번쩍 들어올리며 호통을 쳤다.

"감히 성벽 위로 올라오다니! 죽기 전엔 내려가지 못한다!"

"와아아아!"

가이안의 병사들이 일제히 소리를 질렀다. 그리고 다시 싸움이 시작되었다. 하지만 방금 전까지와는 달리 가이안 군이 미노 군을 밀어붙이는 형국이 되었다.

휴케바인의 실력도 실력이지만 체구와 인상이 크게 제몫을 하고 있었다.

*   *   *

사방의 난전은 점점 미노 제국에게 유리하게 진행되고 있었다. 비록 가이안 군이 예상보다 훨씬 훌륭하게 버티고 있었지만 이미 전세는 기울었다.

사자인간이 보기에 몇 시간 안으로 완전히 방어진이 뚫리고 전군 붕괴의 결과를 맞이할 것 같았다.

사자인간은 그의 날카로운 이를 드러내며 웃었다.

"좋아, 아주 좋아. 이놈의 손으로 직접 죽이는 것이 아니라서 안타깝지만, 생물이 죽이고 죽는 것은 정말 보기 좋군!"

그러면서 사자인간은 레오를 보았다.

레오가 태어나는 순간부터 그는 레오의 몸속에서 살았다.

그는 레오가 무엇인가를 죽일 때마다 점점 힘을 얻었다. 직접 죽이면 가장 좋고, 이런 식으로 주변에서 누군가가 죽어도 약간의 힘을 얻을 수 있었다.

16세가 되어 수련이 끝났을 때, 사자인간은 레오를 영지에서 떠나게 했다. 영지에서는 마물 이외에는 살육을 하지 않기에 힘을 얻을 수 없었기 때문이다.

그리고 그의 바람대로 지난 십몇 년간 레오는 세상의 영웅이 되었고,

제국을 세워 대륙 규모의 전쟁을 일으켰다.

강한 자의 숙명! 가장 뛰어난 전사의 길!

위대한 영웅의 행로이지만 사자인간에게는 단지 힘을 얻기 위한 수단에 불과했다.

"흐흐흐, 30만의 피라면 아쉬운 대로 쓸 만하지. 무엇보다 직접 힘을 흡수하는 거니까."

이제 곧 그 순간이 올 것이다. 그리고 그 정도 힘을 얻게 되면 완전히 레오의 영혼을 제압하고 몸을 손에 넣을 수 있다.

몇만 년인지 모르는 오랜 시간의 기다림 끝에 드디어 껍데기만 남은 자신의 몸이 새로운 몸을 얻게 되는 것이다!

가죽만 남은 몸을 갑옷으로 변화시켜 그에 어울리는 주인을 찾기로 한 것은 정말로 탁월한 결단이었다!

사자인간은 마침내 이루어지는 자신의 계획에 스스로 감탄했다. 그는 두 팔을 벌려 어두운 허공을 향해 포효하듯 외쳤다.

"부활이다! 나 다크 레오날이 다시 살육의 신으로 모든 인간들의 뇌리에 피의 각인을 시키는 순간이 왔다! 기다려라! 나의 먹이들아!"

그것은 세상의 모든 인간들을 향한 살육과 공포의 신으로부터의 선전포고였다.

*　　　　*　　　　*

마키아를 비롯한 미노 제국군의 지휘부는 흑사자가 더 이상 나타나지 않는다는 것을 깨달았다.

만약 흑사자만 없다면 기사들을 전면에 내세울 수 있다. 일반 병사들로만 밀어붙이는 것과는 파괴력의 차이가 다른 것이다.

"어떻게 할까요?"

부관이 묻자 마키아는 손가락으로 자신의 턱을 툭툭 두드리며 생각하기 시작했다.

"드디어 한계가 드러난 걸까?"

"하지만 마지막에 그가 성문 안으로 들어가는 순간까지 그런 기색은 보이지 않았습니다."

"그렇지. 그게 문제야."

마키아는 고개를 끄덕이며 부관의 말에 맞장구쳤다. 싸우던 도중 쓰러지면 이해가 간다. 부상이라도 당했다면 더 더욱 알기 쉽다.

그러나 여느 때와 같이 싸우던 적이 갑자기 나타나지 않는다. 정말 한계에 달해 쓰러졌다면, 그전에 이미 어느 정도 움직임의 차이가 있어야 할 것이다. 음모일까?

마키아는 결단을 내리지 못했다. 절대로 확신할 수 없는 상황이었다.

"어쩔 수 없지. 지금처럼 간다."

한참을 고민하던 끝에 결국 그는 모험은 하지 않기로 했다. 기사들은 모두 귀족들이고, 또 그들은 하루아침에 만들어지지 않는다. 병사들과는 또 다른 소중한 전력이라고 할 수 있다.

그런데 만약 흑사자가 수를 쓰는 거라면, 그래서 기사들이 전면으로 나섰을 때 갑자기 그가 나타난다면, 그건 정말 큰 문제가 된다.

승리만 한다면 병사의 희생은 별로 문제가 되지 않지만, 기사들은 가능한 한 남기는 것이 좋다.

"시간이 걸릴 겁니다."

부관이 못을 박듯 말했다. 그러나 마키아는 고개를 돌려 그를 보면서 미소 지었다.

"그래 봐야 반나절이면 끝나겠지? 흑사자란 놈이 정말로 쓰러졌다면, 절대 반나절 만에 회복할 수 없다."

7일 동안 조금도 쉬지 않고 싸운 자! 조금 쉰다고 다시 멀쩡해질 수는 없다. 마키아는 그걸 알기에 결단을 내릴 수 있었다.

"그놈이 수를 쓰든 말든 우리는 밀어붙이면 된다. 일단 성벽을 완전히 제압하면 승부는 난다!"

"옛!"

지휘관의 결론을 들은 참모들은 모두 복명했다. 기나긴 전투가 비로소 끝을 보이고 있었다. 반나절, 정말로 흑사자가 나오지 않는다면 그보다 훨씬 시간이 단축될지도 모른다.

그 사실이 그들을 기쁘게 했다.

시간이 흘렀다. 이미 성벽 중 몇 군데는 미노 제국군의 영역이 되었다. 가이안의 기사들이 필사적으로 싸운 덕분에 아직까지는 버티고 있지만 점점 성벽 위로 올라가는 미노 군의 수가 늘어나고 있었다.

마키아는 간이 의자에 앉아 그 광경을 지켜보다가 곁눈질로 슬쩍 부관의 얼굴을 보며 의견을 물었다.

"저 정도면 뒤집기 어렵다. 정말 그놈이 쓰러진 것 같나?"

부관도 마키아와 같은 판단을 내렸는지 바로 대답했다.

"틀림없는 것 같습니다. 지금이라면 흑사자가 나와도 성을 함락시킬 수 있습니다."

"좋아!"

벌떡.

마키아는 부관의 말이 끝나자마자 바로 의자에서 일어났다. 그리고는 그대로 허리에 차고 있던 검을 뽑아 들고 앞으로 달려나갔다.

"기사단! 돌격한다!"

그의 입에서 기력이 충만한 목소리가 흘러나와 주변의 공기를 진동시켰다.

이미 인내의 한계에 달한 상태에서 흑사자 때문에 며칠 동안이나 억지로 참았다. 그리고 지금 억눌렀던 모든 것이 터져 나왔다. 마키아는 이제는 한순간도 참을 수 없었다.

"장군의 뒤를 따르라! 기를 올려라!"

부관도 서둘러 마키아의 뒤를 따라 달리며 소리를 질렀다. 대기 중에 있던 모든 기사들이 제각기 무기를 뽑아 들고 군의 전면으로 달리기 시작했다.

그들은 싸우기 위해 평생을 수련한 제국의 기사다. 그런데 이번에는 병사들에게만 전투를 맡기고 그들은 대기하고 있었다. 자신의 부하들이 죽어가도 감히 전면으로 나서지 못했다.

하지만 이제는 다르다! 성벽 위에서 힘없는 일반 병사들을 상대로 검을 휘두르고 있는 가이안의 기사들을 하나도 남기지 않고 도륙하리라!

기사들의 눈에서 살기가 일었다.

"와아아아아아!"

병사들이 좌우로 갈라서 길을 내주며 일제히 함성을 질렀다. 반면에 한참 성벽 위에서 싸우고 있던 가이안 군은 크게 놀랐다.

일단 미노의 기사들이 성벽 위로 올라오면 성의 함락은 급속도로 진행될 것이다.

특히 가장 선두에서 달리고 있는 자의 모습에 사람들은 안색이 변해 비명을 질렀다.

그는 붉은 머리카락을 바람에 날리며 말보다 빠르게 달리고 있었다. 두 손으로 움켜잡고 있는 검에서도 그의 머리카락과 같은 색의 검강을 뿜어내고 있었다.

"마스터다!"

"홍염의 광전사!"

여기저기서 그의 별명과 이름을 부르는 소리가 들려왔다.

마키아는 활짝 웃었다.

'역시 유명인은 어디를 가도 알아보는군!'

기분이 한껏 좋아진 그는 그 즐거움마저 살기로 바꿔 외쳤다.

"항복은 없다! 모두 죽어라!"

"와아아아아!"

다시 미노의 병사들이 함성을 질렀다. 사기가 극도로 올라간 모양이다.

마키아는 그걸 피부로 느끼면서 달리는 속도를 더욱 높였다. 어차피 흑사자가 없으니 적중에서 자신의 검을 받을 수 있는 자는 없다. 상급 기사라 해도 기껏해야 일검이나 이검 정도면 충분하다.

파파팍!

마키아는 이미 성벽 곳곳에 걸려 있는 사다리를 밟고 달리는 힘을 이용하여 차고 올랐다.

몇 번을 뛰어오르자 그대로 성벽 위에 올라설 수 있었다. 그를 따르는 기사들은 말을 타고 왔지만 아직 성벽에 도착하지도 못했다.

"비켜라!"

마키아는 크게 소리치며 병사들이 진을 치고 싸우는 앞으로 달려나 갔다. 몇몇 기사들이 크게 놀라 급히 물러서는 것이 보였다.

"피할 것 같으냐?"

위잉, 캉!

"커억!"

가볍게 휘두른 것 같았는데, 막아낸 기사의 검이 부러지며 그대로 뒤로 튕겨 나갔다.

검에 직접 베인 것도 아닌데 충격만으로도 거의 죽을 정도의 부상을 입은 것 같았다.

"크하하하하!"

마키아는 미친 듯이 광소하며 다시 검을 휘둘렀다.

아무도 막을 수 없다! 나는 최고다!

그런데 그때 갑자기 적들 사이로 누군가가 달려나왔다.

"미친놈!"

그는 거칠게 소리를 지르며 달려나오는 기세를 그대로 실어 검으로 마키아의 몸통을 후려치려 했다.

무서운 속도와 힘이 그 검에서 느껴졌다. 최고 수준에 가까운 자가 전력으로 공격을 가하는 것이 틀림없다.

하지만 마키아는 순간적으로 몸을 옆으로 움직이며 자신의 검으로 상대의 일격을 막았다.

이것으로 상대의 무기는 파괴되고, 검강의 파괴력으로 상대의 내장 에 치명적인 충격을 가할 수 있다. 마키아는 그렇게 생각했다.

부앙, 쾅!

"윽!"

두 개의 무기가 부딪치며 방금 전과는 전혀 다른 굉음이 울렸다. 그와 거의 동시에 마키아에게 공격을 가한 기사는 짧은 신음성을 내며 뒤로 주르륵 밀려났다.

그러나 그의 검은 조금도 손상이 없었다. 검붉은 색의 검신이 요요롭게 빛나는 검, 그것은 마법검이었다.

"크윽!"

마키아 역시 무사하지는 못했다. 충격으로 상체가 확, 휘며 뒤로 쓰러질 뻔했다.

급히 기를 끌어올려 버텼지만, 결국 뒤로 두어 걸음 물러설 수밖에 없었다.

상대의 검에서 느껴진 힘은 그의 예상을 넘어서는, 거의 검강과도 같은 수준이었다. 그걸 한쪽 손으로 막으니 오른손이 부르르 떨리며 상당히 저렸다.

"네놈은 누구냐?"

마키아는 왼손으로 오른쪽 손목을 주무르며 물었다. 아무리 마법검을 들었다고 해도 마스터인 자신의 검을 막아낼 자라면 이름 없는 무장은 아닐 터였다.

둘이 격돌하는 것을 본 순간 주변의 기사들과 병사들은 거의 본능적으로 멀찍이 물러섰다. 그들에게 이런 경지의 인물들의 싸움은 괴수대전이나 다름이 없다. 휘말려 봐야 순식간에 생명을 잃을 뿐이다.

마키아의 눈에 그런 주위의 모습이 들어왔지만 신경도 쓰지 않고 상대의 대답을 기다렸다. 그는 사실 상대의 모습이 정확하게 눈에 들어온 순간 누구인지 예상하고 있었다. 그리고 그가 생각한 말이 곧바로 들려왔다.

"가이안의 휴케바인이다. 네가 마키아냐?"

"네놈이 거인 기사로군. 딱 하프 오우거만한 덩치야."

마키아는 비릿한 웃음을 지으며 말했다. 그는 지금 의도적으로 휴케바인의 부모를 모독하는 말을 내뱉은 것이다.

하지만 휴케바인은 안색이 변하지도, 인상이 일그러지지도 않았다. 지금은 이런 말에 화를 낼 상황이 아니다. 그와 대치하고 있는 상대는 마스터다. 여기서 이성을 잃기라도 한다면 단번에 당할 것이 불을 보듯 훤했다.

'흐흐흐, 사람 잘못 건드렸다.'

싸움에서 유리한 고지를 점하기 위해 말로 상대를 약올리는 데에는 타의 추종을 불허하는 이가 바로 휴케바인이다. 오히려 상대가 말을 걸 빌미를 주었으니 고맙지 않은가?

'검이라면 몰라도 말싸움에서 지는 건 내 자존심상 있을 수 없는 일이지!'

여기까지 생각하자 휴케바인의 선명한 세 줄기 흉터가 있는 얼굴 가득 능글거리는 웃음이 퍼지기 시작했다.

"이제야 만나는군. 너를 만나면 꼭 전해야 할 말이 있었는데, 마침 잘됐다."

휴케바인은 유들유들한 어조로 일부러 말을 길게 늘여가면서도 큰 목소리로 말하고 있었다. 덕분에 그의 말은 이 상황을 지켜보고 있는 이들 너머로 꽤 먼 곳까지 들렸다.

"그게 뭐냐 하면 말이지. 이곳 성벽을 지키시는 타로스 남작님께서 꼭 고맙다고 전해달라는 거야."

여기서 다시 한 번 살짝 시간을 둔다. 이미 휴케바인의 독설을 잘 알고 있는 가이안 쪽의 몇몇 사람들은 이 긴박한 순간에도 과연 무슨 말이 나올지 숨을 죽이고 있었다.

"네놈의 훌륭한 지휘 덕분에 폐하께서 오시기 전까지 아주 쉽게 버틸 수 있었다면서? 꼭 고맙다고 전하라고 신신당부하셨지."

킥킥거리는 웃음소리가 가이안 쪽 병사들 사이에서 점차 퍼져 나가더니 웅성거림과 함께 큰 웃음소리로 바뀌었다. 하지만 그것도 잠시, 웃음과 함께 터져 나온 또 다른 소리가 있었다.

슈육, 카카캉!

분노한 마키아의 검이 갑자기 연속적으로 휴케바인 쪽을 공격해 왔다. 휴케바인은 기다렸다는 듯이 연달아 세 번을 찔러오는 마키아의 검을 엄청난 속도로 맞받아쳤다. 허공에서 부딪친 검이 날카로운 소리를 내었다.

"더럽게 빠르군!"

휴케바인은 습관적으로 과장되게 엄살을 떨며 말했다. 하지만 사실 평소와 달리 이번엔 꼭 엄살이라고 할 수 없다. 이번 공방으로 그는 상대의 공격이 자신보다 느리지 않음을 확실히 깨달은 것이다.

거기에 감각이 거의 사라질 정도로 팔에 큰 충격을 받았다. 급히 기를 움직여 충격을 해소했지만 확실히 마스터는 넘기 어려운 벽이었다.

슬쩍 눈을 돌려 자신의 검을 보았다. 상급의 마법검이기에 검강의 힘을 받고도 부러지지 않았다.

그러나 검에 몇 개의 자국이 생긴 것을 보니 몇 번 더 부딪치면 부러져 버릴 것 같았다.

"이렇게 센 놈이 폐하가 계실 때에는 쥐새끼처럼 숨어 있었단 말이지? 수치를 알아라!"

휴케바인은 속으로는 긴장하면서도 끝까지 빈정대는 말을 잊지 않고 지껄여 댔다.

아픈 곳을 찔린 마키아의 표정이 일순간 변했다. 그는 오히려 입술 끝을 말아 올리며 미소를 짓고 있었다. 하지만 곤두선 머리카락과 붉게 달아오른 눈동자를 본다면 그의 분노가 극에 달했음을 알 수 있다.

아니, 굳이 보지 않더라도 마스터만이 가지는 기세가 온통 살기로 뒤덮인 것만으로도 그의 분노를 익히 짐작할 수 있었다.

"쓸 만한 놈이지만 버릇이 없군. 죽어랏!"

살기 어린 말에 이어 마키아의 검이 그대로 휴케바인의 목을 노리고 빛살과 같은 속도로 날아들었다.

쎄에엑, 푹!

"크윽!"

방금 전보다 훨씬 빠른 공격이었다. 공기가 비단을 찢는 소리를 내며 갈라졌다. 휴케바인은 반사적으로 몸을 비틀었지만 완전히 피할 수는 없었다. 검은 휴케바인의 오른쪽 어깨에 깊숙하게 박혔다.

마키아는 일검에 상대의 목을 취하지 못하자 살짝 미간을 찌푸렸다. 분노하긴 했지만 그의 검은 가장 냉철한 공격의 형태를 취했다.

마스터는 아니더라도 검사를 사용할 수 있는 자다. 결코 방심할 수 없는 상대이기에 처음부터 가장 날카로운 공격을 가했다.

'과연 만만한 상대는 아니군. 단번에 목을 취하지 못하다니……. 하지만 내 검이 어깨에 박힌 이상 결과는 같다!'

이미 자신의 승리를 자신한 마키아는 즉시 검을 비틀어 휴케바인의 한쪽 팔을 잘라내려 했다.

휙, 팟!

그 순간 휴케바인의 뒤에서 검고 작은 그림자가 나타나 마키아의 가슴을 향해 파고들었다.

너무나도 빨랐다. 검을 수련한 이후 처음 보는 빠르기였다.

캉, 촤악!

마키아는 기겁하여 급히 뒤로 물러서며 자신의 검으로 몸을 스치듯 쓸어 올렸다. 옆으로 피하거나 반격할 정도의 여유가 없었다.

"뭐냐?"

무의식적으로 마키아의 입에서 튀어나온 말에 대답이라도 하듯 청높은 비명 소리가 곧바로 따라 울렸다.

"악!"

"크윽, 여자?"

타는 듯한 아픔이 가슴에서 느껴진다. 검이 부딪치자 그 충격으로 인해 상대는 튕겨 나갔다.

그러나 이미 상대의 검끝은 마키아의 갑옷을 뚫고 가슴에 파고들었다. 갑옷이 가슴에서 오른쪽 어깨까지 소리를 내며 잘리고, 피가 튀었다.

검을 휴케바인의 어깨에 박아 넣은 상태여서 그걸 뽑는 시간만큼 늦은 것이다.

마키아는 신음 소리를 내며 비틀비틀 뒤로 물러났다. 오른쪽 팔에 힘이 들어가지 않았다.

갈라진 갑옷 사이로 피가 뭉클뭉클 배어 나왔다. 얼른 기를 운용하여 출혈을 막으려 했지만 피가 멈추지 않는 것으로 보아 제법 심각한 상처인 것 같았다.

휘익, 처척.

때마침 성벽 위로 올라온 기사 두 명이 얼른 마키아의 앞을 막아서 그를 보호했다.

상대편 쪽에서도 몇 명의 기사가 모여들고 있었다.

마키아는 침과 함께 고통을 삼키며 자신에게 부상을 입힌 상대를 보았다.

짧은 단말마의 비명을 지르며 튕겨 나간 상대는 아직 어려 보이는 여자아이였다. 특이하게도 검은 피부를 소유한 그녀는 두 손으로 약간 긴 검을 잡고 자세를 낮게 한 채 마키아를 노려보고 있었다.

그걸 보고 휴케바인이 자랑하듯 말했다. 어깨에서 흐르는 피는 전혀 신경 쓰지 않는 듯했다.

"하하하! 어떠냐? 빨라서 못 피하겠지?"

"암살자를 키웠나? 쓸 만하군."

마키아가 신기한 것이라도 보는 듯한 표정으로 내뱉듯이 말하자 휴케바인이 약간 열을 내며 대꾸했다.

"암살자라니? 내 아내다."

"아내?"

무슨 아내를 전장에 데리고 나온단 말인가? 마키아는 고개를 갸웃하며 여자를 보았다.

그러다가 문득 머리에 떠오르는 것이 있었다. 지금까지는 완전히 눈이 뒤집혀 있어서 몰랐는데, 약간 이성적이 되자 거인 기사의 세기의 결혼에 대한 정보가 기억났다.

"밀림의 여왕?"

마키아의 눈에 놀람과 기쁨의 감정이 떠올랐다. 이건 생각지도 못했던 횡재다!

"하하하, 밀림의 여왕까지 있었나?"

스스스슥—

"물러나요!"

마키아가 앞으로 걸어나오며 살기를 내뿜자 크로티아는 옆으로 반 걸음 움직여 자세를 더욱 낮추고는 소리쳤다.

그러나 마키아는 그녀의 말을 무시하며 다시 한 걸음 앞으로 나섰다.

"한 놈도 살려두지 않으려 했는데 어쩔 수 없군. 밀림의 여왕을 죽일 수는 없지, 흐흐흐."

마치 자비를 베푼다는 듯 말하는 마키아, 그러나 그의 눈은 잔인하게 웃고 있었다.

밀림의 여왕을 죽이면 밀림과는 영원한 원수가 된다. 반대로 여왕을 포로로 잡을 수만 있다면, 샤먼들을 자신들의 뜻대로 이용할 수 있을 것이다.

미노 제국에서는 일찍부터 그런 생각을 하고 슈앙 밀림의 대샤먼을 납치할 계획을 세우려 했지만 밀림 안에서 나오지 않는 대샤먼을 만날 수조차 없었다.

하지만 이제 호쿠쿠 밀림의 여왕을 얻을 수 있게 되었다.

'크크크, 일단 잡아가기만 하면……!'

제국에는 재주있는 사람이 많으니 어떻게든 이용할 수 있을 것이다. 그렇다면 마키아 자신의 공은 몇 배로 늘어난다. 아니, 사실 그것보다는 흑사자의 힘의 일각이 흔들릴 것이 분명했다.

마키아의 웃음이 한층 짙어졌다. 그 웃음을 정면으로 대하는 크로티아는 등 쪽으로 벌레가 기어가는 것 같은 느낌에 자신도 모르게 한차례 몸을 부르르 떨었다.

"여왕은 여왕답게 한쪽에 앉아서 구경이나 하시지요, 하하하!"

마키아가 이미 크로티아를 손안에 쥐고 있는 듯 말하며 다가서려고 할 때 그의 시야에서 여자가 사라졌다.

휴케바인이 크로티아를 잡아 얼른 자신의 등 뒤에 세운 것이다.

"웃기지 마라!"

거대한 몸으로 아내의 몸을 완전히 가리고 선 휴케바인이 마키아를 향해 소리치자 마키아 또한 지지 않고 되받았다.

"네놈에게 한 말이 아니다!"

말의 공방과 거의 동시에 다시 한 번 금속성의 소리가 크게 울렸다.

카캉!

거의 동시에 튀어나온 두 개의 검이 공중에서 부딪쳤다. 마치 약속이나 한 듯 두 사람은 어느새 왼손에 검을 쥐고 있었다.

"크윽!"

휴케바인은 다시 신음 소리를 내며 뒤로 물러났다. 그나마 왼손이라서 상대의 공격이 상대적으로 약해졌기에 버틸 수 있었다.

"차앗!"

슈욱—

순간을 놓치지 않고 휴케바인의 뒤쪽에서 힘찬 기합 소리와 함께 크로티아가 튀어나왔다. 하지만 처음과 달리 마키아는 이미 크로티아의 존재를 알고 대비하고 있었다.

"얌전하게 한쪽에 앉아 있으라고!"

캉!

아무리 빨라도 기습이 아닌 한 마키아에게는 위협이 되지 않았다.

그는 크로티아를 기절시킬 목적으로 힘을 조절하여 검면으로 그녀의 검을 쳤다. 크로티아는 가까스로 그의 검을 막으며 곧바로 쓰러질 듯 비틀거렸다.

'아무리 힘을 조절했다지만, 나의 일검을 받아내다니⋯⋯.'

마키아는 한편으로는 감탄하면서도 비틀거리는 크로티아 쪽으로 다시 한 번 검을 휘두르려 했다. 순간 휴케바인이 벽력같이 소리치며 달려들었다.

"내 아내를 괴롭히지 마라!"

두두두두!

2미터가 넘는 거구가 거대한 방패를 앞으로 세운 채 엄청난 속도로 달려온다. 그 모습에서 거대한 황소가 달려오는 것 같은 중압감이 느껴졌다.

사람과 사람이 부딪치는 전장에서 휴케바인과 같은 덩치가 돌격해 오면 상대하기가 정말로 쉽지 않다. 피할 수도 막을 수도 없고, 반격을 해도 상대의 돌격은 멈추지 않기 때문에 결국 몸이 부딪치게 된다.

하지만 마키아는 마스터였다. 그는 웃기지도 않는다는 표정을 지으며 오러 블레이드의 힘을 모아 위에서 아래로 내려쳤다. 방패와 사람을 둘로 잘라 버릴 생각이었다.

철로 된 방패라고 해도 오러 블레이드 앞에서는 무용지물이 아닌가? 그것이 바로 마스터의 특권이다.

쾅!

"하압!"

방패가 소리를 내며 위쪽에서부터 둘로 갈라졌다. 하지만 완전히 자를 수는 없었고, 당연히 그 뒤에 있는 휴케바인의 몸도 무사했다.

퍽!

"커헉!"

마키아는 믿을 수 없다는 표정을 지었다.

그의 몸이 공중으로 떠서 뒤로 튕겨 나가고 있었다. 충격이 심하지는 않았지만 물리적인 휴케바인의 몸무게와 돌진의 힘을 버티고 서 있을 수는 없었다.

오러 블레이드로 방패를 못 자르다니? 설마 했는데, 그것은 정말로 통짜 금속 방패였다.

그리고 놀랍게도 상대는 방패에 기를 주입해서 자신의 오러 블레이드를 막았다.

검이나 도끼와 같은 무기가 아닌 방패나 갑옷에 오러를 주입하는 것은 마스터의 경지에 다다라야 겨우 가능한 경지이다. 그것도 비전의 방법을 알고 있어야만 된다.

'칫! 하긴 검사를 사용할 수 있는 놈이니 아주 불가능한 것도 아니지.'

마키아는 순간적으로 떠오르는 의문을 억지로 잠재웠다. 어찌 되었든 자신은 마스터이고, 마스터가 아닌 자가 마스터를 이길 확률은 없다는 것이 증명된 진실이다.

생각은 길었지만 실제로 마키아의 몸이 공중을 떠 날아가는 한순간에 불과했다. 그리고 그렇게 튕겨지는 마키아를 쏜살같이 따라 달려드는 그림자가 있었다.

"어딜!"

챙!

크로티아가 날린 소검은 마키아의 일격에 바로 튕겨 나갔다. 비록 몸이 공중에 떠 있어서 피할 수는 없지만 막는 것은 일도 아니었다.

위이잉!

하지만 그것으로 끝이 아니었다. 소검에 이어 연달아 거대한 방패가 날아들었다. 순간적으로 몸을 크게 비튼 휴케바인이 아내의 움직임에 맞추어 날려 보낸 것이다.

소검을 날린 크로티아는 곧바로 위로 훌쩍 뛰어오르며 등 뒤에 메고 있던 검의 손잡이를 양손으로 잡았다. 그와 동시에 그녀의 발밑으로 휴케바인의 방패가 거의 스칠 듯이 냉렬하게 공기를 가르며 마키아의 무릎을 노리며 날아들었다.

"이놈들이!"

마키아는 둘이 동시에 자신을 협공하자 크게 화가 일었다. 마스터는 보통 혼자 상대할 수 없는 존재여서 항상 협공을 당하는 입장이 되지만, 이번처럼 여자까지 끼어들어서 달려드는 경우는 없었다.

특히 죽일 수도 없는 여자라서 더욱 기분이 나빴다.

그런 감정과는 반대로 이성이 이 순간에 해야 하는 일들을 확실하게 전해왔다.

방패의 힘은 맹렬하게, 그리고 교묘하게 피할 수 없게 날아왔다.

오러의 힘으로 몸을 보호해도 저 방패에 다리를 맞으면 뼈에 충격을 받을 것이 분명하다.

어쩌면 금이 갈지도 모른다. 잘못해서 무릎 바로 아래쪽에 맞으면 정말 크게 다칠 수도 있다. 마스터가 가장 조심해야 할 것은 이런 중병기의 공격이다.

말 위에서 행해지는 랜스 돌격이나 헤비 메이스 같은 무기가 만들어 내는 충격은 오러의 방어막을 뚫고 안쪽에 상처를 입힌다.

마키아는 다시 눈을 들어 자신보다 위에 떠 있는 크로티아를 보았다. 정말 빠르고 가벼운 몸놀림이었다. 그녀는 검을 뽑아 마키아의 목을 노리고 있었다.

'저 정도라면······.'

그 짧은 순간에도 마키아는 크로티아의 검에서 느껴지는 힘과 기세를 가늠했다.

그가 보기에 크로티아의 수준은 검기를 겨우 사용할까 말까 하는 정도였다.

방금 전까지 그녀가 사용하던 검은 마법검이었는데, 아무리 마법검이라고 해도 그 수준이라면 마키아는 절대로 무사할 자신이 있었다.

일단 마스터가 방심하지 않고 한곳에 오러를 집중하여 몸을 보호하면, 아무리 마법검이라고 해도 상처를 입힐 수 없다.

상대가 검사를 구사할 정도라면 이야기가 다르지만, 그 이하라면 틀림없다.

어느 정도 방심한 상태라고 해도 일반인 수준이면 소용없다. 검이나 창으로 아무리 찔러도 마스터에게는 상처를 입힐 수 없는 것이다. 화살도 마찬가지이다.

"이익!"

마키아는 즉시 몸을 비틀며 검을 아래로 휘둘렀다. 그리고는 오러를 모아 오른쪽 가슴에 집중시켜 위에서 찔러 들어오는 크로티아의 검을 받았다.

카캉, 팍!

"어억!"

마키아의 검이 날아오는 방패를 정확하게 둘로 갈랐다. 쇠가 잘리는 소리가 요란하게 들리며 방패 조각은 양쪽으로 날아가 뒤쪽에 있던 엄한 병사들에게 민폐를 끼쳤다.

그러나 마키아가 예상했던 것과는 달리 크로티아의 검은 그의 오러를 뚫고 가슴으로 파고들었다.

다른 곳도 아닌 정확하게 마키아가 오러를 집중시킨 곳이었다. 무엇인가 잘못되었다는 생각이 들었지만 이미 늦었다.

"우아아아아아!"

휴케바인이 괴성을 지르며 달려왔다. 아직도 공중에 떠 있는 마키아의 위에는 크로티아가 두 발로 마키아의 가슴을 밟고 검을 완전히 그의 몸속으로 밀어 넣고 있었다.

위잉, 퍽!

휴케바인의 검이 마키아의 팔을 잘랐다. 검을 든 팔이 피를 뿌리며 허공으로 날아올랐다.

"크로티아!"

"하앗!"

휴케바인이 그의 아내의 이름을 부르며 두 손으로 자신의 롱 소드를 잡고 옆으로 휘둘렀다. 동시에 크로티아가 기합을 지르며 다시 공중으로 떠올랐다.

마키아는 팔이 잘리는 고통이 그의 두뇌에 전달되기도 전에 휴케바인의 검날을 다시 볼 수 있었다.

퍽!

마키아의 목이 허공으로 날아올랐다.

휴케바인은 정말로 이번 일격에 전력을 다한 듯 몸의 중심을 잡지 못하고 제자리에서 한 바퀴를 돌아 바닥에 쓰러졌다.

크로티아가 바로 그의 몸 뒤쪽에 내려서며 사방의 적을 경계했다. 어느새 그녀의 양손에는 두 개의 비수가 들려 있었다. 누구라도 가까이 오면 바로 던지겠다는 눈빛이었다.

그 순간 전장의 움직임이 멎었다.

쿵!

목과 한쪽 팔이 없는 마키아의 몸은 그때서야 돌 바닥에 둔탁한 소리를 내며 떨어졌다.

그 충격으로 그의 목 부분에서 꽉 하고 피가 튀어 바닥을 흥건히 적셨다.

"마키아 장군!"

뒤에서 기사 한 명이 놀라 부르짖는 소리가 들려왔다. 다른 사람들이 그 목소리에 고개를 돌려 그쪽을 보았다.

마스터가 죽었다! 그것도 마스터가 아닌 자에게!

믿을 수 없는 사건은 충격으로 변하여 그들의 가슴을 두드렸다.

휴케바인은 이때를 놓치지 않겠다는 듯 얼른 일어나 두 손으로 잡은 검을 머리 위로 높이 들어올리며 소리쳤다.

"적장 마키아를 죽였다! 또 누가 덤빌 거냐?"

그의 어깨에서는 아직도 피가 흐르고 있었다. 뿐만 아니라 그동안 전신에 입은 적지 않은 상처가 마키아의 검에 부딪친 충격으로 모두 터져 버렸다.

"흐윽……."

"헉!"

휴케바인과 눈이 마주친 미노 제국의 기사들은 자신도 모르게 신음소리를 발하며 몸을 떨었다. 붉은 피로 온몸을 적신 거대한 덩치의 남자는 더 이상 인간으로 보이지 않았다.

마치 피로 몸을 칠한 것 같은 거대한 악귀가 흉흉한 눈으로 사방을 노려보며 소리를 지르는 것 같았다.

크로티아는 그사이 얼른 마키아의 오른쪽 가슴에 꽂혀 있는 자신의 검을 뽑아왔다.

안타깝게도 남편이 선물한 마법의 소검은 성벽 바깥쪽으로 떨어져버렸다. 속이 상했지만 어쩔 수 없었다. 나중에 미안하다고 사과를 해야겠다고 생각했다.

그녀는 눈을 돌려 자신이 들고 있는 검을 바라보았다.

검청색의 날은 아무런 예기도 풍기지 않고 오히려 둔해 보일 정도였다.

검날이 얇고 길어서 어떻게 보면 여성들의 호신용 검과도 같아 보였다. 실전에서는 거의 쓸모가 없어 보이는 그런 검이었다.

그러나 사실 이 검이야말로 세상에 존재하는 가장 무서운 몇 개의 무구 중 하나라고 할 수 있었다.

마하블레이드 가문에 내려오는 다크 퓨리는 거의 살아 있다고 해도 과언이 아닐 정도로 뛰어난 마법검이다. 전설에 의하면, 마왕과 싸울 때 도운 대가로 투신이 직접 마법을 걸어주었다고 한다.

드래곤 본으로 만든 것은 아니지만 그것에 필적할 정도의 강도를 자랑한다.

검날의 날카로움은 드래곤의 비늘도 자를 수 있다. 뿐만 아니라 검에서 나오는 신기한 기운이 오러를 흩어버린다.

빠름에서 대륙 최강이라는 마하블레이드 가문의 여검사들의 손에 들리면 능히 마스터의 목숨을 위협할 수 있는 그런 무기였다.

300년간 밀림의 대샤먼에게 맡겨져 있던 다크 퓨리는 결계가 풀리면서 다시 마하블레이드 가문의 손에 들려졌다.

그리고 이 검이 마스터를 죽이며 그녀와 휴케바인의 목숨을 구했다. 크로티아는 검면을 손으로 슬쩍 쓰다듬으며 속으로 중얼거렸다.

'고마워요.'

우우우웅─

검이 가볍게 떨렸다. 마치 자신의 주인에게 그쯤은 당연하다고 말하는 것 같았다.

어쨌든 간에 그 일전으로 북쪽 성벽의 상황이 완전히 변해 버렸다.

휴케바인은 그런 부상을 당하고도 정말 광전사처럼 미친 듯이 싸웠다. 마스터를 벤 그의 모습을 직접 본 미노 기사들은 이미 그에 대해 공포감을 느끼고 있었기에 제 실력을 다하기 힘들었다.

더군다나 흉포하게 날뛰는 휴케바인의 그림자 속에는 항상 크로티아의 칼날이 숨겨져 있다. 다크 퓨리는 주인의 남편의 빈틈을 노리고 달려드는 이들의 목숨을 어김없이 취했다.

최고 지휘관이자 가장 강력한 무력의 소유자인 마키아의 죽음, 그리고 그를 죽인 휴케바인 부부의 맹활약은 기적을 가져왔다. 누가 보아도 불리하기 짝이 없던 북쪽 성벽의 전황을 순식간에 뒤집어 버린 것이다.

마침내 북쪽 성벽 위에 살아 있는 미노의 인간은 단 한 명도 없게 되었다. 결국 성벽 위의 적병을 모두 밖으로 쫓아낸 것이다.

이는 미노 제국이 기사를 투입한 시점에서 벌어진 일이기에 더욱 놀랍다고 할 수 있었다.

하지만 스틸문의 위기는 끝나지 않았다. 아니, 오히려 더욱 심각한 상황으로 치닫고 있었다. 북쪽을 제외한 다른 세 곳의 성벽은 정말로 위기에 빠졌다. 이제는 적병의 수가 아군의 수보다 많을 정도였다.

총지휘관인 마카이아가 전사했다. 이제는 정말 흑사자라도 죽이지 않으면 그 책임을 면하기 어려운 상황인 것이다.

부관을 비롯한 참모들은 그것을 잘 알기 때문에 절대로 물러서려 하지 않았다.

가까스로 북쪽 성벽에서 적을 물리친 휴케바인은 다른 세 곳의 상황을 보며 이를 갈았다. 지금 당장 지원을 간다고 해도 전세가 역전될 수 없음은 누가 보기에도 명백했다.

죽을 각오로 조금 더 버틸 수 있었고, 적장을 죽일 수도 있었지만 제국의 공격은 멈추지 않았다.

'이제는 수가 없다!'

원통함과 분함을 뒤로하고 휴케바인은 냉철하게 판단을 내렸다. 이제는 타로스의 말대로 중앙 성탑에 가야 할 때였다.

중앙 성탑에는 그의 주군, 흑사자가 있다. 성문이 열리기 전에 그곳으로 가서 최후의 방어진을 쳐야 했다. 정말로 주군이 쓰러졌다면 깨어날 때까지 지켜야 하는 것이다.

"중앙 성탑으로 간다!"

그가 크게 외치며 성벽 아래로 달려가자 모든 병사들이 성벽을 포기하고 그 뒤를 따랐다.

다른 성벽 쪽에서도 같은 생각을 했는지 살아남은 자들이 최대한 희생을 줄이며 뒤로 물러나고 있었다.

적병들이 승리의 함성을 질렀다. 그리고 각 성문으로 달려가 문을 활짝 열었다.

"성문이 열렸다! 전군 진입하라!"

사방에서 각 부대의 지휘관들이 외치는 소리가 허공중에 울려 퍼졌다.

그 명령에 따라 미노의 모든 병사들이 앞으로 움직이기 시작했다. 이제야 이 지긋지긋한 전쟁이 끝나는 것이다.

그런데 그때 뒤쪽에서 봉화가 올라왔다. 녹색의 연기가 구름이 있는 곳까지 올라가 노을의 붉은색과 뒤섞였다. 이는 혹시 모를 때를 대비해서 미노 측에서 후방에 주둔시켜 놓은 병사들로부터의 신호였다.

하지만 지금은 전장의 막바지에 도달한 상황, 아무도 그 봉화에 신경 쓰지 않았다.

애초에 봉화의 의미는 극비에 해당하기 때문에 그 뜻을 알 수 있는 사람은 마키아를 비롯해 부관과 몇몇 참모들 이외에는 없었다. 그러나 지금 그들은 모두 성 안쪽으로 들어가 있었다.

뒤쪽에서 봉화를 발견한 부대장들이 서둘러 앞쪽에 그 사실을 전하려 했지만, 이미 흥분 상태에 빠져 최후의 총공격을 가하는 병사들 대부분이 그것을 무시했다.

그러는 사이 봉화는 곧 사라졌다. 그리고 조금 시간이 지나자 지평선 끝에서 먼지구름이 일어나기 시작했다.

두두두두두두두—

땅이 가볍게 울리며 들려오는 소리는 바로 대규모 기마 부대가 달리는 말발굽 소리임이 틀림없었다.

그것을 처음 발견한 자는 바로 후방의 병사들이었다. 그리고 그들은 그 기마 부대의 첫 희생자가 되었다.

"아앗! 적이다!"

"어떻게 가이안 군이?"

몇몇 지휘관들은 뒤쪽의 언덕을 까맣게 덮으며 다가오는 기사단의 깃발을 보며 소리쳤다. 가이안의 상징인 사자의 문장이 수놓인 깃발이 어두워지는 노을에 물들어 검붉은 색으로 보였다.

"막아랏!"

당황한 부대장들이 지르는 목소리는 정말로 처절했다. 적이 뒤를 쳤는데 중앙에서는 아무런 지시가 없다. 그저 부대별로 되는 대로 막아야만 하는 순간이었다.

하지만 불행히도 그들에게는 힘이 없었다. 이미 기사급은 모두 성벽 쪽으로 가버린 상황이라 후방에 처진 부대는 대부분 보급병 같은 비전투 요원이었다.

"아아악!"

그들은 정말 소리없이 빠르게 미노 제국의 뒤를 덮쳤다. 그리고 어둠처럼 모든 것을 그들의 말발굽 아래로 삼켰다.

두두두두두—

"그대로 적을 뚫는다! 멈추지 마라! 성이 위험하다!"

바로크 백작이 대열의 맨 앞에서 달리며 크게 외쳤다. 그의 손에 들린 검에서 오러 블레이드가 불길처럼 타올랐다.

그의 좌우에는 발렌과 에고른이 있었다. 그리고 로얄 기사단 대부분이 뱅가드를 형성하고 가장 앞에서 달렸다.

바로크 백작의 얼굴은 비장했다. 성에 보이는 자들은 대부분 적들이다. 이미 함락된 것일지도 모른다.

하지만 자세히 보면 아직 싸우는 것 같았다.

늦었다. 하지만 더 늦기 전에 가야 한다!

기사들은 모두 그런 생각을 하면서 말에 박차를 가했다.

중앙의 지휘 능력이 사라진 미노 제국군은 결정적인 순간에 뒤를 얻어맞아 속절없이 뚫리고 있었다.

그것은 레오의 의식 세계 속에서 앙천대소하며 사방을 살피던 어떤 사악한 존재에게는 맑은 하늘에서 난데없이 떨어진 날벼락과도 같은 일이라고 할 수 있었다.

그가 감지할 수 있는 현실 공간의 범위는 거의 성 전체에 해당할 정도로 넓었다. 그러나 평원의 너머까지는 불가능하다.

성이 거의 점령당하기 직전에 마스터인 바로크를 위시한 최상급의 기사들이 들이닥쳤다. 전세는 역전되고, 레오의 부하들은 전멸의 위기에서 벗어나 이제는 반격의 기회를 잡아버렸다.

"내 계략이! 내 몸이!"

사자인간은 처절하게 외쳤다. 그러나 이미 배 떠난 부두와 같았다. 레오가 부하들의 죽음을 두 눈으로 목격할 기회는 완벽하게 사라져 버렸다. 그는 여전히 인간이었다.

❖ Chap 5 ❖
주군과 부하

주군과 부하

　레오는 서서히 잠에서 깨어났다. 언제나 그렇듯 머리가 무겁고 몸에
활력이 없었다.
　'음, 더 잘까?'
　눈을 감은 채 잠시 고민하던 레오는 이제는 일어나야 할 때라 판단
하고는 눈을 떴다.
　"폐하!"
　누군가가 소리쳐 레오를 불렀다. 아침부터 시끄럽게 소리를 치다니?
레오는 약간 기분이 나빠졌다. 하지만 일단은 몸에 활력을 되찾는 것
이 먼저다. 한쪽에 있는 사람들은 조금 있다가 상대하면 된다.
　벌떡.
　침대에서 일어난 레오는 몸을 이리저리 움직여 보았다. 어느새 전신
에 활력이 돌고 정신이 맑아졌다.

"폐하께서 깨어나셨습니다!"

다시 누군가가 문을 열고 나가며 외치는 소리가 들렸다.

레오는 고개를 돌리고 물었다.

"뭐냐? 시끄럽게."

쿠당탕탕!

문이 거칠게 열리며 몇 명의 사람들이 뛰어 들어왔다. 가장 앞에 있는 이는 휴케바인과 크로티아였고, 그 뒤로 발렌, 에고른, 타로스 등이 있었다.

그런데 그들의 모습이 상당히 이상했다.

일단 얼굴의 혈색이 좋지 못했다. 적어도 며칠간은 거의 잠도 못 잔 사람의 얼굴이었다.

무공을 수련한 사람들이니 단순히 잠만 못 잤다면 이렇게까지 되지는 않는다. 엄청나게 육체를 혹사시키고, 그 위에 정신적인 고뇌마저 그들을 괴롭힌 것이 틀림없었다.

정말 광산에 끌려가서 몇 년 동안 강제 부역을 하다 나온 분위기였다.

그런데 모두가 그런 것은 아니었다. 휴케바인과 크로티아의 경우는 잘 먹고 잘 쉰 사람처럼 안색이 아주 좋았다.

"폐하, 깨어나셨군요!"

발렌이 크게 감격한 목소리로 말했다. 그와 동시에 그는 한쪽 무릎을 꿇고 주군에게 하는 기사의 예를 취했다.

레오는 영문을 알 수 없었다. 잘 자고 일어난 사람에게 갑자기 웬 호들갑일까?

그리고 그 뒤쪽에서 휴케바인이 에고른을 보고 어떠냐는 듯이 가슴을 쭈욱 피며 말했다.

"그것 보라니까요. 일단 여기까지 달려오는 보름 동안 하루 2시간을 자고, 도착해서는 7일간 한숨도 안 주무셨단 말입니다. 그럼 계산해 보면 15곱하기 10에 7곱하기 12니까… 234시간 아닙니까? 9일하고도 18시간이지요. 딱 맞거든요."

휴케바인의 말을 듣는 에고른은 입을 벌린 채 멍한 얼굴을 하고 있었다. 피로에 찌들어 자신을 추스르지 못하고 있다가 충격을 받고 완전히 망가진 것 같았다.

레오는 조용히 휴케바인을 불렀다. 그가 제일 만만했다.

"휴케바인."

"넷, 폐하!"

"무슨 소리냐? 설명해라."

"옛, 폐하께서 주무신 시간입니다. 제가 오랜 경험으로 정확하게 계산해서 사람들에게 말했는데 아무도 안 믿었습니다."

휴케바인은 마치 고자질하는 아이와 같은 목소리로 씩씩하게 대답했다.

다른 사람들은 한숨을 쉬며 시선을 이리저리 돌렸다. 할 말이 없었다.

사실 휴케바인의 말에는 상당한 모순이 있었다. 왜냐하면 레오는 잠든 게 아니라 쓰러져서 사경을 헤맨 것이었기 때문이다.

이유는 알 수 없지만 처음 그가 쓰러졌을 때에는 거의 심장이 뛰지 않았다. 그래서 타로스는 비장한 각오로 중앙 성탑의 지하에 있는 비밀 장소에 레오를 숨겼다. 전군으로 중앙 성탑을 보호하며 끝까지 싸울 생각이었다.

그사이 기적적으로 레오가 회복할 수도 있다고 판단했다. 그러나 정말로 레오가 깨어나지 못하고 그대로 죽는다면 주군의 시신이나마 빼앗기지 않아야 한다.

그래서 최후의 최후까지 막다가 마지막 순간에는 성탑 자체를 붕괴시킬 생각이었다.

성탑이 붕괴되어도 레오가 있는 밀실은 안전하다. 적이 레오가 죽었다고 믿으면 좋고, 아니라고 해도 성탑의 잔해를 치우는 데 시간이 걸릴 것이다.

참으로 비장한 각오였다. 그러다가 지원군이 왔고, 성은 안전해졌다.

그래도 레오가 죽을지 살지 모르는 것은 마찬가지였다. 사람들은 이 상상도 못한 상황에 크게 당황했다. 그리고 적과 싸우는 한편 항상 레오의 상태를 살폈다.

적에게 부상을 당한 것도 아니고 그냥 쓰러진 것이니 어떻게 해야 할지 알 수 없었다. 마법사도, 신관도 고개를 저었다.

절망적인 것은 아니지만 그렇다고 손을 쓸 수도 없다고 했다. 남은 방법은 그저 지켜보는 것뿐이었다.

그런데 날이 갈수록 레오의 몸 상태가 바뀌었다. 첫날이 지나고, 다시 그 다음날이 지나자 그의 심장은 정상적으로 뛰기 시작했다. 호흡도 정상이었다.

4일이 지났을 때에는 의술을 지니고 있는 신관이 말했다.

"주무시고 계십니다."

그때에도 휴케바인은 그것 보라면서 사람들에게 그냥 마음 놓고 쉬라고 했다.

그의 주장은 결국 레오가 수면 부족으로 잠든 것이고, 자고 일어나면 멀쩡해진다는 것이었다. 레오가 사경을 헤맸다는 것은 전혀 믿지 않았다.

결국 그의 말이 맞았다. 사람들은 가슴 한구석이 허무한 기분을 느꼈다.

어쨌거나 레오는 그런 사람들의 심중을 알 수 없었다. 그는 잠시 생각을 가다듬다가 당장 중요한 것을 기억해 내고는 물었다.

"전황은 어떻게 되었지? 끝났나?"

치열하게 싸우던 중이었다. 자신이 없다면 얼마 버티지 못하고 무너질 정도로 아군의 힘이 약했다. 그런데 눈앞에 있는 사람들의 얼굴을 보니 지지는 않은 것 같았다.

타로스가 반걸음 앞으로 나와 대답했다.

"마지막 순간에 바로크 백작 각하를 비롯한 로얄 기사단 전원이 3만의 기마병과 함께 왔습니다. 그리고 다시 반나절이 지나자 발튼 후작 각하께서 30만의 정병과 함께 도착했습니다."

"그런가."

레오는 알았다는 듯 고개를 끄덕였다. 지원군이 왔고, 그 바람에 성은 무사했다. 이해할 수 있는 보고였다.

"발튼 후작 각하께서 곧 오실 겁니다. 이미 아군의 승리는 굳어지고, 이제는 퇴각하는 적을 추격하고 있는 상황입니다."

보고를 하는 타로스는 정말로 기쁜 모양이었다. 비록 첫 번째 성문이 완전히 사라지기는 했지만 기초 공사는 그대로 남아 있기 때문에 다시 건설하는 것은 어렵지 않은 일이다.

결국 자신이 지원군이 올 때까지 성을 지켜냈다는 것을 주군의 앞에서 말하게 되자 가슴으로부터 무엇인가가 치솟아올라 눈을 뜨겁게 했다.

"알았다. 그럼 모두들 쉬어라. 휴케바인은 나와 바깥쪽을 돌아보자."

"알겠습니다. 들으셨죠? 다들 가서 쉬세요. 가시죠, 폐하."

휴케바인은 신이 난 모양이다. 역시 주군을 잘 알고 적절하게 따를 수 있는 사람은 자기뿐이라 다시 한 번 확신하였다.

다른 사람들 역시 이 신기한 체질의 주군에게 적응할 수 있는 사람은 휴케바인뿐이라고 인정하는 듯했다. 그들은 일제히 예를 갖추고 물러났다.

극도로 피곤한 상황에서 다시 열흘 동안 레오에 대한 걱정으로 거의 잠을 자지 못했으니 정말로 쉬고 싶었던 것이다.

탁.

문이 닫히자 레오는 갑옷을 입고 검을 매었다. 싸우러 간다기보다는 거의 습관적으로 옷처럼 입었다. 실제로 어떤 옷보다도 갑옷이 편했다.

"가자."

"넷!"

레오가 밖으로 나가자 휴케바인은 그 뒤를 따랐다. 크로티아는 다시 그 뒤를 따랐다.

그 셋은 현재 가이안 제국에서 최고 신분의 소유자였다. 근위기사들이 모두 차렷 자세로 예를 취했다.

레오는 밖으로 나와 사방을 둘러보았다.

아직도 전투의 흔적이 이곳저곳에 남아 있었다. 성벽이 부서진 곳은 아직 보수를 하지 못했기에 그 당시의 상황이 무척 위험했음을 알 수 있었다.

레오는 조용히 무너진 성벽과 분주하게 움직이는 사람들을 보다가 갑자기 휴케바인에게 물었다.

"적장은? 마키아란 놈이었지?"

담담한 것 같으면서도 말속에 깔린 살기가 휴케바인의 가슴을 찔렀다. 만약 아직 마키아가 살아 있다면 레오는 당장 뛰쳐나갈 생각인 것 같았다.

휴케바인은 가슴을 펴고 씩씩하게 대답했다.

"그놈은 저하고 크로티아가 처리했습니다."

레오는 고개를 돌려 그들을 보았다.

"마스터를 이겼나?"

"예, 다행히도 주군의 이름에 먹칠을 하지 않았습니다."

휴케바인답지 않은 겸양의 표현이었다.

레오는 호오, 하고 고개를 끄덕거렸다. '이놈이 그동안 많이 컸군' 하는 눈빛이었다.

마스터를 이긴 것도 기특했지만, 전혀 호들갑을 떨지 않는 모습이 특히 마음에 들었다. 지나친 겸양을 떨지도 의기양양해하지도 않는 적절한 대응이다.

'결혼을 하더니 철이 들었나?'

레오는 묘한 눈길로 휴케바인을 훑어보며 그렇게 생각했다.

사실 그렇게 생각한 것은 레오뿐만이 아니었다. 레오가 깨어나기 이전에도 많은 이들이 휴케바인에게 이 사실을 확인했다. 그때마다 그는 지금과 거의 비슷한 태도로 일관해 왔다.

'으흐흐흐, 역시 이 대사는 확실하게 잘 먹힌단 말야. 발렌 경이나 바로크 경도 아주 감탄하는 표정이었지!'

레오의 표정을 민감하게 읽어낸 휴케바인은 애써 표정 관리를 하면서 흐뭇하게 크로티아를 돌아보았다. 남편의 시선을 받은 크로티아는 생긋 웃고는 슬쩍 시선을 돌렸다.

사실 위기의 순간을 넘긴 후 휴케바인은 마키아를 이긴 것에 대해 어떻게 말해야 할지 꽤나 고민을 했다. 잘못 으스대다간 모처럼의 활약이 무색해질 수도 있음을 그는 잘 알고 있었다.

그래서 다른 사람들과 말을 섞기 전 아주 진지하게 크로티아와 상의를 했다. 대사뿐만 아니라 그 말을 할 때의 표정과 태도에 이르기까지, 가장 호감이 가는 모습을 연습해 놓은 것이다.

그 결과, 과연 흑사자의 제일 부하로서 손색이 없는 실력과 거기에 필적한 모범적인 태도라는 평가를 얻었다.

마스터를 이겼다는 것은, 아무리 운이 작용했다고 해도 거의 마스터에 필적한 수준이라는 뜻이 된다.

휴케바인의 나이로 볼 때 그것은 정말로 기적 같은 일이라 할 수 있었다.

어쨌거나 휴케바인은 마키아의 목을 베었다. 크로티아와 둘이 했고, 알고 보면 최강 마법검의 힘이 작용했지만 사람들은 그런 사정까지는 자세히 알 수 없었다.

휴케바인의 명성은 대륙으로 퍼져 나가고 있었다.

그렇게 있는 동안 성문 쪽에서 말을 타고 급하게 달려오는 사람이 있었다. 자세히 보니 발튼이었다.

발튼은 단숨에 말을 달려 레오가 있는 곳까지 와서 바로 땅으로 뛰어내렸다. 그리고는 한쪽 무릎을 꿇고 예를 취했다.

후작의 작위를 가진 발튼이다. 이럴 필요까지 없는데 발튼은 지금 무장이 주군에게 하는 예의를 보이고 있었다.

이것은 레오에게 군신의 관계를 초월한 무인의 충성을 맹세했다는 뜻이다.

"폐하!"

"발튼 후작, 오랜만이군."

레오는 형식적으로 한쪽 손을 내밀어 그에게 일어날 것을 허락했다. 발튼은 정중하게 일어서서 고개를 약간 숙인 채 시립했다.

"군은 어떻게 되었나?"

"적의 총지휘관이 이미 휴케바인 공작 전하의 손에 죽은 상황입니다. 20만이나 되는 적들은 제대로 된 지휘를 받지 못하고 모두 흩어져 후퇴하고 있고, 아군은 그것을 세 갈래의 경로를 따라 추적하고 있습니다."

"그렇다면 큰 위험은 없겠군."

"그렇습니다. 폐하의 은덕으로 아군은 승리했습니다."

"그런가?"

레오는 고개를 들어 하늘을 보았다. 모든 것을 무시하고 뛰쳐나와 싸우다 보니 정신을 잃었다.

그런데 다행히도 원군이 때를 맞춰와 승리를 얻을 수 있었다. 처음으로 부하들의 도움을 받았다고 생각했다. 지금까지 일방적으로 보호해야 할 대상이라 생각했던 자들이 그를 위기에서 구한 셈이다.

'부하란 좋은 것이군.'

레오는 속으로 그렇게 중얼거렸다. 단순히 부려먹는 존재가 아닌 힘이 되어줄 수 있는 존재였다. 이제 그것을 인정하기로 했다.

"그런데 생각보다 빨리 왔군?"

한참을 감상에 잠겨 있던 레오는 문득 뭔가 이상하다는 생각을 하고는 발튼에게 물었다.

아무리 자신이 떠난 이후 바로 준비를 시작해서 원군을 보냈다고 해도 시간이 맞지 않는다. 군의 이동 속도는 쉽게 바꿀 수 없는 것이다. 장거리라면 더욱 그렇다.

레오의 계산으로는 적어도 일주일 정도는 더 늦게 원군이 와야 했다.

발튼은 그런 레오의 심정을 알겠다는 듯 미소 지었다. 그리고는 말했다.

"하이번 경의 안배입니다. 그는 폐하께서 이곳으로 오실 경우를 대비해서 미리 지원군을 준비시키고, 일부는 이미 출발한 상태였습니다."

"뭐라고? 내가 떠나기 전에 지원군이 출발했다고?"

레오는 기가 막혔다. 옆에서 듣고 있던 휴케바인도 그게 무슨 소린가 하는 눈으로 발튼을 보았다.

"그날 저희들이 황궁으로 들어와 폐하의 집무실로 갔을 때……"

발튼은 입가의 미소를 더욱 진하게 하며 레오가 떠난 이후에 수도에서 일어난 일들을 말하기 시작했다.

국운이 달린 전쟁이 시작된 시기이다. 발튼을 비롯한 군의 장군과 고위 문관 귀족들은 아침부터 황궁에 들어가 앞으로의 일들을 상의하려 했다.

중요한 일이기 때문에 황제인 레오도 꼭 참석해야 했다. 그들은 그렇게 판단하고는 모두 황제의 집무실로 향하였다.

그런데 그들이 집무실로 들어가서 본 것은 레오의 태사의에 떡하니 앉아 있는 네로의 모습이었다.

황제의 고양이이니 태사의에 앉아 있어도 뭐라고 할 사람은 없다. 그런데 문제는 주인이 없다는 것이다.

레오가 가는 곳에 네로가 가고, 네로가 있는 곳에 레오가 있는 것은 상식이다. 이번에 그 상식이 깨진 것이다.

하이번은 당황한 표정으로 궁내부원에게 물었다.

"폐하께서는?"

"아침부터 안 보이십니다."

하이번은 고개를 돌려 문 옆에 서 있는 근위기사를 보자 그가 살짝 고개를 저었다. 전혀 모르는 눈치였다.

그때 네로가 고개를 들어 하이번을 보더니 크게 입을 벌리고 하품을 했다.

까아암~

그리고는 다시 머리를 태사의 쿠션에 파묻고는 눈을 감았다.

하이번은 직감적으로 알 수 있었다. 네로의 하품은 '레오 없다. 어디 갔는지는 나에게 묻지 마라' 라는 뜻을 담고 있었다.

발튼 후작이 심각한 표정으로 중얼거렸다.

"으음, 도대체 폐하께서는……."

그는 레오가 밤에 나가서 아직 안 들어왔다고 생각하는 것 같았다.

그러나 마법사를 상회하는 비상한 머리를 가진 하이번은 절대 아니라고 확신할 수 있었다. 네로가 같이 나가지 않은 것이다. 그렇다면! 하이번은 금방 결론을 도출할 수 있었다.

"휴케바인 공작 전하는?"

"안 보이십니다."

"역시."

하이번은 가볍게 한숨을 쉬고는 고개를 설레설레 저었다.

사람들의 시선이 하이번에게 쏟아졌다. 상황을 예측하고 판단하는 그의 능력에 대해서는 다들 잘 알고 있다. 거기에 그의 모습으로 보아 무언가 눈치채고 있는 것이 분명했다.

"하이번 경, 무슨 일이오?"

발튼이 모두를 대표해서 물었다.

하이번은 고개를 들고 주위를 둘러보았다. 사람들 사이에 퍼지고 있는 불안감이 손에 잡힐 듯 전해져 온다. 하이번은 찬찬히 그들을 바라보고는 단호하게 대답했다.

"아무래도 폐하와 휴케바인 전하는 스틸문으로 떠나신 것 같습니다."

"뭐라고! 그게 무슨 말이오?"

떠나긴 뭘 떠난단 말인가? 아무도 하이번의 말을 이해할 수 없었다. 단어와 문장의 뜻은 귀에 들어와도 그 말이 지닌 내용은 그들의 상상을 넘어서는 것이었기에 전혀 받아들여지지 않았다.

그러나 하이번은 오히려 담담한 표정으로 재차 말했다.

"두 분께서, 어쩌면 크로티아 공작 부인까지 세 분이 스틸문으로 가신 모양입니다. 단 세 명의 지원군이라고 할 수 있지요."

"그게 말이 되는 소리요?"

수십 년을 군에서 지내며 온갖 일들을 겪어온 발튼도 당황한 마음을 감출 수 없는지 떨리는 목소리로 물었다.

단 셋으로 지원을 가다니? 지금 스틸문을 공격하고 있는 적의 수는 30만이라고 했다. 아무리 강해도 인간인 이상 한계가 있다. 레오와 휴케바인은 죽으러 간 것이나 마찬가지였다.

'후후후. 아직도 그런 상식적인 판단이 폐하께 통한다고 생각하시다니, 부러워해야 할지…….'

하이번은 이렇게 생각하면서도 특유의 차분한 어조로 차근차근 설명을 시작했다.

"폐하와 휴케바인 전하라면, 어쩌면 그럴지도 모른다고 생각했습니다. 어쨌든 간에 그분들의 행동은 저도 확신할 수 없으니까요."

"아무리 그래도 그렇지. 폐하께서 전사하시면 우리 가이안 제국은!"

하이번은 흥분한 발튼의 말을 중간에서 끊었다.

"아마 폐하께서는 30만의 적을 모두 혼자서 감당하실 생각이실 겁니다."

"뭐라고!"

발튼의 입이 크게 벌어졌다. 무언가 말을 하려고 하는데 더 이상 말이 되어 나오질 않는다. 이는 거의 모든 이들이 마찬가지라 그야말로 빠끔거리는 입들이 하이번의 시야를 채우고 있는 형상이었다.

하이번은 가이안 최고 중신들의 이러한 모습을 애써 못 본 척하면서 말을 이었다.

"그게 가능한지는 모르겠는데, 단지 그분이라면 그렇게 생각할 수도 있다는 생각이 듭니다."

"그런……."

벌어진 입이 닫혀지지 않았다. 아무도 말을 하지 못했다.

네로는 졸고 있는 자세 그대로 한쪽 눈만을 반쯤 뜨고는 하이번을 보았다. 그리고는 속으로 중얼거렸다.

'잘 아는군. 그놈은 그런 놈이야.'

솔직히 기분이 좋은 상태는 아니었다. 레오가 어떻게 싸우나를 관찰하고 싶었다.

그러나 레오는 그녀를 놔두고 갔다, 무뚝뚝한 목소리로 조카를 부탁한다고 말하면서. 결국 네로는 정말 어쩔 수 없이 남았다.

'지금 가이안 제국이 망하면 나는 마법 스크롤의 대금을 받을 수 없으니까 말이야. 암.'

그녀는 그렇게 생각하며 스스로를 위로했다. 제국은 영원한 돈줄이다. 그런 만큼 어느 정도 관리는 해야 한다.

하이번은 그녀에게 몇 장의 8서클 스크롤을 얻으며 향후 100년간 가이안 제국의 황실 마법사가 매년 일정량의 스크롤을 제작해서 그녀에게 바칠 것을 약속했다.

황궁 마법사라면 제국 내에서도 최고 수준의 마법사이니 만큼 상당한 고위 마법의 스크롤을 제작할 수 있을 것이다.

물론 네로는 이 계약의 이면에 숨겨진 하이번의 의중을 읽었다.

이 계약을 한 이상 네로는 가이안 제국의 마법 수준을 올리기 위해 알게 모르게 도움을 줄 것이 틀림없다.

왜냐하면 황실 마법사들이 7서클이면 7서클의 스크롤을 얻게 되고, 8서클이면 8서클의 스크롤을 얻게 되기 때문이다.

네로는 그걸 알면서도 계약을 받아들였다.

'나에겐 남는 장사잖아!'

어차피 레오와는 얼굴 붉히기 싫으니 도움을 주는 것도 나쁘지 않다고 생각했다.

은거할 때 맹세한 것이 있으니 적극적으로는 도울 수는 없지만, 유스를 들볶는 것 정도는 가능하지 않겠는가? 실제로 지금까지 해왔던 일이기도 했다.

네로가 눈을 감고 한참 생각을 정리할 때에도 사람들은 하이번의 말을 반신반의하면서 계속 그에게 해명을 요구했다.

그러나 아무리 생각해 봐도 하이번의 말이 옳은 것 같은 기분이 들었다. 그 짐작은 조사를 보낸 기사가 돌아와 보고를 하면서 사실로 받아들여졌다.

"새벽에 세 명의 기사가 수도를 나간 것이 확인되었습니다. 남쪽 성문 근처에 있는 군용 마구간의 말들을 모두 몰고 나갔다고 합니다."

"역시 그렇군."

하이번은 고개를 끄덕였다. 소리없이 나가려면 그쪽 밖에는 없다. 휴케바인도 레오도 그런 판단은 확실하게 할 수 있다는 것을 알았다.

그 모습을 본 발튼이 답답하다는 듯 말했다.

"고개만 끄덕일 때가 아니오. 폐하께서 단기로 떠나셨다면 빨리 지원군을 보내야 하오."

다른 무장도 말했다.

"즉시 준비를 하면 3일 후에는 선봉대를 보낼 수 있소. 서두릅시다."

"으음, 늦지 않아야 할 텐데……."

저마다 한마디씩 하는 사람들의 얼굴에는 진심으로 레오를 걱정하는 마음이 드러나 있었다.

'후훗, 역시 이 사람들은 폐하를 진심으로 걱정하고 있군!'

하이번은 기뻤다. 이번 일에 대한 반응을 보고 레오가 정말로 사람들의 충성을 받고 있다는 것을 알게 되었다. 이는 그의 주군이 진정한 황제임을 증명하고 있었다.

그는 미소를 지으며 말했다.

"이미 선발대는 떠났습니다. 중군의 준비도 거의 끝나가니 오늘 바로 출발할 수 있을 겁니다."

"뭐라고요?"

지원군이 떠났다니 그게 무슨 소리인가? 지원은 없다고 하지 않았던가?

바로 지난밤 회의에서 결정한 사안이다. 휴케바인이 그토록 강력하게 말했지만 대의에 밀려 어쩔 수 없이 물러나지 않았는가? 그리고 그 결정은 바로 하이번에 의해 이루어진 것이다.

그때 몇몇 장군들이 무언가 생각난 듯 얼굴색이 변했다.

"설마 그 명령이 지원군을 보내는 거였소?"

그중 한 명이 떠오른 사실에 대해 확인하듯 물었다. 얼마 전 군의 이동을 명령받은 장군이다.

"그렇습니다. 물론 지금 다시 전령을 보내 정확한 명령을 하달해야겠지요."

하이번은 지체없이 그의 말에 대답했다. 그 대답과 동시에 앞서 물은 장군과 함께 명을 받았던 다른 한 명이 말했다.

"으음, 본인은 퇴로의 확보를 위해 남쪽으로 이동시키는 걸로 알았소."

이 말에 몇 명의 장군이 고개를 크게 끄덕였다. 그들 또한 자신들이 받은 군의 이동이 스틸문의 지원과 상관없는 것이라 생각하고 있었다.

하이번은 다시 고개를 끄덕이고 설명을 덧붙였다.

"그것도 맞습니다. 폐하께서 혼자 떠나지 않고 그냥 계셨다면, 본래의 명령대로 퇴로를 확보하러 갔을 겁니다. 하지만 이제는 퇴로고 뭐고 없지요."

어젯밤 스틸문의 함락이 필요하다고 열변을 했던 하이번이다. 지금 그 계획이 틀어져 원래의 의도와 다르게 군을 써야 함에도 그의 얼굴에는 실망하는 기색이 전혀 보이지 않았다.

오히려 그의 얼굴에는 희미하게 미소가 떠올라 있었다.

'거참, 사악해 보이는 표정이군.'

네로는 반쯤 뜬 한쪽 눈으로 하이번을 보면서 속으로 혹평했다. 하지만 그러면서도 이 전략가의 치밀함이 어디까지 이어질지 내심 기대하며 상황을 주시하고 있었다.

하이번은 아직도 영문을 모르는 사람들에게 자신의 생각과 계획을 설명하기 시작했다.

"일단 제가 세운 전략은 어제 말씀드린 대로입니다. 하지만 그걸 폐하께서 받아들이실지는 확신할 수 없었습니다."

"승낙하시지 않았소?"

"저도 그래서 그런 줄 알고 있었습니다만, 결과가 이러니 어쩌겠습니까?"

하이번은 두 손을 살짝 들며 어깨를 으쓱했다.

사실 그가 한 말은 레오를 신용하지 못하겠다는 것과 같았다. 말하자면 황제 모독이었다. 그러기에 가능한 한 말을 돌려서 그런 티를 내지 않으려 했다.

그러나 솔직히 하이번은 이런 면에서는 레오를 전혀 믿지 않았다. 그동안 당한 것이 그에게 많은 학습이 되었다.

언제 어떻게 튈지 모르는 골치 덩어리가 바로 레오란 절대무적의 무인이 아닌가?

결국 하이번은 레오가 어떻게 움직이는가에 따라 즉시 적용할 수 있는 전법을 구상했다.

떠나지 않으면 유인 섬멸을, 떠나면 레오를 앞세운 총력전을 펼치는 것이 바로 그의 진정한 전략이었다.

대규모 퇴각을 위해 미리 주요 지점을 정리해 놓아야 한다고 하면서 군의 일부를 이동시켰다. 그리고 그 경로를 교묘하게 잡아 3, 4일 정도는 지원군이 가야 하는 길과 같게 만들었다.

그들은 자신들이 언제든지 선발대로 변할 수 있다는 것을 전혀 알지 못했다.

하이번은 천천히 자초지종을 설명했다. 설명이 끝난 후 그는 정색을 하고 말했다.

"모두 서둘러 주십시오. 특히 근위기사단은 즉시 떠나야 합니다. 시간 싸움이 될 가능성이 높으니 전장에 도착할 무렵에는 근위기사들이 선발대의 전면에 서서 적의 진형을 뚫도록 합시다."

그리고는 고개를 돌려 발튼을 보았다.

"발튼 후작 각하, 군의 총 지휘를 맡아주십시오. 이제 군무총감의 직위를 정식으로 후작 각하께 넘기겠습니다."

"그것은."

당황한 발튼은 급히 두 손을 들어 사양하려 했다. 비록 하이번을 좋아하지는 않게 되었지만, 그의 전략을 들은 후에는 이성적으로 수긍하게 되었다.

그런 만큼 이런 대규모 전쟁에서 하이번이 직접 지휘를 하는 것이 옳다고 생각했다. 하물며 하이번이 잘못한 일도 없는데 직위를 빼앗는 것은 결코 하고 싶지 않았다.

그러나 하이번은 발튼의 손을 잡으며 다시 말했다.

"이번 전투는 가이안의 모든 군사력을 동원한다고 해도 과언이 아닙니다."

그의 두 눈이 빛나고 있었다. 레오에게 충성을 맹세하고 제국을 세우기 위해 그가 하려는 일이 지금 결실을 맺었다.

"폐하께서 직접 나서 단신으로 30만의 군을 상대하러 가셨습니다. 부하를 구하기 위해서입니다. 전신입니다. 부하를 생각하는 따스한 가슴을 지닌 전신입니다!"

하이번의 말은 그답지 않게 기이한 열기를 띠고 있었다. 발튼은 그런 그의 모습을 보면서 마음 한 부분이 움직이는 것을 느꼈다.

"그걸 원했던 것이오?"

확인하듯 묻는 발튼의 말에 기다렸다는 듯이 하이번이 대답했다.

"그렇습니다. 이제 그분은 모든 사람들의 추앙을 받을 것입니다. 신앙의 대상이 됩니다!"

눈에 습기가 차오르는 것을 억지로 참았다. 많은 위기가 있었다. 무엇보다 신격화의 대상인 레오가 스스로 그걸 원하지 않는 눈치였기에 구상했던 많은 것을 포기할 수밖에 없었다.

특히 그가 밤거리를 장악하러 나갔다는 말을 들었을 때에는 낭떠러지에서 떨어지는 기분이 들 정도였다.

하지만 이제는 그 모든 고생이 끝났다. 혼자서 대군을 상대하러 떠났다는 것을 모두가 알게 될 것이다. 적이든 아군이든.

인간이라면 절대로 할 수 없는 일을 레오는 했다. 스스로 인간의 한계를 벗어났다는 것을 증명한 것이고, 이것으로 제국의 건국 신화는 완성된 것이나 다름없었다.

하이번의 얼굴은 흥분으로 가득 차 있었다. 절대로 남에게 감정의 변화를 보이지 않을 것 같은 그가 지금은 스스로 느끼는 기쁨을 발튼에게 숨김없이 드러내고 있었다.

발튼은 그런 하이번의 얼굴을 보며 조용히 고개를 끄덕였다. 어쨌든 간에 이 남자가 가이안 제국의 건설을 진심으로 생각하고, 이 일에 모든 것을 걸었다는 것만큼은 인정할 수밖에 없었다.

성격상 한 번 척을 지면 절대로 돌아보지 않는 발튼이지만 이번만큼은 가슴속의 무엇인가가 사르르 녹는 것을 느꼈다.

"하이번 경, 그대의 마음을 알겠소."

발튼은 낮고 무거운 목소리로 그렇게 말했다. 두 눈으로는 하이번을 직시하고 있었다. 그 눈에는 말로 표현할 수 없는 많은 감정이 담겨 있었다.

하이번도 발튼을 보았다. 적대국의 군사 책임자였던 관계이다. 하지만 지금은 같은 제국의 신하이다.

발튼은 마음속으로 굳은 결심을 하고 말을 이었다.

"역시 군은 그대가 지휘하는 것이 좋겠소. 내가 부장이 되어 사력을 다해 도울 테니 제국의 전군을 지휘해 주시오."

"부장이라……."

하이번은 거의 들리지 않는 목소리로 중얼거렸다.

황제의 명으로 일시적인 지휘를 받는 것이 아니다. 무장이 스스로 부장이 된다는 말은 상대를 영원한 상관으로 인정하겠다는 말이다.

최고의 귀족으로 태어나 나름대로 자존심을 지키며 살아온 남자가 충성의 대상이 아닌 다른 자가 위에 있는 것을 인정했다. 이것은 정말로 대단한 제안이라고 할 수 있었다.

하이번의 눈이 흔들렸다. 이것이 좋았다. 이것이 가장 부러웠다.

슈란의 무장들은 단순하다. 자존심이 강하지만 어떤 때에는 그것을 버리고 남을 인정하는 데 주저함이 없다.

애슐론에는 그런 기풍이 없었다. 다들 머리가 좋고 합리적이라 절대로 손해를 보지 않으려 했다.

'머리가 좋은 것은 결국 멍청한 것과 같다.'

하이번은 속으로 그렇게 중얼거렸다. 그리고는 발튼 후작을 똑바로 바라보며 은근한 어조로 말했다.

"사실은 말입니다. 전쟁 중에는 무장이 득세를 하지만, 일단 제국이 서고 안정이 되면 문관의 세상이 되지 않습니까?"

"음? 그게 무슨 말이오?"

갑자기 화제를 바꾼 하이번의 태도에 발튼은 약간 당황해서 되물었다. 어느새 하이번은 생글생글 웃고 있었다.

"그래서 이 기회에 저는 무장을 관두고 문관 귀족이 되려고 합니다. 사실 지금 가이안 제국에 가장 필요한 것은 제국의 국정 전반을 총괄할 수 있는 재상이니까요."

"허!"

"발튼 경께서 군의 최고 지휘관이 되셔도 제국 관제 순위상 재상보다 약간 아래가 됩니다. 하하하!"

발튼의 안색이 변했다. 그는 이를 부드득 갈며 하이번에게 말했다.

"역시 경과는 절대로 친해질 수 없을 것 같군."

"원래 문관과 무관은 사이가 좋을 수 없는 법입니다."

하이번은 끝까지 발튼을 약올렸다.

이것은 원래 발튼이 가이안의 대장군 역할을 충실히 수행할 수 있도록 그를 채찍질하려는 의도였다.

가이안 제국의 경우, 무장은 상당히 충실한 편이지만 의외로 문관들의 수준이 별로였다. 아무리 살펴도 제국의 국정을 총괄할 만한 인재는 없었다.

예외라면 재정 관리를 하는 가넨 자작이 있었다. 작은 영지의 관리인에 불과했던 그 늙은 영감이 놀랍게도 제국의 재정도 전혀 부담스러워하지 않고 너끈하게 관리하는 것이다.

그래서 사람들은 가넨을 보고 '재무계의 대기만성'이라고 부르며 높게 평가했다. 오늘도 그는 젊고, 머리 좋은 부하들을 혹사시키며 맹렬하게 활약하고 있을 것이다.

반면에 다른 부서는 거의 주먹구구식으로 운영되고 있었다. 기존의 왕국 시스템에서 벗어나지 못한 상태이다.

시간이 지나면 제국이라는 규모에 대해 익숙해지고 그에 따른 행정 처리 방식이 개발되겠지만, 지금은 완전히 임기응변의 연속이었다.

미노 제국에 비해 부족한 것은 군사력뿐만이 아니었던 것이다.

그래서 하이번은 스스로가 국정을 담당하기로 했다. 지금까지도 상당수 관여하고 있었지만, 아예 마음먹고 그쪽에 집중하기로 결심했다.

그는 완벽한 전천후 팔방미인이었기에 일급의 기사에 천재적 모사이면서 능숙한 행정 관리로도 활동하는 것이 가능했다.

젊었을 때에는 지적이면서도 정렬적인 눈빛을 소유한 미남자이기도 했다.

그러나 사실 개인적인 감정으로는 무인으로서 최고의 명예를 얻게 되는 발튼이 부러웠다. 가이안 제국의 군부는 발튼 후작을 첫 대장군으로 기억하게 될 것이다. 미노 제국을 이기고 대륙을 통일한 무장의 명단에 가장 처음으로 올라가게 될 것이다.

하이번의 경우는 중간에 조금 활약하다 실수를 하고, 결국 황제가 직접 나서게 한 덜떨어진 군사로 알려지게 된다. 각오하고 한 짓이지만 가슴 한구석이 아파오는 것은 어쩔 수 없었다. 그래서 무의식중에 약간의 심술을 부렸다.

발튼은 어렴풋이 그걸 눈치챌 수 있었지만 그렇다고 해서 하이번을 용서할 마음은 없었다. 결국 두 사람은 평생 서로를 향해 으르렁대며 지내게 되었다.

"그래서 제가 지원군을 이끌고 오게 된 것입니다. 하이번 경은 가넨 경과 함께 국정을 보고 있습니다."

발튼은 그렇게 이야기를 마치며 자신이 들고 있던 것을 레오에게 바쳤다. 그것은 검은 비단으로 감싼 검이었다. 풀어보니 전에 레오가 하이번에게 준 슈란 왕가의 검이었다. 그것은 지금 가이안 제국의 대장군이 지니는 검이 되었다. 하이번은 레오가 내린 군권을 정식으로 포기한 것이다.

"그런가? 과연 하이번이라면 문관으로도 뛰어나지."

레오는 발튼의 설명을 듣고 이해했다는 듯 고개를 끄덕였다. 그리고는 다시 말했다.

"일찍이 나는 하이번에게 제국의 모든 군을 맡겼었다. 그런데 하이번이 그 권리를 그대에게 넘겼다니, 이제 제국의 모든 군은 발튼 경, 그대가 맡아라."

"폐하!"

너무나도 갑작스러운 말이었다. 제국의 군무 책임자를 성벽 위에서 단숨에 결정해 버리다니?

발튼은 놀라서 레오를 보았다. 그러나 레오는 변함없는 눈빛을 하고 있었다. 일견 무심해 보이기도 한 눈이었다. 흔들림도 없었다.

곧 발튼은 마음을 다지고 그 자리에 한쪽 무릎을 꿇었다. 레오는 검을 뽑아 발튼의 머리와 양어깨를 가볍게 두드리고는 검집째 풀어서 그에게 건넸다.

왕이 자신의 검을 내리는 것이다. 발튼은 두 손으로 공손하게 그것을 받았다.

심장이 두근두근 뛰었다. 이미 상당히 나이가 든 발튼이었지만, 지금만큼은 20대의 청년 시절로 돌아온 기분이었다.

제국의 대장군! 무인으로서 최고의 영광이 아닐 수 없었다.

발튼은 조용히 일어나 검을 든 채 레오에게 말했다.

"지금까지 폐하께서 우리를 지켜주신 덕분에 강해질 수 있었습니다. 이번 전쟁으로 가이안의 힘은 미노에 필적하게 될 것입니다."

"그런가?"

단 한 번의 전쟁으로 두 제국의 힘이 비등해질 수 있을까? 레오는 문득 의문이 들었다.

그러나 발튼의 설명에 의하면, 이번 전투에서 레오가 단신으로 부하를 지키기 위해 뛰어든 것과 그 결과 미노 제국의 마스터인 마카아가 전사한 것이 이미 대륙에 퍼지고 있다고 한다.

그것도 흑사자가 아닌 그 부하 휴케바인의 손에 의해!

이는 미노 제국으로서는 설상가상의 불행이며, 가이안의 입장에서는 생각도 못한 희소식이었다. 사실 흑사자가 마카아를 상대로 싸워 이겼다면 지금처럼 큰 파장은 없었을 것이다.

하지만 정작 미노 제국의 최강자로 알려진 저 홍염의 광전사 마카아을 이긴 것은 흑사자의 수하이다. 대륙의 왕국들은 휴케바인이 새로운 마스터가 아닌가 하고 조심스럽게 짐작하는 중이었다.

물론 흑사자가 쓰러졌다는 것은 비밀이었다. 적중에 그 모습을 확인한 자가 없고, 결국 전쟁에서도 승리했기 때문에 현재 모든 영광은 흑사자에게 돌아가고 있다고 한다.

단신으로 30만의 적을 상대할 수 있다는 것을 대륙에 증명해 보인 셈이다.

그 결과 대부분의 왕국들이 미노에게 기울었던 마음을 되돌리고, 반대로 가이안 제국에 충성을 맹세하기 시작했다. 30만의 적을 물리친 것보다 60만에 해당하는 미노의 동맹군이 사라져 가고 있다는 것이 가이안에게 있어서 가장 기쁜 소식이었다.

그리고 그 병력들은 가이안 쪽에 모이고 있다. 가이안 내부의 사기가 더 높아져 이제는 모든 사람들이 제국에 대한 절대적인 충성심을 보이고 있었다.

수하를 지키기 위해 만사 제치고 달려간 흑사자의 행동은 그들에게 단순한 이해타산 이상의 그 무엇인가를 알게 해준 것이다.

흑사자는 합리적으로 움직이지 않는다.

지난 세월 동안 그가 적을 상대하는 것을 보고 뼈저리게 그것을 느긴 왕국의 사람들에게 이제 흑사자가 자신의 그늘 아래 있는 자들을 위해 어떻게 행동하는지를 알았다.

그들은 모두 흑사자를 자신들의 수호신으로 인정했다.

발튼은 대장군의 검을 두 손으로 잡고 앞으로 내밀며 말했다. 그것은 대장군이 황제에게 하는 맹세였다. 하이번은 레오의 제국을 세우겠다 맹세했고, 그것을 지켰다.

지금 발튼의 맹세는 또 다른 것이었다.

"이제는 저희가 폐하를 지키겠습니다."

"재미있군."

레오는 웃었다. 나를 지킨다고? 속으로 그렇게 중얼거려 보았다. 고향을 나선 이후 처음 들어보는 말이었다.

기뻤다. 휴케바인과 같이 지내던 시절과는 또 다른 기쁨이었다.

부모와 형이 죽고 남은 가족은 조카뿐이다.

영지와 부하들은 형의 유언에 따라 어쩔 수 없이 맡은 것이다. 말하자면 짐이었다.

그런데 어떻게 하다 보니 제국까지 세웠다. 가이안의 이름으로 세상을 덮기로 한 것은 지금 생각하면 한때의 기분이었다. 아버지와 형이 남겨준 것을 가능한 한 크게 하려는 의도에서 시작된.

영주에서 왕이 되고, 다시 황제가 되면서 밑에 들어오는 부하도 많아졌다. 이제는 부하가 아니라 신하라고 해야 되겠지만 레오에게는 별 구분이 없었다.

그에게 있어서 부하란 보호해야 할 대상이었다. 적당히 부려먹는 것은 그 대가라고 할 수 있었다.

그런데 이제 그 부하가 와서 거꾸로 말한다. 실제로 자신이 쓰러졌을 때 목숨을 걸고 자신을 지켜내었다.

'황제라······.'

레오는 자신이 황제라는 것을 자각했다. 그런 생각을 진지하게 한 것은 지금이 처음이라고 할 수 있었다.

레오가 생각에 잠겨 하늘을 보며 침묵하자 발튼은 다시 고개를 숙이며 굵은 목소리로 말했다.

"폐하께서 무슨 일을 하시든 저희들이 따를 것입니다. 두 번 다시 폐하를 혼자 보내지 않겠습니다."

"알았다."

레오는 그렇게 대답할 수밖에 없었다.

옆에서 휴케바인이 '혼자라니? 나하고 크로티아도 같이 갔는데'라고 중얼거리는 것은 가볍게 무시했다.

"그럼 이제 가도 좋다."

"미노의 잔당들을 소탕하고 돌아오겠습니다."

발튼은 검을 허리에 차고 당당한 걸음으로 레오에게서 멀어졌다.

아직 전투가 끝나지 않은 상황인 만큼 그가 직접 전군을 지휘하며 만일의 상황에 대비해야 했다. 수십만의 군을 다룰 수 있는 자는 그렇게 많지 않은 것이다.

"헤에, 결국 발튼 경이 대장군이 되시는 거군요."

휴케바인이 감탄한 듯 말했다. 하이번을 싫어하는 것은 아니지만, 옛날부터 나름대로 존경하고 있던 발튼이 마침내 대장군이 된 것을 보니 기분이 좋았다.

어차피 하이번은 재상이 될 테니까. 휴케바인은 그렇게 생각했다.

팔콘은 가이안의 수도 헬룬의 할렘가에 숨어 있었다. 어두운 방에 촛불도 켜지 않은 채 그는 앉아 있었다.

아무것도 보이지 않았다. 그러나 그의 눈에는 수많은 상상 속의 그림이 끊임없이 스쳐 지나갔다.

"어디서부터 잘못된 것이지?"

팔콘은 환상처럼 떠오른 또 하나의 자신에게 물었다. 그러나 돌아오는 대답은 없다.

이해할 수가 없다. 모든 것이 잘되고 있었다. 실패에 대한 징조는 아무것도 없었다.

특히 흑사자가 단신으로 떠나고, 군이 허둥대며 지원군을 보낼 준비를 할 때에는 마침내 승리했다는 기쁨에 도취되고는 했다.

대군을 움직이는 일이니 만큼 시간이 걸린다. 적어도 한 달은 걸릴 것이다. 흑사자가 아무리 강해도 그때까지 버틸 수 있을 리가 없다.

하지만 팔콘은 만전을 기하기 위해 즉시 본국에 보고해 지원군이 갈 예상 경로를 알렸다. 특수 부대가 빠르게 남하하여 그 길목을 막을 터였다. 끊임없는 파상 공격으로 군의 진군을 막을 것이다.

두 달 이상이 걸린다. 그것이 팔콘의 예상이었다. 그전에 흑사자는 죽고, 지원군은 밀려 내려오는 미노의 대군에 소멸될 것이다. 거의 확실한 계산이었다.

그런데 그 뒤에 바로 습격을 받았다. 보름 전의 일이다.

'어떻게 내 은신처를 알았지? 아니, 내가 가이안에 있다는 것조차 몰라야 했는데?'

팔콘은 웃었다. 언제나 웃도록 훈련받은 몸이었기에 지금도 웃을 수 있었다. 만약 그가 훈련을 받지 않았다면, 그는 지금 울고 있었을 것이다. 이미 마음속으로는 절망감에 통곡을 하고 있었다.

부드득.

한참을 고민하던 팔콘은 갑자기 이를 갈았다. 결국 아무리 생각해도 배신자가 있다는 결론밖에는 나오지 않았다. 그리고 그 배신자는 정해져 있다.

도둑 길드의 대리 길드장, 아자크! 그놈밖에 없다!

적을 알았다. 나름대로 계산이 끝났다. 결국 스스로의 손으로 기른 자가 아니면 아무도 믿을 수 없는 것이다. 팔콘은 다시 기운이 나는 듯했다. 투지가 끓어올랐다.

'좋아. 하지만 말이야. 아자크, 그놈도 내가 헬룬에 내린 뿌리의 일부분에 불과할 뿐이지.'

첫 번째 은신처가 습격당했을 때 팔콘은 이곳으로 피신을 했다. 이곳은 아자크가 알지 못하는 곳이다. 그렇기 때문에 보름 동안 무사할 수 있었다.

그렇다면 다시 일어설 수 있다! 이미 헬룬 곳곳에 내린 뿌리는 깊고도 깊다. 아자크가 알고 있는 것은 거의 없다.

벌떡.

마음이 움직이자 팔콘의 몸은 잠시도 머뭇거리지 않았다. 그는 즉시 의자에서 일어나 등잔에 불을 붙였다. 화르륵, 심지가 타는 소리가 조용한 방 안에 울렸다.

"삼호, 들어와라."

팔콘은 차분한 목소리로 그의 부하를 불렀다. 그가 직접 기른 12명의 정보원 중 세 번째의 숫자를 받은 자였다.

덜컥.

문이 열리고 밖에서 한 사람이 들어왔다. 언제 불러도 바로 들어올 수 있도록 대기하고 있었던 모양이다. 그런데 그가 들어오자마자 팔콘의 안색이 굳었다.

"삼호는?"

"죽었지."

낯선 남자는 일상적인 질문에 답하듯 평온하게 말했다.

"언제 그런 일이 있었지? 난 전혀 몰랐는데."

"감각이 둔해졌나 보군."

"으음."

상대의 말에 팔콘은 대답하지 못했다. 아무리 상대가 은밀하게 부하를 죽였다고 해도 그러면 직감적으로 위기가 다가오는 것을 느껴야 했다. 그런데 이번에는 아무것도 느끼지 못했다.

'그런가? 내가 죽을 때가 된 것이군.'

하늘이 죽으라는 데야 도리가 없다. 팔콘은 웃었다.

"헬룬의 밤거리에는 인재가 많지. 하지만 이곳을 소리없이 제압할 정도면, 아무리 생각해도 대륙 상인이신 킬번 어르신 같은데?"

"뭐, 꼭 킬번만 그럴 능력이 있는 것은 아니지만 내가 킬번인 것은 맞지."

"하하하, 과연 나 같은 놈을 보기 위해서 직접 오시다니 놀랍군."

"웬만하면 말을 높이던가 아예 낮추던가 해라. 상당히 헷갈리는군."

"그러지. 그런데 나를 죽일 건가? 아니면 사로잡아서 정보를 캘 건가?"

이것은 아주 중요한 질문이었다. 팔콘은 이 말을 하면서도 웃고 있었지만 사실 속으로는 식은땀을 흘리고 있었다.

"대륙의 그늘에 이름이 알려진 팔콘 경에게 무슨 정보를 캔다는 거지? 특급에게는 특급의 예우를 해주기로 했다."

"그렇군. 이미 나의 모든 조직은 무너지고, 미노 제국과 싸울 힘도 얻었다는 것이군."

팔콘은 씁쓸한 표정으로 중얼거렸다. 아자크가 배반한 것이 아니라 애초에 이용당한 것이다.

자세한 것은 알 수 없지만 아마 자신이 미노 제국에 한 보고는 치명적인 결과를 가져왔을 것이다.

지원군은 이미 출발한 것이 틀림없다. 대군이 움직이는 것을 숨길 방법은 많지 않은데, 자신이 보고를 하는 바람에 미노 제국은 적어도 보름 정도의 착오를 하게 된다.

지금까지의 정보가 워낙 정확했기에, 마지막 순간에 단 한 번의 거짓된 정보를 신용할 수밖에 없다.

머리가 좋은 팔콘은 단번에 그걸 추측할 수 있었다.

킬번 역시 지금에 와서 숨길 이유가 없다고 생각했는지 순순히 대답했다.

"역시! 팔콘 경은 하나를 들어도 열을 아는군."

숙—

킬번은 그렇게 말함과 동시에 손에 들고 있던 단창으로 팔콘의 목을 찔러갔다. 검붉은 창날이 흐린 등불에 번쩍였다.

팔콘은 즉시 뒤로 물러나며 자신이 앉아 있던 책상을 발로 차서 날려 버리려 했다. 그런데 갑자기 뱃속에서 섬뜩한 느낌이 들었다. 그리고 자신의 의도와는 다르게 몸이 굳었다.

천천히 고개를 숙여 배를 보았다. 어느새 배에는 또 하나의 단창이 박혀 있었다. 팔콘은 의문을 담은 눈으로 킬번을 보았다.

킬번은 그런 팔콘에게 천천히 고개를 끄덕이며 말했다.

"단창은 원래 두 개지. 그대가 보통이 아닌 것을 아니까 처음부터 비장의 수를 쓴 거야."

검붉은 창은 섬뜩한 느낌을 주며, 그 안에 담긴 살기는 상대의 시선을 끈다. 그리고 검은 창은 소리도 기척도 없이 숨어서 날아온다. 절대로 다른 사람에게 보이지 않는 킬번의 한 수였다.

사실 킬번이 아닌 다른 사람이었다면 팔콘의 태도에 안심해서 이런 방법까진 쓰지 않았을 가능성이 높다. 하지만 끝까지 운이 나쁘게도 킬번은 자신의 목숨을 걸고 나태하게 일을 계획하는 사람이 아니었다.

팔콘은 알았다는 듯 고개를 끄덕였다. 그러면서 마지막 힘을 짜내어 킬번에게 물었다.

"그런데 말이야. 누가 이렇게까지 일을 망친 거지? 아무리 너라고 해도 불가능할 거 같은데."

"어르신이 직접 하셨다. 원래 흑사자에게 한 번 찍히면 그렇게 되는 거지. 왜 도둑 길드가 어르신께 절대 충성을 하겠어?"

"미치겠군. 어쩌면 그런 말도 안 되는 놈이 세상에 나타날 수 있지? 컥!"

팔콘은 분통을 터뜨리다가 피를 토했다. 그리고는 그대로 옆으로 쓰러져 버렸다. 킬번이 창을 빼며 확인해 보니 이미 죽어 있었다.

킬번은 혀를 끌끌 차며 중얼거렸다.

"정말 미치지, 암."

정말 불쌍하다는 표정이었다. 그러는 한편 그는 안도의 한숨을 쉬었다.

"내가 줄을 잘 선 거지. 사람이 한 번 태어났으면 끝까지 최선을 다해 살아야지, 이렇게 비참하게 요절할 수는 없잖아?"

연신 고개를 끄덕이며 스스로를 위안한 킬번은 소리없는 걸음걸이로 방을 나섰다.

잠시 후, 도둑 길드의 사람들이 와서 팔콘의 시체를 치우고 그의 은신처에 있는 모든 서류를 정리했다. 그것으로 가이안에 있던 미노의 정보 조직은 사라져 버렸다.

그들은 가이안이 미노에 대적할 힘을 가지게 해준 일등공신이라고 할 수 있었다.

블루 드래곤 네미니스

잇따라 들려오는 소식은 바로 패배뿐이었다. 무적을 자랑하던 미노의 제국군은 단 한 번의 패배로 인해 계속해서 밀렸다.

조심스레 대세를 관망하던 주변의 왕국들은 이제 가이안의 승리를 점치기 시작했다. 이제 모든 왕국들은 흑사자가, 아니, 흑사자의 군대가 절대무적이라는 것을 인정했다.

이를 기점으로 미노 제국의 동맹국들이 갑자기 적으로 돌아섰다. 그 중에는 완벽한 속국의 자세로 간이라도 빼줄 것처럼 아부를 하던 동맹국들도 있었다.

가이안의 사자들이 각각의 왕국에 파견되었다고 한다.

미노 제국은 넓다. 가이안은 그것을 모두 먹을 욕심은 없다. 단지 대륙 유일의 제국이 되기만 하면 된다. 사자들은 그렇게 말했다.

어차피 왕국으로 남아 제국을 섬겨야 하는 운명. 일단 가이안이 미노 제국을 멸하고, 대륙 정세가 안정되면 국토를 넓힐 기회는 거의 없다고 봐야 한다.

왕국이 섣불리 전쟁을 일으킬 수는 없다. 제국의 눈치를 봐야 한다.

그렇기 때문에 그들 왕국은 점점 미노의 땅에 눈독을 들였다. 미노가 승리를 하면 왕국이 망하겠지만, 일단 가이안이 승리한다면 먼저 먹는 자가 임자인 땅이다.

그리고 지금 그들은 가이안의 승리를 예상하고 있었다. 아니, 확신하고 있었다.

무엇보다 미노 제국이 그들에게 가했던 위압적인 태도와 가이안 제국이 주변 왕국에 대한 신용있는 동맹 정책의 차이가 그들의 마음을 움직였다.

적어도 흑사자는 배신하지 않는다. 그의 말은 드래곤의 맹약과도 같이 무겁다.

그 모든 것이 합쳐져 미노 제국은 공포로 군림하던 존재에서 먹음직한 먹이로 변했다.

황제의 서재는 언제나 밀담의 장소로 이용되어 왔다. 때로는 한 왕국의 운명을 결정짓는 일도 많았다.

그레일 3세는 굳은 얼굴로 디오네에게 물었다.

"지금 일어나고 있는 분쟁은?"

"일곱 군데입니다."

"가이안 군은 어디까지 왔지?"

"하이얀 산맥을 넘어왔습니다."

그레일 3세는 눈을 감았다. 대륙의 중앙을 가로지르는 하이얀 산맥을 넘어왔다면, 본국의 영역권 안으로 들어왔다고 할 수 있다.

전장이 대륙 남쪽이 아닌 북쪽으로 바뀐 것이다.

"팔콘은?"

"제거된 것으로 보입니다."

"그렇겠지."

드득.

그레일 3세는 책을 잡고 있던 손에 힘을 쥐었다. 두꺼운 겉표지에 덮여 있는 책이 마치 휴지 조각처럼 구겨졌다.

팔콘의 보고가 없었다면 이렇게까지 밀리지는 않았을 것이다.

흑사자만 없으면 가이안은 자체 붕괴한다. 팔콘이 침투시킨 첩자들이 조사한 바에 의하면, 이미 군부는 분열하고 있지 않은가?

그렇기 때문에 그레일 3세는 디오네의 작전을 받아들여 지원군이 오는 시기와 경로를 예측하고 병력을 이동시켰다.

동시에 혹시라도 흑사자가 살아서 후방으로 도망가면 다시 병력을 모을 수도 있다고 판단되어 미리 준비한 병력을 움직여 뒤를 차단하려 했다.

그런데 이미 지원군은 그곳을 지나 마키아 군을 쳤고, 우회한 병력은 보급로가 끊겨 각개격파당할 위기에 처했다.

하지만 그들은 제국의 정병들이다. 아무리 본대와 떨어지고 보급이 끊겼다고 해도 속수무책으로 손가락만 빨고 있을 정도로 멍청하지는 않았다.

좌우 군은 필사적으로 경로를 바꿔 가이안 군으로부터 멀리 피했다. 그렇게 해서 살아남을 수는 있었지만, 반대로 회군을 하는 시간이 늦어진 것은 어쩔 수 없다.

단 한 수를 잘못 파악함으로써 모든 군의 움직임이 엉망이 되어버렸다.

30만의 주력군이 전멸에 가까운 패배를 하고, 다시 수십만의 병력이 허송세월을 하는 사이 동맹군은 배신을 하고, 적의 주력군은 계속해서 밀고 올라왔다.

적의 그림자에 현혹되어 헛되이 군대를 움직여 버린 것이 치명적인 상처를 남기는 결과가 되었다.

그레일 3세는 이 모든 상황을 머리 속으로 정리했다. 그리고는 다시 디오네를 보았다.

가슴속은 타오르는 분노의 불길로 지금이라도 피가 솟구쳐 올라오는 듯했지만 얼굴은 냉정했다. 문제가 생기면 오히려 정신을 바짝 차려야 된다는 것을 그레일 3세는 잘 알고 있었다.

"소이파는?"

"분노하고 있습니다."

"그렇다면 움직일 수 있겠군."

"그렇습니다."

디오네는 최대한 말을 아꼈다. 황제의 인내심이 한계에 달했다는 것을 본능적으로 느꼈다.

그녀의 전략은 완벽하게 실패로 돌아갔다. 농락당했다고 할 수 있다.

'하이번, 그의 전략은 나를 완벽하게 넘어서는 것이었던가? 나는 결코 그를 넘지 못하는가?'

디오네는 속으로 그렇게 생각하며 한숨을 내쉬었다. 재능의 한계에 대한 절망의 감정이 그녀의 가슴속에 밑바닥부터 서서히 차오르고 있었다.

'하지만 아직은 끝나지 않았다.'

디오네는 무너져 가는 자신을 추스렸다.

원래대로라면 디오네는 실패의 책임을 지고 자결해야 한다. 어쩌면 자결도 허락받지 못하고 처형당할 수도 있다.

그레일 3세는 결코 그런 점에서 자비를 베풀지 않는다. 황제가 아직도 참고 있는 것은 바로 소이파라는 카드가 있기 때문이다.

소이파 파들로 백작, 드래곤 슬레이어 카렌의 마지막 후손인 그가 있기에 디오네는 아직도 살아 있다고 할 수 있다. 디오네가 그의 후견인이다.

황제의 눈빛은 디오네에게 그에 대해 묻고 있었다. 디오네는 천천히 입을 열어 설명하기 시작했다.

"소이파 백작에게 내려진 영지는 두들랜과 토프입니다. 가장 비옥한 토지이고, 중요한 무역로이기도 합니다."

"……."

"그리고 그 영지는 하이얀 산맥을 끼고 있습니다. 이미 가이안에게 점령당한 상태입니다."

"그렇겠지. 중요한 무역로라는 것은 바로 남대륙과 북대륙을 잇는 지점을 의미하니까."

"백작은 자신의 영지에 목숨과도 같은 애정을 가지고 있었습니다. 가이안에게 그곳을 점령당했다는 것을 알았을 때에는 비명을 지르며 기절했다고 합니다."

"과연, 그대는 일을 꾸밀 때에는 빈틈이 없군."

그레일 3세는 서서히 고개를 끄덕였다.

다른 자의 보고에 의하면 소이파는 소심하고 겁이 많아 절대 스스로 죽음으로 들어갈 수 없다고 했다. 그렇다면 다른 수를 써야 하는데, 디오네는 이미 그 점에 대해 생각이 있는 모양이었다.

사실 이번 전략도 팔콘이 마지막에 잘못된 정보를 전하지 않았다면, 디오네의 전략은 완벽하게 성공했을 것이다. 적어도 그레일 3세는 그렇게 믿었다.

그럼에도 불구하고 디오네는 소이파의 영지로 하이얀 산맥의 바로 위쪽 땅을 준비했다.

적에게 거의 확실한 방법으로 공격을 가하면서도 그게 잘못되었을 때를 대비한 것이다.

"일단 좌우군이 돌아왔으니 지금부터는 팽팽하게 싸울 수 있습니다. 하지만 흑사자가 전면으로 나설 경우 어려운 전투를 강요당하게 됩니다."

부드득.

흑사자의 이름만 들어도 그레일 3세는 이가 갈렸다. 그러나 그는 디오네의 보고를 중지시키지 않고 계속 들었다.

"소이파에게 칙령을 내려주십시오. 제가 그와 함께 가겠습니다."

"칙령은 당장 내리지. 하지만 조심해라. 상대는 사람이 아니다."

"드래곤과의 거래는 불가능하다 알고 있습니다. 단지 맹약에 따른 요구를 할 뿐입니다."

"좋아, 가능하겠지. 가라!"

"예."

디오네는 조용히 대답하며 허리를 굽혔다. 곱게 빗어 화려한 장식으로 틀어 올린 그녀의 머리카락 아래로 길고 하얀 목이 드러났다.

차분한 목소리와 정중한 인사, 그러나 그녀의 눈은 물러날 곳 없는 자의 비장한 의지가 담겨 있었다. 그런 눈빛은 그레일 3세와 닮아 있었다.

*   *   *

"칙령이라고?"

소이파는 정신적 고통을 이기지 못하고 술을 마시고 있었다. 황금빛 인생이 단번에 무너져 내리는 고통은 절대로 견딜 수 없는 것이었다.

영지가 적국의 손에 점령되었는데 자신이 할 수 있는 것은 아무것도 없었다. 그는 기본적으로 무관이 아니라 문관, 그것도 아직은 대학에서 공부 중인 초급 문관에 불과했다.

제국의 백작이라는 신분은 결코 흔한 것이 아니다. 모든 사람이 그를 우러러보았다.

귀족의 영애와 결혼도 했다. 원래 그의 이상형은 디오네였지만 그녀는 황제의 여자, 언감생심 꿈도 꿀 수 없었다. 그녀는 이미 마음속에서 여신과도 같이 범접할 수 없는 존재가 되었다.

반면에 몰락해 가는 자작가의 영애인 아내는 정숙하고 상냥했다.

어차피 그녀도 귀족의 삶에 그다지 친근하지 않았기 때문에 소이파가 교양이 모자란 것을 탓하지 않았다. 그러면서도 그녀 자신은 교육을 철저하게 받았는지 나름대로 기품을 지니고 있었다. 소이파는 그게 좋았다.

아들도 생겼다. 후계자인 셈이다. 이 아이는 날 때부터 백작가의 후손이다.

양치기로 살던 때 그리던 모든 꿈이 이루어져 있었다. 그러나 그 짧은 꿈은 단번에 붕괴되었다. 풍요를 보장하던 그의 영지가 흑사자의 손에 넘어가 버린 것이다. 그는 졸지에 영지를 잃어버린 귀족이 되어 버렸다.

그런데 디오네가 갑자기 찾아왔다. 그것도 황제의 칙령을 가지고 왔다 한다.

소이파는 마지막 남은 이성을 끌어내어 억지로 의관을 정제하고는 디오네를 만나기 위해 응접실로 향했다.

"얼굴이 많이 상하셨군요."

디오네는 일견 담담한 태도를 보이는 듯하였지만, 자세히 보면 그 눈빛 안에는 안타까움이 서려 있었다. 상상 속에서 몇 번이고 들었던 맑은 음성에 정신이 번쩍 든 소이파는 그녀의 감정을 민감하게 읽어냈다.

'나를 걱정하고 있다!'

절망 속에 허덕이던 소이파에게 디오네는 여신이나 다름없었다. 일개 양치기에서 귀족이 된 것도 디오네를 만나면서 일어난 일이다. 소이파에게 디오네는 바로 그런 존재였다.

"저는 괜찮습니다. 그런데 칙령이라니요?"

소이파는 애써 점잖은 어투로 대답했다.

"네. 폐하께서 소이파 파들로 백작께 직접 내리신 칙령을 전하기 위해 제가 왔습니다."

소이파는 이 말에 바짝 긴장했다. 황제의 명을 그녀가 전한다. 어쩌면 잃어버린 영지를 되찾을 기회가 될 수 있다. 아니, 그녀가 자신을 위해 그런 기회를 일부러 마련한 것일지도 몰랐다.

'결코 실망시켜서는 안 된다!'

그의 상상 속에서 디오네는 자신을 위해 황제에게 간언하고 있는 모습으로 보였다. 그렇다면 그도 적당히 해서는 안 된다. 그의 마음속의 여신 앞에서 귀족으로서의 의지를 보여야 했다.

"무엇입니까?"

그것이 무엇일지라도 해내고 말겠다는 말은 마음속에 담아두었다. 다만, 결연한 의지를 풍겨냄으로써 자신의 결심을 표현하기 위해 최대한 애를 썼다.

디오네는 그러한 소이파의 심리를 훤히 읽고 있었다. 비리비리한 몸매의 양치기 청년은 이미 없다. 그녀 앞에서 늘어난 허리 살을 의식하는 듯 애써 자세를 잡고 있는 그의 모습이 딱해 보이기도 했다.

"어려운 일이에요."

디오네는 짐짓 안타까운 표정을 지으면서 설레발을 쳤다.

"폐하와 그대의 명이라면 무엇이든 하겠습니다."

단호했다. 일말의 주저함도 없었다. 디오네는 약간 안타깝다는 듯 짧은 한숨을 쉬었다. 그 모습에서 마치 이런 말을 해야 하는 것이 미안하다는 분위기가 팍팍 풍겨졌다.

다음 순간 디오네는 보란 듯이 표정을 가다듬고 무언가 결심한 듯한 태도를 취했다.

황제 폐하의 칙령이니 말을 해야 합니다, 본의는 아니더라도.

소이파는 디오네가 마치 이렇게 말하는 것처럼 느꼈다. 그는 상당한 부담을 느끼고 있는 듯한 그녀에게 신뢰감을 주기 위해 한껏 의욕적인 모습을 보이며 무언의 독촉을 했다.

이윽고 디오네의 붉은 입술이 열리며 황제의 칙령이 흘러나왔다.

"크로말스 산의 전룡, 네미니스를 만나서 흑사자를 처치해 달라고 부탁하는 임무입니다."

"드래곤을!"

상상 밖의 이야기였다. 소이파는 당황하여 입을 벌린 채 말을 잇지 못했다. 지금까지의 결심은 어디론가 사라지고 드래곤을 만나야 한다는 공포가 그의 가슴속으로 스며들었다.

그러나 디오네는 여전히 차분한 음성으로 계속해서 말했다.

"드래곤을 만나 협상하는 일은 결코 쉬운 일이 아닙니다. 무력이 아무리 강해도 소용없지요. 마법사는 오히려 좋지 않습니다. 드래곤의 마력에 강한 영향을 받는다고 하더군요."

"……."

"그래서 이 일은 무력도 마법도 없는 사람이 제격입니다. 그러면서도 황제의 명을 전할 수 있는 신분의 사람이어야 합니다."

"하지만 저는……."

소이파는 머뭇머뭇 말을 꺼냈다. 드래곤을 만나면 협상은커녕 대화도 제대로 할 수 없을 것 같았다. 그런데 디오네가 그의 말을 끊었다. 디오네는 소이파의 눈을 똑바로 바라보며 말했다.

"그래서 제가 드래곤과의 협상자로 선택되었습니다."

"디오네 양이!"

"저는 황제의 여자이고, 무공도 마법도 모릅니다. 제가 적격이지요."

"그, 그런……."

소이파는 자괴감을 느끼고 있었다. 자신이 협상자가 아니라는 점에 안도했다는 사실. 비록 혼자만 알고 있었지만 자신을 향한 디오네의 신뢰를 배신한 것이나 다름없다. 거기에 처음의 결심과 달리 그토록 두려운 일을 이 여성은 저토록 차분하게 말하고 있었다.

디오네는 소이파의 공포, 그리고 그 뒤의 안도감과 죄책감에 이르는 모든 감정을 민감하게 파악하고 있었다. 고도의 술책에 능한 그녀가 양치기 출신의 순박한 청년의 감정을 읽어내는 것은 너무나 쉬운 일이었다.

아니, 사실 지금 소이파의 얼굴에 떠오른 표정을 보면 웬만한 사람은 누구나 알 수 있을 것이다.

그녀는 그런 눈치를 전혀 보이지 않았다. 그의 의중은 관심도 없다는 듯 그저 담담하게 설명을 이어갔다.

"하지만 제가 혼자 갈 수는 없습니다. 어쩌면 드래곤이 원하는 제물 중에 저 자신이 포함될지도 모르기 때문입니다."

드래곤은 신비의 존재, 좋은 전설도 나쁜 전설도 많다. 그중에는 미인을 탐하는 드래곤에 대한 이야기도 있었다. 인간이 생각하는 그런 탐욕이 아니라 미인을 잡아먹는 취미를 의미한다.

꿀꺽.

소이파는 자신도 모르게 침을 삼켰다. 눈앞의 여자는 스스로 죽을지도 모르는 일을 행하려 하고 있었다. 그것도 정상적인 죽음이 아닌 제물이 되어 잡아먹힐지도 모르는 일을!

그러면서도 당당한 자태와 눈빛은 가히 그의 마음을 감동으로 물들일 수 있었다.

마음 한구석에서 스스로에 대한 자책감이 소용돌이처럼 일어났다. 드래곤이라는 이름만 듣고도 모든 것을 잊고 공포에 질려 버린 자신이 원망스러웠다.

그러나 디오네는 그런 소이파의 마음을 아는지 모르는지 계속해서 설명했다.

"크로말스 산의 블루 드래곤 네미니스는 전룡이라는 칭호를 받은 최강의 드래곤, 모든 드래곤의 수장이라는 드래곤 로드 카르티오스 이외에는 아무도 감당할 수 없는 존재라고 합니다."

"그렇습니까……."

"황제 폐하께서는 최고의 예물을 가지고 가도록 명하셨습니다."

최고의 예물, 보물일 것이다. 제국의 가장 훌륭한 보물들을 모았을 것이다.

"최악의 사태는 벌어지지 않았으면 합니다만, 만약 그런 일이 벌어진다면 소이파 경께서 저 대신 황제 폐하께 보고하여 주셨으면 합니다."

"그런……!"

소이파의 두 눈에서 눈물이 흘렀다. 어쩌면 이 여자는 자신을 사랑할지도 모른다. 최후의 순간이 올 것을 예감하고 그때에는 자신이 보는 앞에서 죽으려는 것이다.

"실패한다면 몰라도, 일단 계약이 성립되면 소이파 경께서는 안전할 것입니다. 그러니 제발 저와 같이 가주십시오."

그렇게 말을 매듭짓는 디오네의 눈동자는 가늘게 떨리고 있었다. 그것을 본 소이파는 가슴속에서 뜨거운 불덩어리가 뭉쳐서 목을 통해 올라오는 것을 느꼈다.

"가겠습니다! 폐하의 명에 따라 그대를 보좌하겠습니다!"

음모가 자신을 둘러싸는 것을 전혀 알지 못하는 소이파는 여신이 가는 길을 따르기로 결심했다.

디오네는 그의 결단에 대한 보답으로 천천히 허리를 숙여 인사했다. 그리고 마음속으로부터 자신의 최후의 카드이자 희생양에게 감사를 표했다.

"고맙습니다. 이런 위험한 일에 동행하시는 보답은 충분하게 준비되어 있습니다."

소이파의 눈이 커다랗게 뜨였다. 그것이던가? 그녀는 마지막이 될지도 모르는 길에 그에게 다시 선물을 주고 싶었던 것일 게다. 그는 그녀의 마음을 느낄 수 있었다.

"제가 두서없이 말하느라 그 점을 빠뜨렸는데……. 소이파님은 제가 보상을 말하기도 전에 함께해 주겠다고 하시는군요."

디오네의 음성은 살짝 떨려 나오고 있었다. 소이파는 디오네가 보상을 미리 말하지 않아 다행이라고 생각했다. 적어도 그가 보상을 바라고 동행하는 것이 아님을 확실히 하지 않았는가?

아내를 사랑하지 않는 것은 아니었다. 하지만 그의 일생을 바꿔놓은 여신의 부름에 응하지 않을 수는 없다. 그리고 이건 그에게 다시 주어진 기회이기도 했다.

소이파는 기쁘기도 했지만, 생사의 갈림길에 선 디오네를 생각하면 마음이 아팠다.

'아니지. 생각해 보면 나도 함께 목숨을 건 셈이 되는 것이니 좀 더 떳떳해도 상관은 없는 거야!'

사실 디오네의 말대로라면 소이파의 목숨은 어느 정도 보장되었다만, 위험한 일임은 분명했다. 이렇게 생각한 소이파는 자못 레이디를 지키는 기사와 같은 태도를 보이며 한껏 믿음직스럽게 말했다.

"황제 폐하와 그대의 믿음에 꼭 보답하도록 하겠습니다."

크로말스 산은 북부 산맥에서 험하기로 이름 높은 곳이었다. 미노 제국의 안에 위치한 것도 아니었기에 그들은 매우 조심스럽게 움직였다.

그들이 지니고 있는 보물은 웬만한 왕국 하나를 통째로 살 수 있을 정도의 가치를 가졌다. 만약 다른 왕국이 이 사실을 알면 군대를 보내 빼앗으려 할 것이다.

그렇기에 그들은 북부 산맥의 안에서만 이동했다. 수십에 달하는 호위기사들은 수적으로는 많다고 할 수 없지만, 하나같이 상급에 해당하는 기사들이었다.

산은 험하고, 날은 추웠다. 그러나 소이파와 디오네는 바람과 추위로부터 몸을 보호하는 옷을 두르고, 기사들은 무력이 없는 그들을 최대한 배려했다. 그 덕분에 둘은 비교적 편하게 이곳까지 올 수 있었다.

눈앞에 보이는 산은 구름을 뚫고 하늘로 뻗어 있었다. 고봉 위에 보이는 눈은 만 년 동안 녹지 않은 것이리라. 디오네는 그 산의 중턱 부분을 바라보며 말했다.

"저쪽입니다. 산 중턱에 레어가 있다고 들었습니다."

"그냥 접근해도 되겠습니까?"

"상관없을 것입니다. 우리가 제국의 황제기를 앞세우고 재물을 가지고 가는 이상 이야기도 듣지 않고 먼저 공격하지는 않을 것입니다."

디오네의 설명에 소이파는 내심 안도의 한숨을 쉬었다. 드래곤의 영역에 함부로 들어가면 문답무용으로 죽는다는 것을 언젠가 배웠기에 그의 불안감은 컸다.

그런 그가 모르고 있는 사실이 한 가지 있었다. 디오네의 말은 반만 진실임을. 드래곤이 재물과 인간의 왕이 보낸 사자를 만나줄 확률은 절반 정도에 불과하다. 그날의 기분이 나쁘면 소이파가 우려한 결과가 나타날 수도 있다.

그러나 이번에는 절대로 그럴 리가 없다. 재물도, 왕의 기도 아닌 소이파 자신이 그것을 보증하고 있었다.

산은 정말 이름값을 하겠다는 듯 가파르고, 요소요소가 모두 험했다. 기사들은 둘째 치고 소이파와 디오네가 오르기에는 무리가 있었다.

어쩔 수 없이 기사들은 간이 지게를 만들어 그들을 등에 짊어졌다. 기사들에게도 귀족인 소이파에게도 어울리지 않는 모습이었지만, 지금은 그것을 따질 때가 아니었다.

한참을 오르니 산 중턱에 움푹 파인 곳이 나왔다. 계곡이라기보다 그냥 거대한 분지와도 같았다. 그리고 그 안쪽에 보이는 거대한 구멍은 정말로 드래곤이 마음대로 오갈 수 있을 정도로 컸다. 그곳은 드래곤의 레어였다.

"다행히도 이곳이 맞군요."

디오네는 지게에서 내리며 말했다. 이 험한 산속을 계속 헤매지 않아도 된다는 것이 나름대로 기쁜 모양이었다.

소이파도 동감이라는 듯 고개를 끄덕였다. 지게에 매달려 오는 것만으로도 힘든 그였다.

"그럼 이제 어떻게 하지요?"

"아마 드래곤 쪽에서 올 겁니다. 이미 우리가 왔다는 것을 알고 있으니까요."

"정말입니까?"

아무리 마음을 굳게 먹고 왔어도 막상 드래곤을 만난다고 하자 소이파는 얼굴이 하얗게 질린 채 물었다. 아직 그에게는 마음의 준비를 할 시간이 더 필요했다.

그러나 상대는 절대로 소이파의 그런 심정을 배려해 주지 않았다.

숲의 한쪽에 있는 나무들이 우지직 하는 소리와 함께 쓰러졌다. 그 순간 거대한 드래곤의 모습이 나타났다.

하늘을 가릴 것 같은 크기에 푸른 비늘의 드래곤이었다. 언제 나타났을까? 저런 거대한 괴물이 바로 앞까지 다가오는 것도 몰랐다니?

기사들은 그렇게 생각하며 저마다 손을 검에 가져갔다. 만약의 경우 그들은 몸을 던져 목숨으로 디오네와 소이파를 보호해야 했다.

블루 드래곤은 그런 기사들의 기세가 웃긴 듯했다.

"재미있군. 인간의 검이 나에게 위협이 될 수 있을까?"

천공을 벼락처럼 울리는 목소리, 소이파는 자신의 귀를 파고드는 그 목소리에 몸을 벌벌벌 떨었다. 괜히 기사들이 쓸데없는 자세를 취해서 드래곤이 화가 난 것이 아닌가 하고 주변을 연신 돌아보면서 눈치를 보았다.

기사들 역시 어떻게 해야 하나 고민하는 눈치였다. 인간의 상식 따위는 크기가 100미터를 넘는 최강의 존재에게는 아무런 의미가 없었다.

그나마 네미니스가 드래곤 피어를 발산하지 않아서 멀쩡할 수 있었다. 안 그랬으면 모두 발광을 했을지도 모른다.

특히 그들을 따라온 궁중 마법사는 이미 기절한 거나 마찬가지였다.

마나가 엉겨서 그대로 굳어버렸으니.

그때 디오네가 앞으로 나섰다. 그녀는 조용히 땅에 무릎을 꿇고 앉아 고개를 숙인 채 말했다.

"위대하신 존재이시여, 여기 그대의 친구가 도움을 요청하러 왔습니다."

"도움이라! 나는 영원히 오지 않기를 바랐다."

"인간의 은원 관계는 너무나도 복잡해서 스스로의 목숨보다 중할 때가 있습니다."

"그건 잘 알고 있지. 자신을 위해 남을 희생시킬 수 있는 존재. 그러나 남을 위해 자신을 희생시킬 수도 있는 존재. 그것이 바로 인간이 아닌가?"

"그대의 힘이 필요합니다. 모든 것을 희생해서라도 꼭 갚아야 할 원한이 있습니다."

디오네의 말은 냉정했다. 드래곤의 앞에서도 그녀는 전혀 흔들리지 않았다.

블루 드래곤 네미니스는 그런 그녀를 신기한 눈으로 보았다. 아무리 자신이 드래곤 피어를 안으로 갈무리하고 있지만 완전히 막아지는 것은 아니다. 은연중에 미약한 기운이 몸에서 흘러나오게 되어 있다.

그런데 눈앞의 여인은 조금도 떨지 않는다. 뒤쪽에 있는 기사들도 억지로 참고 있는 상황인데.

'대단한 집념을 가졌거나, 정말로 큰 원한이 있어서 다른 감정을 잃은 것이군.'

네미니스는 그렇게 판단했다. 어떤 것이든 흔한 경우는 아니다. 그러나 그가 볼일이 있는 것은 그녀가 아니다. 뒤에서 정말로 원초적으로 떨고 있는 젊은 청년이었다.

네미니스는 눈을 돌려 그 청년을 보며 물었다.

"그대는 정말 이 일에 동의하는가?"

"예, 예? 저 말입니까?"

"그렇다, 맹약자여."

네미니스의 말에 디오네의 안색이 살짝 변했다. 드래곤이 맹약자라는 말을 꺼냈고, 그걸 소이파가 들었다. 일이 잘못된 것인가?

그러나 눈치를 보니 소이파는 반쯤 얼이 나간 상태였다. 드래곤이 자신을 보고 있다고 생각하자 아무런 생각도 하지 못하고 그저 공포에 젖어 있는 것 같았다.

디오네는 얼른 소이파에게 말했다.

"어서 그대가 죽음을 원하는 자를 말해요. 드래곤이 당신에게 묻고 있어요."

"어, 어."

아직도 정신을 차리지 못하는 소이파, 디오네는 속이 바짝 타는 기분이 되었다. 그러나 최대한 인내심을 발휘하며 작은 목소리로 다시 말했다.

"흑사자를 죽이고 싶지 않나요? 어서 대답해요."

"흑사자!"

원수의 이름이 귓속으로 들어오자 소이파는 즉시 이를 갈기 시작했다. 그의 모든 것을 부순 자! 제국의 원수! 악마!

일단 그를 머리 속에 떠올리자 분노로부터 한 줌의 용기를 얻을 수 있었다. 소이파는 즉시 고개를 들고 있는 힘껏 외쳤다.

"흑사자입니다! 그자를 죽여주십시오!"

"드래곤에게 복수를 부탁하는 대가는 작지 않다. 그대는 각오가 되어 있는가?"

네미니스는 다시 물었다. 솔직히 아무리 약속을 했다고는 해도 인간 들의 일에 끼어들기는 싫었다. 더군다나 맹약자는 바로 자신의 친구인 카렌의 후손이 아닌가?

그때 디오네가 말했다.

"이미 결심했습니다. 흑사자는 조국의 원수, 그가 존재하는 한 제국 의 미래는 불투명합니다. 가문과 후손, 그리고 조국을 위하여 목숨을 바치겠습니다."

"정녕 그러한가?"

네미니스는 갑자기 끼어든 디오네를 무시하며 소이파에게 확인하듯 물었다. 아무리 그가 정신이 없는 상황이라도 남이 대신 해줄 수는 없 는 대답이었다.

그러나 정작 소이파는 아무것도 느끼지 못했다. 그는 거의 무의식적 으로 고개를 끄덕였다.

"그런가……."

본인이 인정을 했으니 어쩔 수 없다. 네미니스는 눈을 돌려 하늘을 보았다.

아래쪽에서 불안에 떨고 있는 자들의 기운이 생생하게 느껴졌다. 삶 에 대한 본능은 그 무엇보다 강하다. 하지만 인간의 경우, 때때로 자신 의 가문과 왕국을 위해 목숨을 건다. 또 후손에게 스스로의 의지를 이 어간다.

카렌의 후손이라면 더욱 그럴 것이다. 귀족이니까. 저렇게 공포를 못 이기고 벌벌 떨고 있어도 스스로 죽음을 향해 걸어 들어온 것이다.

'친구여, 그대의 후손들은 하나같이 바보로군. 마치 그대와 같아.'

유희 중에 만난 친구였다. 인간의 모습으로 대륙을 여행하다 사귀게 되었다. 처음에는 단지 유희의 한 부분에 불과했다. 인간의 모습일 때에는 본체일 때와 전혀 관계가 없는 삶을 살아야 한다.

그런데 카렌은 아니었다. 그가 드래곤이라는 것을 알았어도 친구로 생각했다. 곤란한 일이다.

그것으로 끝났으면 모르겠는데, 그는 친구를 위해 기꺼이 목숨을 던졌다.

도미그리아, 마왕이 남긴 마법서를 연구하다 결국 흑마법에 마음을 빼앗겨 버린 일족의 동료가 있었다. 마법과 신성력을 모두 지닌 드래곤의 특성을 포기하고 대신 마계의 룬어를 억지로 몸에 새겼다. 물질계의 룬어가 아닌 마계의 룬어였다.

그것으로 도미그리아는 마족이 되었다. 마룡이 된 것이다.

그가 원한 것은 오직 힘! 그리고 그 힘을 얻는 방법은 간단했다.

다른 드래곤의 심장을 먹으면 된다. 드래곤의 모든 힘의 원천인 드래곤 하트를 흡수할 수 있는 능력을 흑마법의 의식으로 얻게 된 것이다.

네미니스는 그것을 알고 즉시 유희를 그만두고 드래곤의 모습으로 돌아왔다. 그리고 마룡 도미그리아와 사력을 다해 싸웠다.

가장 뛰어난 드래곤 중의 하나인 네미니스는 마룡으로 변한 도미그리아와 거의 비슷할 정도로 강했다. 그래서 결국 서로가 치명적인 부상을 입었다.

그런데 문제는 회복 속도였다. 마기에 물들은 마룡의 손톱과 어긋나는 신성력을 거부한다. 자연 치유에 의지할 수밖에 없는데, 그것도 평소보다 몇 배나 늦게 회복되었다.

반면에 도미그리아의 회복 속도는 놀라웠다. 마족의 특징이 원래 그랬다. 처절하게 싸우고, 이기면 상대의 힘을 흡수하고, 부상을 당하면 얼마 안 있어 회복된다.

다른 드래곤에게 도움을 청하려 했다. 드래곤 로드에게 알리려 했다. 그러나 이미 도미그리아의 마법이 모든 것을 막고 있었다.

마룡 도미그리아가 회복해서 다시 네미니스를 치러 오는 것은 시간 문제였다.

그런데 그때 카렌이 나타났다. 갑자기 사라진 동료를 찾아서 온 것이다.

"놀랍군. 드래곤이었나?"

카렌은 정말로 놀라워했다.

"난 네가 미쳐서 드래곤에게 도전하러 온 줄 알았지."

유희 중의 네미니스는 세상 두려운 줄 모르는 오만한 전사였다. 그래서 카렌은 그렇게 생각한 모양이었다.

"염려 마, 비밀은 지켜줄게. 다른 동료들은 산 아래에서 기다리고 있어. 혹시 정말 네가 드래곤에게 당했다면 시체라도 거둬가려고 온 거거든. 하하하!"

드래곤의 앞에서 당당하게 웃을 수 있는 인간은 많지 않다. 그런데 카렌이 그랬다.

네미니스는 그 웃음을 보고 무엇인가를 느꼈다. 그래서 말했다.

"부탁이 있다."

"응. 뭐지?"

당연히 들어주겠다는 말투, 그것은 네미니스가 인간이었을 때의 보이던 태도 그대로였다.

네미니스는 처음으로 드래곤의 모습인 채 인간의 심정이 되었다.

"옆 산에 도미그리아라는 드래곤이 있다. 그놈을 죽여다오."

"드래곤을?"

상상 밖의 부탁에 카렌의 안색이 변했다.

"나와 싸우다 부상을 당했으니 너라면 가능할 것이다. 그가 회복하면 큰 문제가 생긴다. 드래곤에도, 인간에도."

네미니스는 도미그리아가 마룡이라는 것과 그를 막지 못하면 생길 일에 대해 설명했다. 그리고 솔직하게 현재의 자신의 상태까지도 말해 주었다.

"그렇군. 이 상처는 그놈에게 생긴 거였군."

카렌은 고개를 끄덕였다. 사실 그는 드래곤의 자존심을 생각해서 왜 다쳤냐고 묻지 않았던 것이다.

"염려 마라. 내가 말했지? 친구를 건드리는 것은 나를 건드리는 것과 같다고. 당장 가서 그놈의 목을 따오지."

이유도 묻지 않았다. 카렌은 나름대로 납득을 한 듯 그렇게 말하고는 그대로 몸을 돌려 네미니스의 레어를 떠났다.

도저히 정상이라고는 볼 수 없는 놈이었다. 완벽하게 미쳤다고도 볼 수 있었다. 그러나 역사는 그를 영웅이라고 칭했다.

어쨌든 간에 카렌은 도미그리아를 죽였다. 몇몇의 동료들도 도왔지만, 정말로 드래곤을 죽일 수 있었던 것은 그의 능력이 인간의 한계를 벗어날 정도로 뛰어났기 때문이다.

또한 그가 자신의 목숨을 돌보지 않고 도미그리아의 눈에 자신의 검을 박은 채 스스로의 마나를 폭주시켰기에 가능했다.

그 결과 카렌은 몸이 가루가 되어 죽었다. 흔적도 남지 않았다. 한 인간의 희생으로 드래곤의 재앙이 사라진 것이다.

그리고 네미니스는 인간에게 드래곤을 죽여 달라고 부탁한 이상한 드래곤이 되어버렸다. 농담이라도 있을 수 없는, 웃기는 일이었다. 그러나 네미니스는 웃을 수 없었다.

인간의 역사에 이 일의 전말은 알려지지 않았다.

단지, 인간의 영웅인 카렌이 마룡 도미그리아를 죽인 사실만이 기록되었다.

동료들의 증언으로 마룡 도미그리아가 인간에게 해를 끼치려 했기에 카렌이 스스로의 목숨을 바쳐 싸웠다고 알려지게 된 것이다.

실제로 도미그리아는 마룡이 되자마자 자신의 레어 근처에 있는 몇 개의 인간 마을을 소멸시켜 버렸기에 그 악명이 자자했다.

슬픈 기억은 드래곤에게 있어서 하나의 고문에 가까웠다. 왜냐하면 드래곤은 망각을 모르는 존재이기 때문이다.

네미니스는 그것을 마음속으로 받아들일 때까지 잠들 결심을 했다. 오랜 시간 동안 잠들면 슬픔은 추억으로 변할 터이니.

그런데 잠에서 깨어날 무렵, 누군가가 네미니스를 찾아왔다. 인간이었다.

"원수를 갚아주시오! 내 증조할아버지가 그대를 위해 죽었던 것처럼."

카렌의 후손이었다. 카렌의 유언에 따라 아들에게 전해진 일기장에는 모든 진실이 쓰여 있었던 것이다.

드래곤은 인간의 일에 관여해서는 안 된다. 그것은 가장 엄격한 규율 중 하나였다. 하지만 이번엔 달랐다. 이미 드래곤이 인간에게 도움을 받았기 때문이다. 그것은 말하자면 서로 동등하게 주고받는 거래와도 같다.

네미니스는 잠시 생각하다 그에게 물었다.

"인간과 드래곤은 서로 사정이 다르다. 드래곤이 사사로이 인간의 일에 끼어드는 것은 금기이지. 그대가 진정 복수를 원한다면, 그 대가로 목숨을 바쳐라. 만약 포기하겠다면 카렌과의 인연을 생각해서 평생 먹고살 보물을 주겠다."

죽고 싶어 하는 인간은 없다. 그것도 드래곤의 보물을 받아 평생 호의호식할 수 있는데 죽을 리가 없다. 원한이란 의외로 간단한 것, 잊으면 그뿐이다. 행복해질 수 있다.

네미니스는 그렇게 생각했다.

그런데 카렌의 후손은 전혀 다른 판단을 했나 보다. 그는 크게 한 번 웃고는 즉시 검을 뽑아 자신의 가슴을 찔렀다. 심장이 있는 곳이었다.

네미니스가 말릴 사이도 없이 빠른 움직임, 과연 카렌의 후손다운 몸놀림이었다.

"내 조국을 멸망시킨 자에게 죽음을……. 기사 된 도리로 나라를 지키지 못했으니 왕에게 죄스러울 뿐."

그는 그렇게 최후의 말을 남기고 죽었다. 뒤따라온 그의 시종이 조용히 시체를 거두었다.

네미니스는 한숨을 쉬었다. 그리고는 그 길로 레어를 떠나 그가 원한 자를 죽였다.

그걸로 끝이 났다면 얼마나 좋을까? 한 번 부탁하고 한 번 부탁을 들어주었다. 얼마나 공평한가?

그런데 20년도 되기 전에 또 한 사람이 찾아왔다. 아무리 봐도 그는 카렌의 후손이 분명하였다.

"복수를 원합니다."

"이미 빚은 갚았다!"

네미니스는 신경질적으로 외쳤다. 드래곤 피어까지 써가며 두 눈을 부릅뜨고 이 귀찮은 손님을 노려보았다.

그런데 찾아온 자는 조금도 물러서지 않았다. 즉시 단검을 뽑아 자신의 허벅지를 찔러 피어에서 벗어났다. 한 걸음도 물러나지 않고 네미니스의 눈을 마주 보았다.

영웅의 후손은 영웅이었다. 그는 정말 카렌과 비슷한 수준의 무대포였다.

"드래곤과 인간은 다르오. 내 선조는 드래곤을 죽였소. 그리고 복수를 부탁한 아버지는 그 대가로 스스로의 목숨을 바쳤다고 들었소."

네미니스는 할 말이 없었다. 이거야말로 개미지옥과도 같이 헤어날 수 없는 함정이라고 할 수 있었다.

"혹시 네 아들놈도 후손을 남기면 올 거냐?"

"모르겠소. 그러나 조국을 멸망시키는 데 결정적 역할을 한 왕국은 둘뿐이니 아마 안 올 것이오."

"다행이군."

"하지만 그때에는 또 다른 사연이 있을지도 모르겠소."

네미니스는 말도 못하고 콧김만 뿜어댔다. 이게 어떻게 된 경우인지 도저히 알 수가 없었다.

단 한 가지 확실한 것은 카렌의 피에는 미친 영웅의 정신이 면면히 흐르고 있다는 것이다. 이대로라면 이놈들은 원한이 생길 때마다 찾아올 것이다. 그리고 자신이 보는 앞에서 목숨을 끊으며 복수를 부탁할 것이다.

이미 한 왕국의 왕을 죽였다. 이제 꼼짝없이 또 한 명의 왕을 죽여야 할 것 같았다.

'이대로라면 나는 마룡으로 소문이 난다!'

아니, 사실 그것보다 카렌의 혈통이 남아 있는 동안 언제든지 드래곤의 존재가 인간들의 역사에 영향을 주게 된다. 그것만은 막아야 했다. 네미니스는 그런 결론을 얻었다. 어떻게든 이쯤에서 매듭을 지어야 했다.

일단 결심을 하자 네미니스는 조용히 인과율을 계산하기 시작했다. 친구의 후예를 속일 수는 없다. 정확하게 자신이 받은 것을 돌려주어야 한다.

그래야 카렌의 추억에 대해 떳떳할 수 있다. 망각하지 못하는 드래곤이기에 약속을 어길 수 없다. 그래서 드래곤의 약속은 맹약인 것이다.

마침내 네미니스는 말했다.

"좋다. 네 말대로 목숨으로 복수를 부탁하는 것을 인정하겠다. 하지만 단 세 번만 가능하다. 네 아버지가 첫 번째고, 네가 두 번째다!"

드래곤이 인간의 살인 부탁을 받는 것은 정말로 물질계의 인과관계를 크게 깨는 일이다. 하지만 친구의 후예가 목숨으로 요구를 하면 어쩔 수 없는 일이다.

네미니스의 계산으로는 도미그리아의 목숨이라면 세 명의 인간과 바꿀 만했다. 그 정도라면 드래곤 로드도 인정할 것이다.

"하하하하, 아직 한 번 더 부탁할 수 있다니 다행이구려. 다행히도 내 아들이 새로운 주군을 만났소. 그 자손이 왕국에 바칠 것이 또 하나

늘었구려."

팍!

남자는 그렇게 말하고는 스스로 목숨을 끊었다.

그것이 마지막이었다. 그 이후 오랫동안 카렌의 후예는 찾아오지 않았고, 네미니스는 어느 정도 안도할 수 있었다. 무엇보다 맹약을 지키기 위해 친구의 후예가 목숨을 잃는 것을 그는 원치 않았다.

네미니스는 한숨을 쉬었다. 결코 원하지 않는 결과였지만 약속은 약속이다. 한 번 정하면 스스로도 깰 수가 없었다.

'오래전의 일이군. 거의 잊혀졌다 생각하고 있었는데……'

네미니스는 그렇게 생각을 정리하며 소이파를 보았다.

천 년이나 전에 일어난 일이다. 설마 인간이 아직도 이 약속을 기억하고 있을 줄은 몰랐다. 하지만 약속은 약속이고, 마침내 세 번째 부탁을 들어줄 때가 되었다.

"좋다. 너의 요구는 정당한 것이다."

파악!

네미니스는 그렇게 말하며 자신의 날개를 좌우로 펼쳤다. 먹구름의 그늘보다도 더욱 진한 어둠이 소이파와 디오네를 덮었다.

"아!"

너무나도 거대하고 동시에 완벽할 정도로 아름다운 블루 드래곤의 몸이 똑똑히 눈에 들어왔다. 사람들은 자신도 모르게 탄성을 질렀다.

동시에 네미니스는 그 커다란 날개를 힘차게 펄럭이며 하늘로 날아올랐다. 날개의 힘과 동시에 바람의 정령을 이용하여 몸을 떠올린 것이다.

콰콰콰콰콰!

드래곤 중에서도 가장 빠르다는 블루 드래곤의 비행은 정말로 놀라웠다. 순식간에 하늘 저편으로 날아가 구름 사이로 사라져 버렸다.

그리고 마치 환청처럼 모든 사람의 귓가에 네미니스가 남긴 마지막 말이 들려왔다.

"흑사자는 죽을 것이다."

네미니스는 일부러 소이파의 죽음을 보기 전에 떠났다. 일단 흑사자라는 인간을 죽이고 맹약의 이행을 확인하면 된다. 만약 그가 이행하지 않는다면?

'그건 그것으로 좋겠지.'

드래곤은 맹약을 어길 수 없다. 하지만 인간이란 존재는 약속을 어기곤 한다. 오랜 시간이 흘러오면서 핏줄이 흐려진 탓인지, 이번 카렌의 후예는 예전의 그들과는 달라 보였다.

'그는 죽음을 두려워하는 것으로 보였다.'

네미니스의 판단으로는 이번에 온 자는 결코 스스로 목숨을 끊을 수 없는 성격의 사람이었다.

물론 이곳까지 오기 전에는 죽을 마음이 있었을지도 모른다. 그것이 귀족의 의무니까.

그러나 막상 죽을 순간이 되면 마음이 변한다. 그것이 보통의 인간이 가지는 정신력이다.

미리 목숨을 받아내지 않은 것은 자신의 실책인 만큼 굳이 추궁할 필요는 없다.

네미니스는 사실 소이파가 그러기를 바라고 있었다. 친구인 카렌의 후손이 눈앞에서 죽어가는 것은 더 이상 보고 싶지 않았던 것이다.

"후우."

블루 드래곤의 모습이 사라지자 디오네는 안도의 한숨을 내쉬며 주위를 돌아보았다.

"하아, 하아."

아직도 호흡을 안정시키지 못하는 소이파의 모습에서 조금 전의 일이 다시 한 번 실감이 났다.

디오네가 손짓을 하자 기사들은 준비된 예물을 레어 가까이에 쌓아놓고 물러났다. 어느새 레어 앞에는 디오네와 소이파, 단둘만이 남게 되었다.

"어?"

일행 중 가장 정신력이 약한데다가 드래곤과 직접 이야기를 나눈 여파로 소이파는 제정신이 아니었다. 그가 정신을 차렸을 때 레어 앞 공터에는 가득 쌓인 보물들, 그리고 자신과 디오네 둘만 남아 있을 뿐이었다.

디오네는 그야말로 얼이 빠져 있던 소이파가 정신을 차리고 사방을 둘러보는 것을 확인했다.

"아아!"

"디오네님!"

소이파는 힘없이 비틀거리는 디오네를 황급히 부축했다. 아마 다른 이들의 눈이 없자 억지로 버티던 힘이 다한 듯했다.

"죄송해요. 잠시만 이렇게 있어주세요."

"네? 넷!"

자신의 가슴에 힘없이 기댄 디오네를 안은 소이파는 엉거주춤한 자세로 거의 반사적으로 대답했다. 처음엔 당황해서 잘 몰랐지만 자신이 디오네를 안고 있다는 점이 의식되자 심장이 터질 듯이 뛰는 것을 느낄 수 있었다.

'아아, 이러다가 소리가 들리겠다. 내가 음흉한 생각을 하고 있다고 오해하면 어쩌지?'

소이파는 가슴에 여신처럼 앙모하는 여인을 안고 어쩔 줄 몰라 하고 있었다.

"하아아아~"

디오네는 숨을 가다듬는 듯 크게 한 번 심호흡을 하고는 축 처져 있던 고개를 들어 소이파와 눈을 마주쳤다.

별안간 힘없이 소이파의 어깨에 걸쳐 있던 디오네의 팔에 살짝 힘이 들어갔다. 일방적으로 안겨 있던 그녀가 마주 안는 행동을 취한 것이다.

소이파는 눈앞이 하얗게 타 들어가는 것 같았다. 안겨 있는 그녀의 얼굴이 들리는 바람에 둘의 입술이 무척 가까워졌다. 지금 당장이라도 그녀가 입술을 맞대어 올 것만 같았다. 그는 자신도 모르게 눈을 질끈 감았다.

다음 순간 목 뒤쪽에 따끔거리는 느낌이 들었다.

'벌레가 있나?'

숲 깊은 곳이니 만큼 벌레도 꽤 많이 있는 편이라 소이파는 그렇게 생각했다. 무의식적으로 손을 들어 목 뒤를 만지려는데 팔이 움직이지 않는다.

'어어? 내가 왜 이러지?'

자신의 품 안에서 디오네가 빠져나가는 것이 느껴진다. 디오네는 조심스럽게 그를 부축하여 앉은 자세로 만들고 있었다.

"소이파 파들로 백작님, 잘해주셨습니다. 당신의 가문과 드래곤과의 맹약으로 인해 흑사자는 목숨을 잃을 것입니다. 그리고 우리 미노 제국은 결코 당신의 공을 잊지 않을 것입니다."

몸에 힘이 하나도 들어가지 않았지만 디오네의 말은 똑똑히 알아들을 수 있었다. 디오네는 품속에서 귀족들이 호신용으로 사용하는 호화로운 단검 하나를 꺼내 들었으나 눈을 감은 소이파는 그것을 볼 수 없었다.

"자, 이제 맹약을 완성할 시간이군요. 부디 편히 가시길 바랍니다. 부인과 아들은 걱정하지 마세요. 미노 제국에서는 당신의 자손을 최고의 보물로 받들 테니까요."

편히 가라는 말에 소이파의 눈이 번쩍 뜨여졌다. 몸의 다른 부분과 달리 아직 눈은 감고 뜰 수 있었다. 그는 무거운 눈꺼풀을 억지로 들면서 말을 하려 했지만 입이 열리질 않았다.

디오네는 소이파의 눈에서 많은 의문을 읽었지만 더 이상 지체할 마음은 없었다. 그녀는 조심스럽게 소이파를 등 뒤에서 끌어안고 그의 양손을 자신의 손으로 덮어 단검을 잡은 자세를 취하도록 만들었다.

푸욱―

날카로운 검날은 사정없이 소이파의 목을 파고들어 생명을 지탱하는 혈관을 끊어놓았다. 동시에 분수처럼 핏줄기가 솟아나며 한 생명이 사라졌다.

디오네는 뒤로 물러나 자신이 만들어놓은 그림을 감상했다. 누가 보아도 완벽하게 자결한 모습이다.

미노의 비밀 연구실에서 만들어낸 마취 침은 그의 몸 안에서 녹아 없어질 것이다. 드래곤이라 할지라도 직접 보지 않은 이상 알아낼 수는 없으리라.

"휴우."

직접 살인을 하는 것은 내키지 않았지만 이번 일은 극비를 요하는 만큼 다른 방법이 없었다.

그녀는 똑같은 모양의 다른 옷으로 갈아입은 뒤 피가 튄 드레스는 품속의 시약을 이용하여 녹여 없앴다. 살에 직접 튄 혈액도 꼼꼼하게 닦아낸 후에야 약속된 신호를 보냈다.

진실을 아는 이는 적을수록 좋다. 이날 드래곤을 직접 목격한 기사들과 마법사들조차도 소이파 파들로 백작의 자결을 의심치 않았다.

❖ Chap 7 ❖
북으로

북으로

"세상에 태어난 자는 모두 자신의 역할을 가지고 있습니다."

"대충 살면 되지 않을까요?"

"그것도 역할입니다."

"말장난이라고 생각하지 않나요?"

"마법을 어떤 사람은 눈속임이라고 합니다. 근데 그게 어떻게 보면 맞는 소리입니다. 어떻게 받아들이는가가 문제겠지요."

"으윽, 어렵네요. 그런데 유스 경, 그냥 말을 낮추세요. 남들도 없는데……."

"허허허, 남이 있다고 높일 정도면 평소에도 높이는 것이 좋습니다. 무엇보다 휴케바인 경은 공작의 작위를 가지신 제국 최고의 귀족이 아닙니까?"

"아악! 폐하, 제발 제 작위 좀 낮춰주십시오. 딱 자작 정도가 저에게 어울립니다."

휴케바인은 결국 우는 표정으로 레오에게 매달렸다. 그의 뒤에서 크로티아가 필사적으로 웃음을 참으려 노력하고 있었다.

레오는 소파에 앉아 진한 브랜디를 마시다가 휴케바인에게 고개를 돌리며 말했다.

"밀림의 여왕의 남편은 공작의 작위를 받아야 한다. 이혼할 거냐?"

그 목소리는 아주 냉정했다. 휴케바인이 자칫 잘못해서 예라고 말하면 두 번 다시 번복할 기회를 주지 않고 황명을 내릴지도 모르는 분위기였다.

물론 휴케바인은 즉시 정색을 하며 대답했다.

"어떻게 그런 심한 말을! 사양하겠습니다."

"그럼 계속 공작 해라."

"흐윽."

좌절의 포즈로 주저앉는 휴케바인, 그러나 레오는 끝까지 그를 동정하지 않았다. 손에 든 잔에 담긴 브랜디를 단숨에 마신 레오는 엄숙하게 선언하듯 말했다.

"넌 공작이지만, 난 황제다."

레오의 말에 휴케바인은 입을 다물었다. 공작도 이렇게 힘든데 황제는 얼마나 어려울까? 레오의 말투에서 그런 느낌을 강하게 받을 수 있었다.

"그런데 요즘은 전혀 놀러 나가시지를 않네요? 기분 안 좋으신 일이라도 계십니까?"

휴케바인은 화제를 바꿨다. 사실 스틸문에 자리를 잡은 뒤로 성 밖으로 전혀 나가지 않는 레오가 은근히 걱정되는 그였다. 평소의 레오라면 절대로 그럴 수 없다고 생각했다.

유스도 그것을 알기에 이렇게 같이 찾아온 것이다.

"생각할 것이 있다."

"생각이요? 폐하가요?"

퍽!

"커억!"

발이 언제 움직였는지도 몰랐다. 레오는 여전히 의자에 앉아 있는 자세 그대로였다. 그런데 휴케바인의 몸이 허공으로 부웅 떠올라 그대로 구석에 처박혀 버렸다.

"여보!"

크로티아가 놀라서 뛰어가 얼른 휴케바인을 일으켜 세웠다. 그는 허벅지 안쪽을 손으로 잡고 주무르고 있었다. 그곳을 채인 모양이다.

'우씨, 그럼 언제는 생각을 하고 살았다는 말인가? 괜히 한 번 차였네.'

입 밖으로 꺼낼 수는 없지만 휴케바인은 속으로 투덜댔다. 이번만큼은 절대로 승복할 수 없다고 생각했다. 하지만 그는 조용히 서서 레오가 말을 하기를 기다렸다.

한 번 차이면 절대로 더 이상 행동을 하지 않아야 한다. 기다리면 레오가 알아서 명령을 내리거나 따로 말을 할 것이다.

과연 레오는 다시 한 잔의 브랜디를 마시고는 창문 밖으로 보이는 화원의 풍경을 응시하며 말했다.

"나가든 안에 있든 같다. 지금의 나에게는."

"……."

침묵, 정적. 괜히 말을 했다가 맞을 수는 없다는 의지가 휴케바인의 전신에서 풍겼다. 크로티아와 유스도 그것을 여실히 느낄 수 있었다.

"눈으로 보는 것보다 오러의 촉수로 느끼는 것이 더 선명하다. 그리고 사각도 없지."

"그게 사냥을 나가지 않아도 되는 것과 무슨 연관이 있는지 모르겠습니다."

유스가 조용히 물었다. 마법사인 그는 호기심에 있어서는 누구에게도 뒤지지 않았다.

"사냥감을 발견하는 것도, 화살을 쏴서 맞추는 것도 의미가 없어졌다고 해두지."

"으음."

여전히 이해할 수 없었다. 그러나 레오가 이제는 더 이상 대답을 하지 않으리란 것 정도는 알 수 있었다.

"물러가라."

레오는 여전히 화원의 나무를 바라보며 명했다. 사람들은 찾아온 목적을 달성하지 못했지만 어쩔 수 없이 인사를 하고 물러났다. 그들은 바쁜 몸이었다. 지금 정식으로 수도를 이전하는 일이 진행되고 있다. 그러기 위해서는 일단 지금의 성을 보수해야 한다.

그리고 유스는 현자의 탑을 재건하기로 했다. 그쪽의 건물들은 그가 직접 관리해야 한다.

탁.

문이 닫혔다. 방 안에는 레오 혼자만 남았다.

'삼십이만 칠천오백십팔 개.'

레오는 속으로 숫자를 세었다. 나무에 매달린 나뭇잎의 수였다. 나뭇잎은 끊임없이 바람에 흔들리고 있다. 하나하나 수를 세는 것으로는 절대로 전체의 수를 알 수 없다.

그런데 레오는 단번에 정확한 나뭇잎의 수를 알 수 있었다. 마치 하나하나의 나뭇잎에 일일이 숫자를 새겨놓은 것처럼 확연하게 인식되었다.

'인식 능력이 수십 배로 늘었다. 이전의 나는 나뭇잎을 셀 수 없었다.'

정신을 잃었다가 깨어난 후부터의 일이다. 어째서일까?

손을 들어보았다. 그가 원하기만 하면 그 손에서 검이 생겨날 것이다. 눈에는 보이지 않는 투명한 오러로 뭉쳐진 검이다.

그것은 허공을 자유롭게 날 수도 있고, 또 모양도 바꿀 수 있다. 그리고 무엇이든 파괴할 수 있을 정도로 강력한 힘을 지니고 있었다.

문제는 그것으로 끝나지 않는다는 데 있다. 레오는 다시 눈을 들어 나뭇잎을 보았다.

슈슈슈슈슈슈슉—

마음이 움직인 순간 바늘처럼 얇은 오러의 침이 날아갔다. 그리고 그것들은 정확하게 나뭇잎의 줄기를 끊어냈다.

사사사사사사.

백여 개의 나뭇잎이 바람에 스치는 소리를 내며 떨어졌다. 말끔하게 청소한 나무 그늘이 다시 나뭇잎으로 가득 덮였다.

'120개인가. 내가 한 번에 발출할 수 있는 오러의 날은 그 정도란 말이지.'

레오는 자신의 두 손을 보며 생각했다.

보통 눈에 보이는 것은 많아도 동시에 여러 장소를 공격하기는 어렵다.

오러 블레이드를 나누어서 비수처럼 발출하는 것은 이전부터 가능했는데, 단지 그럴 경우 정확하게 노릴 수 있는 수는 얼마 안 되었다.

힘의 소모를 생각하면 그냥 차례차례 하나씩 베는 것이 더 효율적이라고 할 수 있었다.

그런데 지금의 레오는 감각 영역이 이전과는 비교도 할 수 없게 넓어졌다. 동시에 세밀해지기까지 했다.

이제 오러의 비수는 모두 정확하게 상대의 급소를 노릴 수 있게 되었다. 최대 120명의 목숨을 단숨에 빼앗을 수 있는 것이다.

'문제는 힘의 크기와 변화다.'

이전과는 비교도 할 수 없을 정도로 강해진 셈이지만, 만족할 수가 없었다.

이렇게 오러의 비수를 날릴 경우, 하나의 검을 마음대로 조종할 때처럼 마음대로 방향을 바꾸거나 멈출 수는 없다. 그야말로 오러의 비수를 던진 것이나 같다. 처음 노린 표적을 향해 날아갈 뿐이다.

물론 일반 병사들은 이것으로 충분하다. 눈에도 보이지 않고 기척도 거의 없을뿐더러 무엇보다 빠르다.

이제는 1만의 대군이 레오의 앞을 막아도 전혀 문제가 안 된다. 한 번에 백여 명씩 죽어 넘어갈 것이다. 레오는 지금 수의 개념을 초월한 것이다.

그러나 이것은 레오가 그때 느낀 것과는 차이가 있었다.

'그때에는 눈에 보이는 모든 것을 공격할 수 있다고 생각했다. 그것도 정확하게!'

감각은 나뭇잎의 수를 정확히 알려와도 손을 썼을 때 떨굴 수 있는 수는 100여 개에 불과하다. 하지만 정신을 잃기 전에는 단숨에 저 나무를 앙상한 가지만 남게 할 수 있었다.

뿐만 아니라 그때 자신의 일부분이 된 것처럼 느낀 보이지 않는 바늘은 정말 의지대로 움직였다. 중간에 표적을 바꾸는 것도, 힘을 넣고 빼는 것도 자연스럽게 되었다.

손과 발이 수천수만 개로 늘어난 기분이었다.

"너인가?"

레오는 자신의 갑옷을 보았다. 그저 편한 갑옷이라고만 생각했다. 재질을 알 수 없는 검은 갑옷, 가죽이라고 생각되지만 꼭 그렇다고 확신할 수는 없다. 무슨 생물의 가죽인지는 당연히 모른다.

마법의 힘이 깃들어 있다는 것도 알았다. 자신이 입고 있을 때에는 마치 가벼운 여름옷처럼 자연스러웠다. 그러나 철퇴로 쳐도 모양이 찌그러지지 않을 정도로 단단하다.

마법사 유스도 무슨 마법인지 알 수 없다고 했다.

"살아 있는 것인가?"

대답이 없다. 레오는 기대한 자신이 바보스럽다 생각하고는 피식 웃었다.

레오는 다시 정신을 가다듬고 갑옷에 달려 있는 망토에 의식을 모았다.

'움직여라!'

오러를 이용하면 당연히 움직일 수 있다. 특별히 의식하지 않아도 저절로 오러가 움직인다. 그러나 그는 일부러 오러를 몸 안에 가두며 마음속으로만 외쳤다.

만약 갑옷이 살아 있다면, 그리고 자신의 의식과 연결되어 있다면 말을 들을 것이라고 생각했다.

펄럭.

"어, 정말 움직이는 건가?"

레오는 놀라서 자신도 모르게 중얼거렸다. 정말로 갑옷이 자신의 의식과 연결되어 있단 말인가? 마치 살아 있는 것처럼 저절로 움직일 수 있다면 생물과 같지 않은가!

휘이잉―

열려진 창문으로 바람이 세차게 들어왔다.

망토에 집중되었던 의식이 풀리며 그것을 알 수 있었다. 망토는 바람에 날려 흔들린 것이다.

"흠, 네로에게 물어봐야겠군."

허탈해진 레오는 고개를 저으며 그렇게 결론을 내렸다. 역시 생각하는 것은 그에게는 어울리지 않았다.

생각은 필요할 때에만 하면 된다. 이런 일에 대해 잘 아는 네로라는 존재가 있는 한 머리를 굴릴 필요 없이 그냥 물어보면 되는 것이다.

자유로운 의식의 레오는 보통 때는 네로를 애완동물로 생각하지만, 마법사의 지식이 필요할 때에는 조금도 주저하지 않고 두 손으로 네로를 들어올리며 물었다. 네로가 무시를 하면 좌우나 위아래로 이리저리 흔들기도 했다.

네로는 레오의 질문에 고개를 끄덕이거나 좌우로 젓는 것으로 대답했다.

만약 설명이 필요할 때에는 다음날 유스가 찾아와 그 일에 대해 대답했다.

공교롭게도 그럴 때에는 항상 유스의 얼굴이 수척하고 어두웠다. 마치 지난밤 잠도 못 자고 고생을 한 모습이었다.

물론 레오는 별로 신경 쓰지 않았다. 자주 질문하는 것도 아니고 웬만한 경우는 유스 선에서 해결이 되기 때문에 네로를 들어올려 이리저리 흔드는 경우는 많지 않았다.

'이제 얼마 안 있으면 도착하겠군.'

생각이 바뀌자 레오는 머리 속으로 지금 스틸문으로 오고 있는 일행들을 떠올렸다.

수도 천도는 아직 시작 단계에 불과할 뿐이지만, 성급한 황제가 미리 자리를 옮겨 버렸기에 귀족들도 서둘러 이사 준비를 해야 했다.

근위기사는 이미 이곳에 있기 때문에 인부들이 집을 짓는 대로 자리를 잡고 있는 실정이다.

그리고 헬룬에 있던 로엔과 하이번, 그리고 황제의 고양이 네로가 일차 보충병 5만과 함께 이곳으로 떠났다는 전갈을 받았다. 황제의 가족까지 움직이면 실질적으로 수도는 스틸문이 되었다고 할 수 있다.

일단 결론을 내린 레오는 곧 다른 곳에 생각이 미쳤다.

'그러고 보니 외부를 둘러보지 않았군.'

하도 심각한 고민을 하느라 인생의 즐거움을 잊고 있었다. 레오는 그걸 깨달았다.

"좋아."

벌떡.

마음이 움직이면 몸은 저절로 반응한다. 레오의 경지가 바로 그랬다. 특히 놀러 나가는 일이라면 더 더욱 반응이 빨랐다. 레오는 의자에게 일어나 바로 문을 열고 밖으로 나갔다.

어쨌거나 휴케바인과 유스가 걱정한 것이 해결된 셈이다. 그들은 레오가 괜히 방 안에 처박혀 있으면 오히려 불안해한다.

그런데 막 복도를 지나 임시 궁전 밖으로 나가려는 순간, 레오의 귀에 누군가의 목소리가 들렸다. 처음 들어보는 목소리였다.

"밖으로 나와라."

우뚝.

레오는 제자리에 멈춰 섰다. 그리고 정신을 집중해서 마음속에서 들려오는 목소리의 주인을 찾으려 했다.

하늘, 아주 강력한 힘의 덩어리. 거대하다!

레오의 얼굴이 굳어졌다. 그때 다시 말소리가 들려왔다.

"너의 부하들에게는 볼일이 없다. 숨을 수 없다는 것을 안다면 나와라."

"재미있군."

레오는 웃었다. 상대의 말이 무엇을 의미하는지 깨달았다. 그가 어떤 존재인지도 대충 알 수 있었다.

의식하지도 않았는데 전신에서 차가운 기운이 일어나 주변의 공기를 식혔다. 정말 강한 자를 만나니 몸이 저절로 반응하는 모양이었다.

심장이 뛰었다. 레오는 그 심장이 시키는 대로 즉시 몸을 날렸다.

휘익.

"앗, 폐하! 무슨 일로······."

근위기사 중 한 명이 외치는 소리가 레오의 귓가로 스쳐 지나갔다. 아마 갑자기 레오가 뛰어나가자 놀란 모양이었다. 그러나 레오는 무시했다.

그의 움직임은 더욱 빨라져 이제는 검은 그림자와도 같은 잔상만이 남았다.

계속해서 달리다 보니 성터를 완전히 벗어나 지평선 끝에 있는 산속에까지 들어와 버렸다. 이곳이라면 웬만큼 난리가 나도 성에서는 알수 없을 것이다.

"나와라!"

레오는 숲의 한쪽을 보며 외쳤다. 자신이 그렇게 빨리 이동했지만 상대의 움직임은 더욱 빨랐다. 특별히 몸놀림이 빠른 게 아니라 단지 날 수 있는 자의 특권이라고 할 수 있었다.

우지지직.

나무들이 요란한 소리를 내며 쓰러지며 그 사이로 상대가 모습을 드러냈다.

그는 너무나도 거대해서 마치 작은 산봉우리가 갑자기 생겨난 것 같았다. 파란색의 비늘은 태양 빛에 반사되어 기묘하게 빛났다.

레오의 몸보다 커다란 두 개의 눈동자는 세로로 가늘게 열려 있어 보는 상대의 혼을 공포로 물들게 했다.

그리고 무엇보다 머리 위에 달린 거대한 뿔은 쉬지 않고 전격의 기운을 일으키며 주변에 우르릉거리는 작은 뇌음성을 퍼뜨렸다.

블루 드래곤! 그것도 상상을 초월할 정도로 큰 드래곤이었다.

블루 드래곤은 모습을 드러내자마자 기선을 제압하겠다는 듯 크게 포효했다.

"쿠오오오오오오."

그 목소리에 담긴 것은 생물체를 공포로 죽일 수 있는 권능의 힘, 바로 드래곤 피어다.

파스스스스스.

숲의 나뭇잎들이 녹색의 눈처럼 땅 위로 흩날렸다. 피어의 영향이 식물에게도 미치는 것이다.

그러나 정작 레오는 아무런 느낌도 받지 않았다.

호랑이가 울 때도 고양이가 우는 것과 비슷하게 받아들이고, 오우거와 오크도 레오에게는 그냥 같은 마물로 취급된다. 그런데 지금 보니 드래곤의 피어도 그냥 잡음과 같았다.

레오는 그런 현실에 스스로도 약간 놀라며 천천히 전신의 기를 개방했다.

스스스스스스.

신기하게도 땅에 떨어진 나뭇잎들이 다시 허공으로 치솟아올랐다. 나뭇잎에는 어느새 하얀 서리가 끼어 있었다.

물리력을 발휘할 리가 없는 인간의 살기가 실제로 공기를 얼리고 대기를 요동치게 만들었다.

"음!"

네미니스는 포효를 멈추고 레오를 보았다. 이것은 인간이라고 하기에는 너무나도 강한 힘이다. 마치 드래곤의 피어와 같은 힘! 자신이 방금 퍼뜨린 것에 비교해도 거의 차이가 없었다.

두 존재의 기운에 신속의 모든 생명체가 숨을 죽였다.

지금까지 그 어떤 상대에게도 완전히 살기를 개방한 적이 없는 레오였다.

인간을 상대할 때에는 거의 무의식적으로 힘의 일부를 숨겼다. 스스로는 전력이라고 생각했지만 사실은 전력이 아니었던 것이다.

그걸 처음 인식한 것은 밀림에서 거대한 뱀과 싸울 때였고, 이제 다시 평소의 한계를 넘어서는 진짜 전력의 기를 방출했다.

대결을 할 때, 가장 처음 부딪치는 것은 기세다. 기세에서 차이가 나면 싸우기도 전에 이미 절반 이상 진 것과 같다.

두 존재는 그것을 너무나도 잘 알고 있기에 서로에게 지지 않으려고 계속 기를 방출했다.

팽팽한 힘의 대결. 그것은 피와 땀을 흘리며 싸우는 것보다 험하면 험했지, 결코 쉬운 일이 아니었다.

레오는 눈을 약간 가늘게 뜨고 드래곤의 그 커다란 눈을 정면에서 노려보았다. 잠시도 틈을 보일 수 없었다. 단지 몸집이 거대한 것만은 아니다. 그 거대한 몸에 담겨 있는 힘과 그것을 완벽하게 사용할 수 있는 노련함이 피부로 느껴졌다.

레오는 속으로 밀림의 샤먼들을 욕했다.

'뭐가 드래곤 급으로 강한 마수지? 그 뱀은 이놈에 비하면 지렁이 수준이 아닌가.'

사기를 당했다는 생각이 뇌리를 스쳤다.

그러나 레오는 모르고 있었다. 네미니스는 보통 드래곤이 아니라 고룡 급의 드래곤 중에서도 가장 전투력이 뛰어나다고 인정받은 전룡인 것이다.

호쿠쿠 밀림의 봉인 마수 스피리트 나가는 확실히 일반 성룡 수준의 힘을 지니고 있었다.

하지만 레오가 지금까지 본 드래곤은 눈앞의 네미니스가 최초이다. 그렇기에 객관적인 비교를 할 수 없었다.

시간이 흐름에 따라 점점 긴장감이 고조되었다. 신경이 팽팽하게 당겨지고, 서로 대치하는 기운은 바늘로 찌르면 터져 버릴 듯 부풀어 올랐다.

레오의 눈에는 그런 기운의 움직임이 모두 보였다. 상대의 강함 또한 보였다.

레오의 얼굴이 점점 심각하게 변했다. 강함, 그것은 상대적인 것이다. 그러나 때로는 절대적인 것일 수도 있다.

'나보다… 강하다!'

스피리트 나가와 싸울 때에는 서로 비슷하다고 느꼈다. 상대의 힘이 10이라면 그의 힘도 10이었다. 승리를 확신할 수 없는 전투! 그러나 그 전투에서 승리한 후, 레오는 스스로가 지닌 힘을 깨닫고 정리함으로써 더욱 강해졌다.

그런데 이번 상대는 강했다. 레오 자신보다 강했다.

레오는 태어나서 처음으로 자신보다 강한 상대와 마주친 것이다.

우우우우웅.

레오의 손에 들린 검이 울리기 시작했다. 마법검이라서 울리는 것이 아니었다.

검의 주변에 생겨나는 레오의 오러 블레이드가 너무나도 강력했다. 만약 그의 오러 블레이드가 색을 띠고 있었다면, 지금 이 순간 그 색은 더할 나위 없이 진했으리라.

그러나 형체가 전혀 나타나지 않는 무색의 오러 블레이드는 단지 대기를 울리는 것으로 자신의 존재를 주장했다.

검을 쥔 손에 힘이 들어가자 흥분했던 심장이 오히려 안정되었다. 순간적으로 당황한 것은 사실이지만 그것은 곧 기쁨이 되었다.

가슴속에서 무엇인가가 뜨겁게 타올랐다. 그것은 바로 투지였다.

전사의 혼, 그것은 이길 것이 뻔한 싸움에서는 불타오르지 않는다.

반대로 전사가 아닌 자는 질 게 확실한 전투에서는 전의를 잃는다.

레오는 지금 자신이 전사라는 것을 확신할 수 있었다. 승산은 이미 머리 속에서 사라져 버렸다.

그는 스스로의 강함을 믿었다. 그 힘을 최대한도로 끌어내는 것이 중요하다. 단 한 점의 불순물도 없는 순수한 힘! 그것을 끌어낼 수만 있다면 이길 수 있다!

크르르르르.

마음이 변하면 기세도 변한다. 네미니스는 그런 레오의 변화를 느끼는지 더욱 긴장한 채 조금도 움직이지 않았다.

이런 때 비늘 하나라도 잘못 움직이면 뼈 아픈 경우가 생길 수 있기 때문이다.

'인간인가?'

믿기 어려웠다. 그래서 눈에 살짝 힘을 주었다. 마나의 힘이었다.

'젠장, 정말 순수한 인간이 확실한데…….'

드래곤의 정신력은 정말로 강하다. 네미니스는 레오에게 집중한 상태에서 머리 한구석으로 열심히 고민했다. 그럼에도 불구하고 조금도 빈틈이 생기지 않았다.

'마족이나 드래곤의 심장을 뽑아다 이식해도 저 정도로 될 수는 없지. 그럼 뭐지? 어떤 방법으로 저렇게 강해질 수 있지?'

아무리 생각해도 알 수가 없었다. 드래곤의 지식으로도 이유를 알 수 없는 강함이라니?

네미니스는 두 눈에 더욱 힘을 주어 레오의 손톱과 머리카락 하나하나까지 살폈다. 그러나 아무리 살펴봐도 100% 순수 인간임이 틀림없었다.

'정말로 인간이란 말이지? 아무리 말세라고 해도 인간이! 이놈이 무슨 투마왕도 아니고…….'

한숨이 저절로 나왔다. 그는 과거 투신을 직접 본 적이 있었다.

사실, 그 투신이 천족이 아닌 마족의 신인 투마왕이라는 것은 드래곤들도 잘 모르는 고룡들만의 비밀이다. 인간들은 투마왕을 천신의 대리인이라고 믿어 의심치 않고 있었다.

그래서 지금도 천신의 신전에는 천신상 바로 옆에 투신상이 있다.

아무튼 그는 강했다. 마왕이니 강한 것은 당연하다. 그런데 마왕도 아닌 정말 순수한 인간이 이렇게 강할 수는 없다. 네미니스는 풀 수 없는 미궁에 빠진 기분이었다.

그런데 그때, 네미니스의 눈이 빛났다. 투마왕을 생각하니 머리 한구석에 번뜩 하고 섬광처럼 빛나는 것이 있었다.

'혹시?'

그의 눈이 더욱 날카롭게 빛났다. 실마리를 찾았으니 확인을 해야 했다.

레오는 자신의 감각을 극도로 민감하게 끌어올렸다. 상대를 하나의 적이라 생각하지 않고 수천수만의 적이라 생각하기로 했다. 그의 의식이 수천 개로 갈라져 드래곤의 비늘과 근육 등을 모두 감시하듯 살폈다.

눈으로는 보이지 않는 뒷부분이나 팔 안쪽 등도 레오의 의식 감각으로부터 벗어날 수는 없었다.

눈으로 보는 것도 아니고, 귀로 듣는 것도 아니다. 후각도 촉감도 아니었다.

그것은 의식의 감각이었다. 정신으로 직접 전달되는 정보는 레오가 필요로 하는 모든 것을 빠짐없이 제공했다.

후우우우우.

레오의 호흡이 점점 가늘고 느리게 변해 어느덧 멈춰 버렸다. 하지만 레오는 전혀 그것을 의식하지 못했다. 조금도 불편함이 없었다.

조금이라도 움직이면, 그래서 그곳에 빈틈이 생기면 바로 전력을 다한 공격을 가할 것이다.

'빈틈이 생기는 순간 갈라진 의식을 하나로 모아야 한다. 동시에 힘도……'

승부는 그 힘을 얼마나 빠르게 하나로 모을 수 있는가에 달렸다. 드래곤이 반응하기 전에 치명타를 가한다! 레오는 그렇게 각오를 다졌다.

그런데 그 순간, 드래곤의 날개가 움직였다.

펄럭.

"저곳!"

레오는 몸체와 날개가 이어지는 곳에 생긴 빈틈을 발견할 수 있었다. 일단 공격을 가하면 단숨에 한쪽 날개를 자를 수 있다. 의식이 급속도로 그곳에 집중되며 빈틈이 점점 크게 보였다.

마치 시간이 멈춘 상태에서 오로지 바늘귀 같던 조그만 구멍이 계속해서 커지는 것 같았다.

그러나 레오는 움직이지 않았다. 날개 하나를 자르는 것이 과연 드래곤에게 치명적인지 아닌지 확신이 서질 않았다.

'이건 아니다. 기회는 다시 온다.'

레오는 다시 의식을 분산시켜 상대의 전신을 동시에 관찰했다. 원래 가장 치명적인 빈틈은 상대가 레오를 공격하려 하는 순간 나타난다. 이번에는 그것이 아니다. 레오는 적이 자신을 유인하려 했다고 판단했다.

그런데 그렇게 움직인 날개가 위아래로 두어 번 펄럭이더니 드래곤의 몸이 하늘로 떠올랐다. 바람의 정령이 그 날개와 몸을 떠받치고 위로 밀어 올리는 것이 느껴졌다.

'공중에서 공격을!'

위험하다. 머리 바로 위에서 공격을 가하는 것에 대해서는 아무래도 익숙하지가 않다.

레오는 즉시 마음을 비우고 본능에 몸을 맡겼다. 이럴 때 믿을 것은 본능적인 전투 감각밖에는 없었다.

승부는 단숨에 난다. 상대가 레오를 공격하는 순간, 레오도 공격한다!

지금 이 순간 레오의 머리 속에는 아버지와 형, 조카인 로엔, 그리고 네로도 사라졌다. 심지어는 눈앞에 있는 드래곤조차 잊었다.

웅웅거리던 검의 울림도 멎었다.

오러의 힘이 공기를 울리게 하는 것은 오러가 움직이기 때문이다. 흐름의 파장이 퍼지는 것이다. 그런데 그게 멎었다는 것은 파장이 발생하지 않는다는 증거였다.

완벽하게 순수한 오러는 주변의 마나와 부딪쳐도 반응하지 않는다. 지금 이 순간 레오의 오러 블레이드가 그렇게 변했다.

"크오오오오!"

드래곤의 포효 소리가 다시 들려왔다.

레오는 무심한 눈으로 상대를 보았다. 드래곤은 하늘 높이 날아올라 산 저편으로 사라지고 있었다.

"뭐지?"

어떤 공격일까? 산봉우리를 통째로 파괴해서 우박처럼 뿌릴 생각인가?

레오는 고민했다. 그의 의식 감각은 여전히 드래곤의 몸을 감아 살피고 있었다. 드래곤은 일직선으로 날아 레오에게서 멀어지는 중이었다.

이미 살기는 사라지고, 주변의 생물들은 살았다는 안도의 한숨을 쉬고 있었다.

결국 레오는 결론을 내렸다. 드래곤은 도망가는 것이다.

"어째서?"

강한 상대다. 자신보다! 무엇보다 상대의 눈에서 느껴진 것은 어떤 강적의 앞에서도 절대 물러서지 않는 긍지와 자존심이었다.

투지의 불꽃이 타오르는 눈이었다. 레오가 순간적으로 전사의 혼을 자각할 수 있었던 데에는 그런 상대의 투지가 큰 몫을 했다고 할 수 있다.

그런데 도망을 갔다. 어째서?

짜증이 났다. 극한까지 벼려진 검을 휘두를 상대가 사라져 버리다니?

으드득.

레오는 이를 갈았다. 다음 순간 그의 몸이 길게 잔상을 남기며 앞쪽으로 쏘아져 나갔다.

파앗!

오러의 힘을 이용하여 주변의 공간을 자극했다. 공간이 레오의 오러에 비명을 질렀다. 그러면서 발생된 마나의 파동이 레오의 몸을 띄워 앞으로 밀었다.

날개는 없지만 레오의 몸은 날아가는 것과 같았다. 한 걸음에 수십 미터를 움직였다. 그 속도는 드래곤이 날아가는 것과 거의 차이가 없었다.

의식 감각의 끈이 드래곤의 위치를 잡고 있는 한 드래곤은 레오를 따돌릴 수 없다. 하지만 그 감각도 거리의 한계가 있다. 놓치면 끝장이다. 마법으로 숨으면 다시 찾기가 힘들다.

레오는 달렸다. 잠시도 쉬지 않았다.

산에 들어서면 나뭇가지를 밟고 움직였다. 강을 만나면 그대로 물 위를 뛰어서 건넜다.

드래곤이 천공을 일직선으로 날아서 가는 것처럼 레오가 달리는 경로도 일직선이었다.

그들은 그렇게 대륙의 북쪽을 향해 이동했다.

*　　　　*　　　　*

수십 대의 마차가 길을 따라 움직였다. 그리고 그 앞과 뒤로 끝이 보이지 않는 병사들이 호위하듯 둘러싼 채 열을 지어 이동하고 있었다.

마차들은 대부분 호화로운 것으로, 특히 그중에서도 중앙에 있는 몇 대는 다른 마차에 비해 몇 배나 크고 화려했다.

가이안 제국의 주요 귀족들은 이미 한 달 이상 여행을 했다. 아무리 편한 마차라고 해도 집보다 좋을 수는 없었다. 다들 피로에 지쳐 갔다.

그러나 이제 조금만 더 가면 스틸문에 도착할 수 있다. 그들은 억지로 기운을 차리고 서서히 준비를 하기 시작했다.

새로운 터전에서 자리를 잡아야 하기 때문에 아무래도 해야 할 일이 적지 않았다.

"레이디 티모라, 스틸문은 아직 궁전이 완성되지 않은 모양이에요. 조금 불편하시더라도 이해해 주세요."

"어머, 로엔 공자님, 배려해 주셔서 감사합니다. 하지만 저는 원래 숲의 오두막에서 살았으니 건설 중인 궁전이라고 해도 과분한 곳이랍니다."

티모라는 웃으면서 대답했다. 아직 어리다고 할 수 있는 로엔이 어른스럽게 말하자 더욱 귀여워 보였다.

적어도 로엔은 스틸문이 이미 자신의 새로운 집이라는 것을 받아들인 모양이었다. 마치 주인이 손님에게 겸양하듯 말하고 있지 않은가?

'적응력이 빠른 아이란 말이야. 똑똑하고. 그런데 왜 유독 레오란 놈에게는 반쯤 정신을 못 차리는 것일까?'

티모라는 이해하기 어렵다는 듯 고개를 갸웃했다. 그러나 한편으로는 똑똑하면서도 어떤 면에서는 어린아이다운 로엔에게 더욱 정이 갔다.

"삼촌께서는 무엇을 하고 계실까요? 지금쯤이면 깨어나셨을 텐데."

"맘 편하게 잘 있는 것만큼은 확실하겠죠."

"하하하, 그건 그래요. 삼촌은 항상 자유로우니까요."

로엔은 그렇게 대답하고는 고개를 돌려 창문 밖을 보았다. 이미 언덕을 넘어 평야 지대에 들어섰다. 멀리 보이는 성벽이 바로 스틸문의 그것임에 틀림없다.

'마음은 벌써 레오를 만나고 있는 모양이지? 푸훗.'

티모라는 로엔의 마음을 눈으로 보듯이 헤아렸다. 정말 그렇게 제멋대로인 놈이 어째서 조카의 동경을 한눈에 받는지 알 수 없었다.

하지만 그런 생각을 하는 그녀 역시 자신도 모르게 창문 밖으로 고개를 돌려 성벽을 보고 있었다.

레오가 성을 떠난 이후 고양이로 있을 필요가 없어진 티모라는 원래의 모습으로 돌아와 주로 로엔과 함께 지냈다.

항상 레오의 이야기를 시작하는 쪽은 로엔이었지만 티모라는 한 번도 싫은 표정을 짓지 않았다.

혼자 있을 때에는 여전히 레오의 갑옷에 대해 연구했다. 티모라의 연금술은 레오의 갑옷을 연구함에 따라 나날이 발전하고 있었다.

비록 실제로 갑옷을 볼 수는 없지만, 이미 재질에 대한 수백 가지의 실험을 끝낸 상태이기 때문에 연구를 진행하는 데 큰 지장은 없었다.

그녀가 근래에 얻은 결론은 단일 재료 중에는 그런 성질의 물질은 존재하지 않는다는 것이었다.

결국 남겨진 것은 혼합 재료이다. 그런데 기존의 혼합 재료에는 레오의 갑옷과 같은 것이 없다. 그렇다면 아직까지 세상에 나오지 않은 혼합물이란 말이 된다.

요즘 티모라가 하고 있는 실험은 드래곤 스케일을 녹여서 히드라의 가죽에 바르는 것이었는데, 그녀의 생각으로는 이게 성공하면 레오의 갑옷이 가지는 성질과 비슷해질 것도 같았다.

문제는 드래곤 스케일을 녹이는 것이 불가능에 가깝다는 데 있었다. 다시 말해서 티모라가 하고 있는 연구는 드래곤 스케일을 녹이는 방법에 대한 것이었다.

그 연구를 하는 동안에는 레오의 갑옷을 매일같이 볼 이유가 없었다. 그래서 레오가 혼자 떠났을 때에도 굳이 잡지 않았다.

어쨌든 간에 결국 그녀의 머리 속은 거의 하루종일 레오에 관한 것으로 가득 차 있다고 할 수 있었다.

빵빠라 밤!

나팔 소리가 들려왔다. 성에서 그들의 도착을 환영하는 나팔 소리인 듯했다.

티모라는 부드러운 미소를 지으며 로엔에게 말했다.

"그럼 저는 이만 실례할게요. 새로운 곳에서도 편안한 생활을 하시기를."

슈욱.

그 말을 끝으로 티모라는 네로가 되었다. 그녀는 언제 하프 엘프의 여성이었냐는 듯 태연하게 로엔의 무릎 위로 뛰어오르며 야옹 하고 울었다.

로엔은 처음 본 것은 아니지만 역시 약간은 놀란 듯했다. 그러나 곧 웃으면서 네로가 자신의 무릎 위에서 편하게 있을 수 있도록 자세를 바로 했다.

그러는 사이에 마차는 성안으로 들어갔다.

"어서 오십시오, 로엔 공자님."

휴케바인과 크로티아가 로엔에게 인사를 했다. 그리고 말은 하지 않았지만 로엔이 안고 있는 고양이에게도 다시 인사를 했다.

"무사하셔서 다행입니다, 휴케바인 경."

로엔은 정말 반가운 얼굴로 그렇게 답했다. 휴케바인과 레오가 말없이 떠난 후 근심으로 잠을 설치던 로엔이었다.

"하하하, 저야 뭐, 점성술사가 100살이 넘게 살겠다고 하지 않았습니까? 걱정해 주셔서 감사합니다."

"푸훗! 네, 휴케바인 경은 오래 사실 거예요."

야옹.

네로도 그 점에 있어서는 동의를 하는지 짧게 울며 고개를 끄덕였다.

"그런데 폐하께서는요?"

로엔은 인사가 끝나자마자 레오를 찾았다. 삼촌이 보고 싶었다.

"아, 그게 말입니다."

휴케바인은 말을 하지 못했다. 그 모습을 본 네로는 단번에 알 수 있었다.

'놀러 나갔군.'

네로는 조용히 고개를 들어 휴케바인에게 한쪽 앞발을 내밀었다. 그리고는 그 앞발을 좌우로 흔들었다.

야옹.

그러자 휴케바인은 반사적으로 차렷 자세를 취하고는 씩씩하게 대답했다.

"넷! 그러니까 얼마 전에, 아니, 이틀 전에 사라지셨습니다."

"네?"

로엔은 놀라서 반문했다. 그러나 네로는 역시 생각대로군, 하는 눈으로 고개를 끄덕였다. 문제는 어디로 갔는가 하는 점이다. 휴케바인이 사라졌다는 표현을 쓴 이상 그도 레오의 행방을 모른다는 뜻이 된다.

네로는 조용히 눈을 감고 사방으로 고개를 저었다. 고양이로 변한 상태에서는 아무래도 하프 엘프일 때보다 후각이 발달한다.

보통 인간이 변신 마법을 사용할 경우 미칠 확률이 압도적으로 많은 이유 중 하나가 바로 감각 기관의 예민함과 둔함이 극적으로 바뀌기 때문이 아닌가?

어느 순간 네로의 눈이 반짝였다.

야옹!

네로는 북쪽을 보고 짧게 울었다. 눈치 빠른 휴케바인은 단번에 그

뜻을 알아차렸다.

"예? 북쪽에 계시다고요?"

야옹!

끄덕끄덕.

네로는 그렇다는 듯 고개를 끄덕였다.

이럴 때는 휴케바인의 영민함이 귀엽다. 저 바보 같은 둔탱이 레오가 휴케바인의 절반만큼이라도 눈치가 있다면, 그녀는 훨씬 편한 고양이 생활을 보낼 수 있었을 것이다.

"가까이에 계시나요?"

이번엔 로엔이 물었다.

야옹.

네로는 다시 짧게 울며 고개를 우아하게 한 번 저었다.

가까이에는 없다. 레오의 신발 밑바닥에 칠해놓은 마법의 향료는 엘프의 피를 이은 자만이 구별할 수 있는 풀 내음의 향신료이다.

풀 내음은 북쪽으로부터 풍겨오고 있었다. 그러나 아주 미약한 게 본인으로부터 직접 풍기는 것은 아니다.

발자국, 레오의 발이 땅을 디딜 때마다 땅에 풀 내음이 배고, 그렇게 묻은 냄새는 거의 일주일을 간다.

네로가 굳이 레오의 신발 밑에 향료를 묻혀놓은 이유가 바로 여기에 있었다.

지금 네로의 후각에 잡히는 것은 바로 그 발자국에 남아 있는 미약한 향기였다.

바람이 남쪽으로 불고 있기 때문에 일정 거리 안에 있다면 틀림없이 진한 풀 내음을 느껴야 한다.

그렇게 판단하건대 그 장본인은 한참 멀어졌을 것이다. 아무래도 하이얀 산맥을 넘어 대륙의 북쪽으로 간 것 같았다.

네로는 그렇게 판단하면서 눈을 감고 천천히 고개를 끄덕였다. 하프엘프의 모습으로 변할까도 생각해 봤지만 자꾸 모습을 변하는 것은 신비감이 없어서 싫었다.

그녀는 자신이 상관할 바가 아니라는 듯 몸을 웅크리고 누워서 졸기 시작했다.

그러나 로엔과 휴케바인에게 있어서 레오가 북쪽으로 갔다는 것은 결코 작은 일이 아니었다. 특히 가까이도 아니고 멀리 갔다는 것은 정말 심각한 문제였다.

"북쪽이라면……."

로엔이 휴케바인을 보며 조심스럽게 말을 꺼냈다.

"혹시 산맥을 넘으셨다면……."

휴케바인도 로엔을 보며 조심스럽게 말을 받았다.

"미노 제국에 가신 건가요!"

두 사람이 거의 동시에 결론을 내린 듯했다. 그들의 안색은 정말로 심각하게 변했다.

"일단 발튼 대장군께 보고해야겠습니다."

"하이번 경이 2, 3일 안으로 오실 거예요. 아니지, 사람을 보내 일단 알리는 게 좋겠어요."

"그게 좋겠습니다."

레오가 미노 제국으로 가서 무슨 짓을 할지는 모르지만 결코 사냥을 간다거나 밤거리를 장악하는 수준은 아닐 것 같았다.

혹시, 정말로 미노 제국의 황제를 잡으러 간 걸까?

설마? 그러나 레오에게 있어서 설마라는 상식의 한계는 없다. 로엔
과 휴케바인은 그것을 너무나도 잘 알고 있었다.

두 사람은 갑자기 서두르기 시작했다.

❖ Chap 8 ❖
절패신성

절대신성

펄럭, 펄럭, 쿠루루루.

하늘을 난다는 것은 정말로 즐거운 것이다. 드래곤 로드 카르티오스는 여유롭게 날개를 펄럭이며 그렇게 생각했다. 콧노래가 절로 나왔다.

보통 드래곤은 5천 년 정도의 수명을 가진다. 그러나 만약 드래곤 로드가 되면 로드에게만 이어져 오는 전승의 기억을 물려받음과 동시에 수명이 늘어나게 된다.

결론적으로 드래곤 로드는 1만 년에 가까운 생을 살 수 있게 된다.

1만 년이라는 세월은 결코 짧은 기간이 아니다. 신격을 지니지 않은 존재 중에서 가장 강한 정신력을 소유한 드래곤이라고 해도 견디기 힘들 정도로 긴 시간이라고 할 수 있다.

카르티오스는 이미 8천 년을 넘게 살았다. 그래서 그런지 요 근래에는 그에게 있어서 흥미를 불러일으키는 일이 거의 없었다.

3백 년 전 골드 드래곤의 아이오브를 차기 로드로 지목한 다음부터는 로드가 해야 할 몇 가지 일들마저 그녀에게 모두 일임해 버렸다.

말하자면 업무 전달이라고 할 수 있는데, 솔직히 만사가 귀찮아져서 신입 로드 후보를 부려먹는 것이었다.

그러나 모처럼 흥미로운 사건이 발생하였기에 나들이 겸 해서 이렇게 레어를 나섰다.

'그러고 보니 내가 하늘을 난 게 몇십 년 만이지?'

카르티오스는 문득 그런 생각을 했다. 그런데 잘 기억이 나지 않았다. 어쩌면 백 년이 지났을지도 모른다.

'아무럼 어때, 어차피 지금 날고 있는 게 중요하지.'

고대 왕국 시절부터 살아온 그에게 있어 이미 과거는 중요하지 않았다.

한참을 그렇게 여유롭게 날다 보니 어느덧 목적지에 다 와버렸다.

카르티오스는 아쉬움을 이기지 못하고 공중에서 크게 원을 그리며 몇 바퀴를 더 돌았다.

어차피 투명 마법으로 모습을 감추고 있기 때문에 아무도 못 알아볼 것이 틀림없다고 생각했다.

그러나 예상과는 달리 얼마 안 있어 누군가가 카르티오스에게 마법의 메시지를 보내왔다.

—로드 아니세요? 레어를 나오셨네요!

—얼라? 너 누구냐?

카르티오스는 약간 당황해서 얼른 되물었다.

단번에 자신을 알아본 자라면 당연히 드래곤일 것이다. 말을 거는

투를 볼 때 더욱 그랬다.

위기다! 카르티오스는 속으로 그렇게 부르짖었다.

위엄에 가득 차 있어야 할 드래곤 로드가 콧노래를 부르며 괜히 허공에서 원을 그리며 나는 모습을 어린 드래곤에게 보이다니! 체면 문제였다.

적당히 위협과 선물을 곁들여서 입을 막아야 했다. 자신이 이미 젊은 드래곤들 사이에 늙어서 노망든 로드라 불리고 있다는 것은 꿈에도 몰랐다.

다시 그의 예상이 틀려 버렸다. 카르티오스의 질문에 웃으면서 다시 메시지가 왔다.

—저 티모라에요, 하프 엘프 티모라. 기억나세요?

—어! 흠흠, 상급 바드의 마지막 후계자이자 녹색 잎의 엘프 일족인 티모라 양이 아닌가? 그대가 여기 있었다니 의외로군.

—호호호호, 너무 격식있게 말씀하지 마시고 편하게 말하세요. 어렸을 때 같이 놀아주신 카르티오스님이 그러시면 제가 섭섭하잖아요.

—험험, 그래도 티모라 양은 마신의 사도이니 격식을 차려야 하지.

—어머, 그거 비밀 아니었어요? 둘만 있을 때에도 말하면 안 된다고 하셨잖아요.

—으음, 그건 그렇군. 그런데 그대는 어째서 여기에 있지? 북부 산맥 기슭에 은거했다고 들었는데?

—사정이 있어서 요즘은 이쪽에서 지내요. 그런데 카르티오스님은요? 레어에서 나오지 않으신 지 100년도 더 지났잖아요?

—그게 말이지, 혹시 흑사자라는 인간을 못 보았나?

—예? 그 사람은 왜요?

─그에게 볼일이 있어서 왔거든.

카르티오스는 슬슬 편한 말투를 사용하기 시작했다. 예의상 격식을 차려줬으니 이제는 대충해도 될 것 같았다.

차라리 잘된 것이 어린 드래곤에게는 이런 모습을 보이면 안 되지만 티모라라면 상관없었다.

그녀가 어렸을 때 같이 놀아준 경험도 있지 않은가? 비록 엘프들이 그의 정체를 알고 있었다고는 해도 일종의 유희와 같은 심정으로 티모라의 육아에 일익을 담당했다.

물론 괜히 심심해서 그런 것만은 아니다. 티모라의 부친 쪽은 대대로 마신 아론의 힘을 받은 사도의 집안이었기에 그녀 역시 마신의 사도였다.

단지 그녀의 부친이 엘프와 결혼하여 하프 엘프인 티모라가 태어남으로써 그 가문의 대가 끊어져 버렸다.

하프 엘프는 아이를 낳을 수 없다. 그렇기 때문에 티모라의 어머니는 남편에게 인간의 아내를 맞이하라고 권했다.

그러나 남자가 그걸 결심한 순간 마신의 저주로 인해 그는 죽을 운명이 되었다. 본인은 몰랐겠지만 마신의 사도는 일평생 한 여자에게만 충실해야 하는 것이다.

최고의 여자를 만나 배우자로 삼을 수 있는 운명의 특권에 대한 반대 급부라고 할 수 있다.

아무튼 티모라는 지금은 정령신의 사도인 두 명의 대샤먼과 더불어 물질계에 존재하는 가장 존귀한 인간이라고 할 수 있었다.

엄밀하게 말하면 반만 인간이지만, 지금은 그걸 따질 때가 아니다.

─카르티오스님!

─으응? 왜?

─레오는 왜 만나러 오셨냐고 물었잖아요!

잠시 생각에 잠겨 있는 동안 티모라는 계속해서 질문했던 모양이다. 카르티오스는 혼자만의 생각을 멈추고 얼른 그녀의 말을 받았다.

─레오라니? 내가 언제 그런 인간을 찾았는데?

─흑사자가 바로 레오예요. 흑사자는 별명, 레오는 이름.

─어, 그랬군. 음, 일단 내려가서 말하자. 계속 날면서 대화하려니 조금 그렇군.

카르티오스는 그렇게 말하며 즉시 날개를 접고 수직으로 활강하기 시작했다.

슈우우우웅, 끼아아아아아!

그의 주변에 있던 바람의 정령들이 놀라 비명을 질렀다. 거대한 몸이 대기를 휘저으며 추락하니 충격파가 장난이 아니게 발생했다.

바람의 정령들은 그걸 외부로 퍼지지 않게 막아야 했다. 쉽지 않은 일이었다.

휘익, 팍!

지면의 바로 앞까지 온 카르티오스는 순식간에 한 명의 인간으로 변했다. 그리고는 언제 그렇게 추락을 했느냐는 듯 사뿐하게 땅에 내려섰다.

그가 내려선 곳은 성의 뒤쪽에 있는 화원이었다. 그리고 그 앞에는 한 명의 아름다운 하프 엘프 여성이 미소를 지으며 서 있었다. 녹색의 머리카락에 붉은 리본을 묶고 그녀의 눈동자처럼 검은 드레스를 입은 티모라였다.

"어서 오세요. 30년 만이네요."

"그렇게 되었나? 이거 원, 시간 감각이 거의 사라져 버렸군. 이제 슬슬 죽을 때가 되었나?"

"그런 말씀을 하시다니요. 아직 몇천 년은 더 사실 수 있잖아요."

아직 8천 년밖에 안 산 드래곤 로드가 벌써 죽을 생각을 하다니? 나보다 더 오래 살 거잖아요! 티모라의 눈은 그렇게 말하고 있었다.

그러나 카르티오스는 진지한 표정을 지으며 천천히 고개를 저었다.

"아니야. 그게 아무래도 멀지 않은 것 같아. 전대의 로드들은 대부분 1만 년을 꽉꽉 채우고 죽었는데, 난 조금 파란만장한 삶을 살아서 수명이 상당히 줄었거든."

"설마요……."

갑자기 심각해진 내용에 티모라는 슬픈 표정을 지었다.

"허허허, 걱정해 주는 거냐? 염려 마라. 사실 더 살려면 살 수 있는데 그냥 이쯤에서 정리하려고 하는 거란다. 아이오브가 저렇게 의욕에 차 있는데 2천 년이나 더 후보 명칭을 달게 할 수는 없지."

"아이오브님도 로드께서 완전히 노망이 들 때까지 사시기를 원할 거예요."

"싫다. 쿵."

카르티오스는 티모라의 입에서 노망이라는 단어가 나오자 바로 삐진 표정을 지었다. 확실히 그는 이미 어린애와 같이 변했다고 티모라는 생각했다.

하지만 카르티오스는 곧 그의 나이와 연륜에 어울리는 현자의 표정으로 변했다. 드래곤이 아닌 존재에게 있어서 삶과 죽음이 얼마나 큰 것인지를 잘 알고 있었기 때문에 티모라의 마음 한구석에 있는 슬픔을 달래야 했다.

"원래 드래곤은 고룡이 되는 순간부터는 삶에 대한 미련이 별로 많지 않게 된단다. 그러니 네 상식과 감정으로 스스로 슬픔을 만들지 말거라."

그 말을 들은 티모라는 약간 처연한 표정을 지었다. 카르티오스의 배려가 맑은 물처럼 그녀의 가슴속으로 흘러들어 오고 있었다.

확실히 드래곤 로드 카르티오스는 티모라에게 있어서 할아버지와도 같은 존재였다.

"그렇겠지요. 저도 엘프의 피를 이은 몸이에요. 생의 한계에 도달했을 때 미련을 가지는 것은 인간뿐이죠."

"그래, 이해해 줘서 고맙구나."

"참, 그런데 왜 오신 거예요?"

티모라는 다시 물었다. 이야기를 하다 보니 샛길로 새어버렸지만, 그녀가 궁금해하던 것은 바로 카르티오스가 왜 갑자기 이곳까지 나왔는가 하는 점이었다.

"응, 사실은 얼마 전에 네미니스라는 애가 이쪽으로 왔는데 말이야."

"아! 그 살룡 교사의… 아니, 전룡 블루 드래곤 네미니스님이 오셨다고요?"

티모라는 말을 하다가 급히 입을 다물고는 다시 말을 바꾸었다.

살룡 교사는 바로 네미니스가 인간인 카렌에게 드래곤을 죽여 달라고 부탁해서 생긴 별명인데, 본인의 귀에 이 말이 들어가면 아무리 티모라라 해도 곤란한 일이 생길 수 있었다.

누가 뭐래도 네미니스는 레드 드래곤이 울고 갈 정도의 성격과 드래곤 로드 이외에는 아무도 감당할 수 없는 힘을 가진 과격파 드래곤이기 때문이다.

카르티오스 역시 드래곤이 아닌 티모라가 네미니스의 별명을 함부로 부르는 것이 좋은 기분은 아니었던 듯 컴컴, 헛기침을 몇 번 했다.

그러나 그건 별로 중요한 것이 아니다. 티모라가 이곳에 있는 것으로 보아 흑사자라는 자와 어떤 식으로든 연관이 있을 것 같았기 때문이다.

카르티오스는 말을 계속했다.

"아무튼 너도 알다시피 네미니스는 인간과 특이한 계약을 한 상태지. 나도 그 부분에 대해서는 인정을 했고……."

"아! 그럼."

어째서 그 생각을 하지 못했을까? 티모라는 안색이 변했다. 카르티오스도 고개를 끄덕이며 티모라의 짐작이 맞다는 것을 시인했다.

"흑사자라는 인간이 이번 맹약의 대상인 것 같더군."

"으음……."

"그런데 문제가 발생했다. 네미니스가 바람의 정령을 이용해 전하기를, 그 흑사자라는 인간의 몸속에 절대신성의 흔적이 있다더군."

"절대신성이요?"

"그렇지. 너와 같은 경우다. 신적 존재의 힘이 그자의 몸에 머물러 있다고 봐야 한다."

"그렇군요. 그래서 그렇게 강한… 아니! 아무리 그래도 그렇게 강할 수는 없어요!"

티모라는 고개를 끄덕이다가 멈추고 카르티오스의 말에 반박했다. 처음에는 모든 것이 납득되어 가는 것 같았다. 그런데 다시 생각해 보니 그래도 계산이 맞지 않는다.

"아무리 절대신성이 작용한다고 해도 드래곤보다 강할 수는 없잖아요. 드래곤은 물질계의 수호자나 다름없으니까요."

"정상적이라면 그렇지. 하지만 세상일이라는 게 꼭 이치대로 일어나지는 않거든. 너만 해도 웬만한 드래곤 수준은 되지 않니?"

"저는 예외잖아요. 그리고 드래곤 수준은 과찬이에요."

티모라는 딱 잘라 말했다.

사실 그녀는 정말로 예외적인 존재였다. 마신의 사도는 특별하다. 티모라도 잘 알 수는 없지만, 물질계의 인과율을 무시하는 일이 벌어졌다고 한다.

그래서 대대로 한 명의 남자 아이가 태어난다든가, 그 남자 아이는 대륙에서 손꼽히는 재녀와 맺어진다든가 하는 운명을 조작하는 일까지 있었다.

인간이 엘프와 결혼을 한다는 것 자체가 있을 수 없는 일인데, 티모라의 아버지는 마신의 사도였기 때문에 엘프 여성의 사랑을 손에 넣을 수 있었다는 것이다.

그리고 그 마신의 사도라는 운명에 엘프의 힘이 더해졌다. 마왕이 직접 만들었다는 흑마법의 마법서도 있었다. 사본이라고는 해도 진본과 같은 내용에, 단지 마법서 자체가 가지고 있는 힘만 없을 뿐이다.

그런 사기적인 것들이 집약된 상황에서 수십 년을 필사적으로 노력해서 이룩한 것이 바로 티모라의 경지였다.

그런데 고작 20대 중반의 인간이 그런 티모라를 뛰어넘는 강함을 지닌다? 그게 절대신성의 힘이다? 있을 수 없었다. 절대로 불가능했다.

그러나 카로티오스는 천천히 고개를 젓고는 입을 열었다.

"상식적으로는 있을 수 없지. 그런데 말이야. 지금 천상계, 정령계, 그리고 이 물질계에서 인간의 몸에 절대신성을 심을 수 있는 존재가 몇이지? 그리고 그들 중에 현재 자신의 사도를 가지고 있지 않은 존재는?"

"네? 에, 그러니까……."

"참고로 용신은 아니다. 용신이었다면 네미니스가 죽이러 갔을 리가 없지."

"설마!"

티모라는 절대 멍청하지 않다. 하지만 지금의 질문에는 대답하지 못했다. 왜냐하면 카르티오스의 말을 듣는 순간, 이것 또한 문제가 있다는 사실을 깨달았기 때문이다.

그녀는 곧 답을 내었다. 그리고 확인하는 눈으로 카르티오스를 보았다.

"그렇지. 정령신의 사도는 대샤먼이고, 마신의 사도는 티모라, 너지. 용신의 사도는 아직 없고, 남은 것은 단 하나! 천신 리하나의 사도뿐이다."

"천신의 사도는 성녀잖아요!"

"300년 전에 이미 성녀는 대륙에서 사라졌다. 바로 3대 제국이 멸망할 때에 말이야."

"그럼 레오가 천신의 새로운 사도란 말이에요? 그 무식한 싸움쟁이가!"

"무식한 싸움쟁이? 가능성이 더욱 높아지는군. 성녀 때는 아버지를 생각했다고 하던데, 이번에는 남편을 생각한 건가?"

카르티오스는 옳다구나 하고 맞장구를 쳤다.

"……."

티모라는 할 말을 잃었다.

천신이 움직이면 세상이 흔들린다. 왜냐하면 천신은 마신의 아내이자 대리인이기 때문이다.

그렇다고 마신의 수하는 아니고, 천신의 일을 하면서 수련에 몰두해 있는 마신의 일까지 처리하는 것이다.

보통 인간들은 모르는 엄청난 진실이다. 드래곤들조차 어린 드래곤은 모르게 쉬쉬 하는 형편이었다.

카르티오스는 계속 말했다. 그는 하늘을 보고 있었다. 과거에 있었던 일들을 회상하는 듯했다.

"리하나께서 하시는 일은 아무도 말릴 수 없다. 그리고 그분께서는 훌륭하게 심심할 때마다 실수를 하시지. 인과율 같은 것은 가볍게 무시한 채 말이야."

"어떻게 그럴 수 있죠?"

"그게 말이야. 물질계가 기본적으로 평화로운 것은 마신이 힘을 쓰지 않기 때문이거든. 대리인이라고 해도 천신이 일부러 혼란을 조장하지는 않으니까 말이야."

"네."

"그런데 그거 자체가 문제가 된다는 거야. 결국 때가 되면 운명적으로 한 번씩 크게 뒤집힌다는 거지."

"그렇군요. 운명적으로 실수를 하시는 거군요."

"응, 원망할 수도 없어. 그저 그러려니 해야지."

"그럼 결국 천신께서 인과율을 완전 무시하는 사도를 탄생시켰다는 말이 되네요?"

"아마 마신을 모델로 하지 않았을까 한다. 그 이론이란 놈이, 아니지, 취소다. 마신께서 인간의 모습일 때의 모습을 상상했겠지."

카르티오스는 그렇게 말하며 한숨을 내쉬었다. 티모라는 그의 심정을 이해한다는 듯 같이 한숨을 쉬었다.

마신을 모델로 한 천신의 사도라니!

너무 심하지 않은가!

그러나 사실 심할 것도 없었다. 왜냐하면 세상을 평화롭게 만드는 사명을 받고 탄생한 마신의 사도가 바로 티모라네 가문이었기 때문이다. 그때에도 천신의 힘이 작용했다고 한다.

그러나 티모라는 그 생각은 하지 않고 그저 흑사자를 탄생시킨 천신을 원망했다.

물론 레오는 천신의 사도가 아니다. 살육의 신이라고 스스로를 칭하는 사자인간의 힘이 그를 강하게 하고 있을 뿐이다.

그러나 사자인간의 존재를 모르는 카르티오스와 티모라에게는 이 정도의 추리가 한계였다.

잠시 말을 멈춘 채 하늘에 떠다니는 구름을 감상하던 카르티오스는 이윽고 고개를 돌려 티모라를 보았다.

"결론을 말해서, 천신의 사도를 드래곤이 죽이면 뒷일이 조금 부담스러워지지 않겠니?"

"아무래도 그렇지요."

"그래서 일단 네미니스는 자신의 레어로 돌아가기로 했다. 나는 흑사자라는 인간에게 이 사실을 알리고, 괜히 드래곤을 먼저 건드리지 말라 타이르러 왔고."

"아, 그렇군요. 그 사람 성격이면 충분히 가능해요."

"역시 그렇구나. 마신을 모델로 했다면 당연히 공포심 따위는 전혀 없고, 성격은 안하무인이고, 지는 것은 죽어도 못 참고, 겉으로는 냉정한 척하면서 알고 보면 성질 급하고… 제일 더럽고 치사한 게 강하다는 거지."

짝!

"딱 맞아요!"

티모라는 손뼉을 치면서 동의했다. 카르티오스가 빙 돌려서 마신을 욕하는 것은 모른 척했다. 그에게도 아픈 과거가 있다고 들었다.

"그럼 틀림없겠구나. 그런데 그 흑사자라는 인간은 어디 있니?"

카르티오스는 자신의 추리가 틀림없는 것 같자 미소를 지으며 물었다.

갑자기 나타난 천신의 대책없는 사도에 상당히 기분이 나빴지만 일단 마신의 욕을 조금 하고 나니 속이 상당히 풀리는 것 같았다.

드래곤 로드인 자신이 만나서 직접 그에게 '넌 천신의 사도니까 너무 심하게 세상을 뒤엎지는 말고, 특히 드래곤들에게는 괜히 시비 걸지 마라' 라고 얘기하면 모든 일이 적당히 잘 흘러갈 것 같았다.

역시 세상은 대화야. 카르티오스는 그렇게 생각했다.

그런데 티모라의 얼굴 표정이 이상했다. 카르티오스는 불안한 예감이 들어 그녀를 재촉했다.

"어디 있는지 모르니? 이 성안에 없어?"

"그게요. 원래는 있어야 정상인데……."

"그런데?"

"제가 도착했을 때에는 이미 없었어요. 북쪽으로 간 것 같더라고요."

"북쪽!"

카르티오스의 안색이 변했다. 8천 년을 살아도 놀람의 감정을 잃지 않은 것은 스스로도 축하할 일이지만 지금은 그런 상황이 아니었다.

"발키리 소환!"

시리리링.

바람의 최상급 정령인 발키리가 카르티오스의 명에 모습을 드러냈다. 화원 한가운데에 바람이 뭉쳐 형체를 만들어내더니 곧 얼음처럼 차가운 눈으로 카르티오스를 보며 말했다.

[시킬 일이 있나요, 드래곤 로드 카르티오스?]

"네미니스에게 내 말을 전해라. 혹시 흑사자란 놈이 쫓아와도 절대 싸우지 말고 피하라고! 혹시 싸우면 이번엔 2천 년 봉인형에 처해 버릴 것이다."

[알았습니다.]

시리리링.

발키리는 즉시 바람으로 변해 하늘로 올라갔다. 그리고는 가장 빠른 돌풍으로 바뀌어 북쪽을 향해 날아가 버렸다.

단거리라면 모르지만 장거리라면 이것이 가장 빠른 메시지 전달 방법이었다.

"으으, 설마 정말로 네미니스와 싸우러 간 건가? 그놈이 정말 그 정도로 정신없는 놈이었단 말이지?"

"충분히 가능해요. 레오가 바로 호쿠쿠 밀림의 결계를 깼는데, 그 안에서 스피리트 나가와 싸우더군요."

"흐음, 스피리트 나가를? 장난이 아니군. 네미니스의 메시지를 듣고 설마 했는데 정말로 그렇게 강하다니……."

카르티오스는 그렇게 중얼거리며 슬쩍 티모라를 보았다. 그 눈에 담긴 뜻은 바로 너보다 강하니? 라는 질문이었다.

티모라는 살짝 인상을 찡그리며 천천히 고개를 끄덕였다. 인정하기는 싫지만 카르티오스의 앞에서 서투른 자존심을 부리는 것보다는 정확한 정보를 전달하는 게 옳았다.

"대단하군."

카르티오스는 다시 감탄했다. 티모라의 자존심을 잘 아는 그였기에 티모라가 저렇게 순순히 인정할 정도면 정말 확실하게 강하다는 것을 알 수 있었다.

그러나 아무리 그래도 네미니스에게는 안 된다. 네미니스는 드래곤 로드가 그 나이였을 때보다 강했다.

스스로 사양하지 않았다면 차기 로드는 그가 되었을 것이다. 레드 드래곤보다 오히려 성질이 안 좋은 블루 드래곤은 정말 희귀한데, 그가 그랬다.

로드를 거절한 이유는 성질날 때 애들을 팰 수 없다는 거였다. 로드란 것은 알고 보면 인내심이 필요한 괴로운 직업이다.

물론 아이오브를 좋아하기 때문에 물러난 것도 조금은 있었다.

"흠, 정말 늦지 않았으면 좋겠군."

"그렇게 서서 걱정하지 마시고, 일단 안으로 드셔서 차라도 드세요."

"차를 마실 기분이 아니다."

"술도 있어요."

"술? 좋은 거니?"

"카르티오스님의 술 창고에 있는 것 정도는 아니어도 꽤 쓸 만해요."

"가자. 네가 쓸 만하다고 하면 정말 쓸 만하지."

카르티오스는 즉시 걸음을 옮겼다. 어차피 바람의 정령이 답을 가지고 올 때까지 그가 할 수 있는 일은 없는 이상 조급해할 이유가 없었다. 지금은 술이 급했다.

시간이 흘렀다. 카르티오스는 티모라가 내온 술에 상당히 만족해했다. 다른 사람들은 아예 근처에 올 수 없게 환혼의 마법진을 설치해 놓고, 하프 엘프와 드래곤 로드는 지난 세월의 이야기를 하며 술을 마셨다. 특히 티모라가 대륙의 마법사들을 쓸어버린 뒤에 은거해서 아이들을 키우는 이야기를 카르티오스는 재미있어 했다.

"그래서, 그 아이들에게 흑마법을 가르쳤다고?"

"예, 따지고 보면 마법이 바로 흑마법 아닌가요?"

"그렇지. 마족의 힘 중 하나니까."

"흑마법이란 게 결국 마법이고, 단지 마족이 사용하는 것을 그대로 사용하기 때문에 마음이 흔들리는 것뿐이죠. 저는 그걸 정리했어요."

"대단하구나. 드래곤도 마기에 물드는데, 넌 그걸 해결하다니!"

"저의 반쪽은 인간이니까요. 사물을 있는 그대로 두지 못하고 어떻게든 저에게 맞추려고 하잖아요."

"하하하, 결국 마기조차 방해가 돼서 없애 버린 셈이구나."

"그래요. 마족에게 혼을 빼앗기지 않고 바르게 익힐 수 있는 흑마법은 꽤 쓸 만해요."

"나중에 나에게도 가르쳐 다오."

"어머, 카르티오스님은 이미 10서클이잖아요."

"마법의 길은 하나가 아니다. 네 9서클이 흑마법의 마기를 제거했다면, 이미 나의 10서클과는 또 다른 경지를 이룬 거다. 결코 밑이라 할 수 없지. 다른 봉우리니까."

카로티오스는 그렇게 말하며 대견스러운 눈으로 티모라를 보았다.

드래곤 이외의 존재 중에 9서클의 마법을 모두 깨우친 자는 거의 없었다. 그런데 그녀는 그걸 이루고 또다시 그 위에 새로운 길을 개척하고 있는 셈이다.

"그런데 너희 가문에서 연구하고 있던 기존의 마법 체계는 어떻게 되었니?"

"빛의 마법이요? 그것도 어느 정도 가능할 거 같아요."

"흐음, 결국 인간도 마법과 신성력을 같이 지닐 수 있게 되는 건가?"

"그것과는 달라요. 신성력을 이용해서 마법을 강화하는 거죠. 신성 마법을 사용할 수는 없어요."

"그렇구나. 그건 정말 드래곤에게도 없었던 마법인데……."

"드래곤에게는 정령 마법이 있잖아요, 호호호."

"너 설마……."

"정령과 마법을 융합해서 쓰는 것은 보통의 인간에게는 불가능하지요. 하지만 저에게는 가능해요. 전 하프 엘프니까요."

티모라는 웃었다. 마치 할아버지에게 자신이 이룩한 것을 자랑하는 손녀와도 같은 표정이었다. 그녀가 이렇게 마음 놓고 대화를 나눌 수 있는 존재는 엘프의 마을에 있는 어머니와 카르티오스 정도에 불과했다. 당연히 말투에 어느 정도 응석이 섞여 있었다.

"정말 대단하구나. 어디까지 마법의 신비를 파헤칠 수 있을지……."

카르티오스는 진정으로 감탄했다. 처음으로 티모라가 10서클의 경지에 도달할 수 있지 않을까 하는 생각까지 들었다.

하지만 그것은 불가능한 얘기이다. 10서클은 기본적으로 주문조차 없고 수식도 존재하지 않는다. 완벽한 깨달음에 의한 마법으로, 드래곤들도 거의 쓸 수 없는 것이다.

티모라 역시 그걸 알기에 함부로 욕심을 부리지 않았다.

욕심을 부리는 순간 마법은 영원히 도망가 버린다. 그렇다고 욕심을 부리지 않으면 마법은 영원히 정지한다.

단지 끊임없이 눈앞의 과제를 수행하다 보면 마법이 스스로 걸어 들어오는 것이다.

티모라는 말했다.

"그래서 말인데요. 인간 중에 정령을 소환할 수 있는 사람들이 있어요. 밀림의 샤먼들이죠. 그녀들에게 마법을 가르칠 거예요."

"하아, 샤먼들은 지금도 충분히 강하단다. 그들만의 정령술도 계속해서 발전하고 있지 않니?"

"호호호, 말려도 소용없어요. 정령 마법을 드래곤들만의 것으로 하게 그냥 놔둘 것 같아요?"

"으윽, 알았다. 네가 익힌 거니 네 마음대로 하거라. 이거 원, 앞으로 인간들의 마법 능력이 더욱 강해지겠군."

"사실은 인간의 마법 수준을 낮춘 것이 저니까 이제 그 책임을 지려 해요. 그 뒤에는 엘프의 마을로 돌아가서 엘프로 살겠어요."

"그래, 그렇게 하는 게 좋겠지."

카르티오스는 변명하듯 말하는 티모라에게 이해한다는 듯 고개를 끄덕여 보였다. 인간이 너무 강해지는 것은 좋아할 일이 아니지만 스스로 발전하는 것을 막을 필요는 없었다.

그때 창문 바깥쪽으로부터 바람이 뭉쳐 형체를 띠기 시작했다. 그리고 모습을 드러낸 발키리가 창문을 열고 들어왔다.

허공중에 반쯤 녹아들어 있는 듯한 발키리는 무표정한 얼굴로 카르티오스에게 말했다.

[말을 전했습니다. 그랬더니 네미니스님께서 답변을 주셨습니다.]

"뭐지? 말해라."

카르티오스는 차갑게 말했다. 정령에게 정을 쏟을 필요는 없다. 필요할 때에 정령력을 써서 부리면 되는 것이다.

발키리는 그런 카르티오스의 태도가 당연하다는 듯 태연하게 말했다. 사실 그녀는 상대의 말투보다 그의 몸에서 흘러나오는 정령력이 더 중요했다.

[네미니스님께서는 이렇게 전하라고 하셨습니다. 이미 늦었소. 그놈이 내 레어까지 따라왔으니 나는 싸울 수밖에 없소.]

"뭐라고!"

[2천 년이고 뭐고, 감히 내 레어에 들어온 인간은 꼭 죽일 거요. 뼈도 남기지 않고 재로 만들어 버릴 것이오.]

"네미니스, 이 꼴통 드래곤이! 뒤처리는 누가 한다고 생각하는 거냐!"

카르티오스는 온 궁전이 흔들릴 정도로 크게 외쳤다. 그러나 대륙 반대편에 있는 네미니스에게까지는 전달되지 않았다.

❖ 외전 ❖

휴케바인의 은퇴

"발을 빼겠다는 거요?"

"그럴 리가요. 저는 참관인 자격으로 참석하도록 하지요. 다만, 지금 군의 지휘 체계에 의하면 그 자격은 단 한 명에게만 있습니다."

하이번의 말에 발튼은 못마땅한 듯 미간을 찌푸렸지만 달리 반박할 수 없었다.

"네? 군법 회의요?"

"그렇습니다."

근위기사는 극히 공경스러운 어조로 말했다. 지금 가이안 제국 기사들에게 휴케바인은 또 다른 우상으로 떠오르고 있었다.

평민 출신의 거인 기사. 대륙의 최강자인 흑사자의 오른팔인 그는 모든 기사들의 선망의 대상이다.

레오가 감히 올려다보기 힘든 하늘이라면 휴케바인은 누구나 올라가고 싶어 하는 산의 정상이었다.

순수한 실력과 노력으로 기사가 되고 귀족이 되었다. 그 뒤에는 밀림의 여왕이라는 대단한 부인을 맞아들여 순식간에 제국의 이인자인 공작이 되었다.

타고난 운과 실력, 그리고 끊임없는 노력의 상징이 바로 휴케바인이란 인물이다.

그의 명성은 얼마 전 미노 제국의 마스터이자 홍염의 광전사로 이름 높은 마키아를 죽인 혈투에서 절정에 달했다.

근위기사는 그런 전쟁 영웅에게 명을 전달하는 임무를 맡은 것만으로도 영광스럽다는 태도를 숨기지 않았다.

한편 그의 뒤를 따라나선 휴케바인은 뭐가 뭔지 알 수 없었지만 왠지 불안한 느낌이 들었다.

'이런 예감이 들 때면 꼭 사단이 나곤 했는데……'

불행히도 그의 예감은 굉장히 확률이 좋았다.

회의실 안에 들어서니 군무총감인 발튼 후작이 상좌에 자리잡고 일정 계급 이상의 무관이 모두 모여 있었다.

"어? 제가 늦은 건가요?"

휴케바인은 심상치 않은 분위기를 느끼면서도 평소처럼 가볍게 인사를 대신하여 말을 건네보았다.

"아니오. 사안이 사안인 만큼 당사자인 휴케바인 장군이 오기 전에 의견을 모아야 했기 때문에 미리 모인 것이오."

"예?"

분명 군법 회의라 했는데 당사자가 자신이라니?

휴케바인은 엄숙한 표정을 짓고 있는 지인들을 둘러보며 일말의 단서라도 찾으려고 노력했지만 전혀 소용이 없었다. 발렌조차 침중한 표정으로 자신을 똑바로 주시할 뿐이다.

"휴케바인 장군은 이번에 군율을 어기고 독단적인 행동을 했소. 그에 대해 그냥 넘어간다면 군기가 헤이해질 것이 분명하기에 이처럼 자리를 마련한 것이오."

발튼 후작의 음성은 삼엄하기 짝이 없었다. 그 말에서 이 자리의 의미를 깨달은 휴케바인의 안색이 허옇게 질렸다.

워낙 여러 가지 일이 있어 잊고 있었지만 스틸문으로 떠나온 것은 어떤 면으로 보나 명령을 역행한 것이라 할 수 있다. 더군다나 다른 상황도 아니고 전쟁 중에 일어난 일인 만큼 변명의 여지가 없는 행위라 할 수 있었다.

"당시 전군을 총괄하고 있던 하이번 경의 말에 의하면, 귀공에게 내려진 어떤 명령도 없었다고 하오. 이를 인정하오?"

스스로 문관으로 자리를 옮긴 하이번이 군부의 회의에 참석한 이유가 바로 이것이다.

"그, 그건 그렇습니다."

휴케바인은 어쩔 줄 몰라 하면서도 순순히 사실을 시인했다. 어차피 군법 회의의 순서상으로 자신이 해명할 시간은 주어질 것이다.

"그것이 귀공의 첫 번째 죄목이오. 에고른 경, 이에 대한 군율 적용은 어찌 되는지 말해보시오."

발튼 후작의 말에 기다렸다는 듯 에고른이 군령에 따른 법규를 읊어댔다.

"일단 자신의 임지를 무단으로 이탈한 경우, 해당 무관은 지휘권을 박탈하거나 지위를 강등시킵니다. 그런데 이번 경우는 전날 회의 결과에 불만을 품고 행동한 것이 분명하므로 항명죄도 함께 적용되어야 합니다."

근무지 이탈과 항명은 그 등급이 다른 위반 사항이다. 무엇보다 상명하복이 우선시 되는 군대에서 지휘권을 가진 자의 말을 의도적으로 어긴다는 것은 최악의 범죄로 간주된다.

에고른은 무관이라면 누구나 잘 알고 있는 이러한 사실에 대해 일장 연설을 늘어놓은 후 다시 군율을 들먹였다.

"보통 항명은 그 형태에 따라 여러 처벌 규정이 있는데, 이 경우는 최고 지휘관의 명령에 정면으로 반발한 행동이 됩니다. 더군다나 이는 전시에 발생된 사안이므로 이를 감안하면 즉결 처분이 가능하며, 사후 처리 시에는 사형에 처합니다."

"헉! 사, 사형?"

창백하던 휴케바인의 안색이 순식간에 푸르게 변했다. 하지만 발튼 후작은 이에 아랑곳하지 않고 계속 회의를 진행해 나갔다.

"그럼 일단 이 부분에 대해 당사자인 휴케바인 장군의 발언을 듣도록 하겠소. 말할 것이 있으면 지금 하시오."

휴케바인은 얼른 좌중의 분위기를 살폈다. 사형이라는 말에 놀라긴 했지만, 실제로 사형으로 확정되었다면 발렌 등이 가만히 있지는 않을 것이라고 생각했다.

'에라, 모르겠다. 기껏해야 일반 기사로 강등, 아니지, 병사로 강등되어도 상관없지 뭐.'

그야말로 될 대로 되라는 심정이 된 휴케바인은 나름대로 억울한 심정을 토로했다.

"물론 제가 당시 군무총감이던 하이번 경의 명을 따르지 못한 것은 사실입니다. 하지만 저는 폐하를 모시고 움직였습니다."

"그게 어쨌다는 거요?"

"그, 그러니까, 폐하의 명을 따랐다고 할 수도……."

"폐하께서 귀공에게 스틸문으로 가자고 명하셨다는 거요?"

"그, 그런 적은 없지만……."

물론 레오는 그런 명을 한 적이 없다. 휴케바인은 눈을 질끈 감고는 기어들어 가는 소리로 말했다.

"그렇게 말한다면 폐하께서도 작전대로 움직이지 않은 거잖아요?"

에라, 모르겠다. 물귀신 작전이다! 휴케바인은 여기까지 말하고 호통이 들릴 것을 예상했지만 아무 반응이 없자 오히려 불안해졌다.

"방금 휴케바인 경의 발언에 대해 하이번 전 국무총감께서는 고견이 있으신지요?"

발튼의 지명을 받은 하이번이 자리에서 일어나 살짝 목례를 하고 말을 시작했다.

"당시 군사 작전에 의해 결정된 일은 모든 군대와 장군들에게 지시가 내려졌습니다. 하지만 폐하는 그 작전에서 특별히 맡으신 일이 없으셨으므로 군율로 해도 어긴 내용이 없습니다."

"그런!"

휴케바인은 무척 억울한 표정을 지었다.

이는 레오의 억지스러운 말과 상통하는 면이 있다. 당시 황제는 군의 전권을 하이번에게 맡겼다. 다만, 황제는 군에 속한다고 볼 수 없으므로 명령의 대상이 될 수 없다.

문제는 이 사실을 레오의 입에서 들었을 때에는 무척 신이 났었는데 이렇게 하이번의 입에서 듣자 너무나도 억울했다. 같은 말인데도!

사실 레오가 직접 나가서 싸우는 경우, 보통 하이번이 직접 부탁하는 형태를 취하게 된다. 당연히 당시 결정된 전략에서 레오에게 정해진 구체적인 임무는 없었다.

한마디로 모든 군의 인력이 카드 패라고 할 때 레오는 조커인 셈이다. 이 일에 대해 시시비비를 따지는 것 자체가 황제를 모독하는 일이 될 수 있지만, 아무도 그것에 대해 말하는 자는 없었다.

'이건 음모야!'

휴케바인은 크게 소리치고 싶었지만 참을 수밖에 없었다. 그의 억울한 심정을 대변하기라도 하듯 발렌이 발언권을 받은 후 입을 열었다.

"물론 죄과가 있긴 하지만, 그 후 스틸문에서 휴케바인 경이 세운 공적을 볼 때 어느 정도 상쇄가 가능하다고 봅니다. 또한 결과적으로 폐하의 위명이 높아지는 데 크게 공헌한 셈이 되지 않았습니까?"

발렌의 말에 상당수의 무관들이 동의의 빛을 띠었다. 휴케바인 또한 감격한 표정으로 발렌 쪽을 보며 눈빛으로 사의를 표했다.

"물론입니다. 저 또한 그 점을 충분히 감안해야 한다고 생각합니다. 하기에 이 부분에 대해서는 제게 주어진 권한으로 삼 개월 정도의 근신령을 내릴 생각이었습니다."

발튼의 말에 다들 수긍하는 분위기였다. 휴케바인은 삼 개월 근신이라는 말에 속으로 좋아하다가 문득 이 부분이라는 단어를 떠올리고 다시 불안해졌다. 아니나 다를까 발튼의 말은 그것으로 끝이 아니었다.

"그럼 첫 번째 죄명은 그렇게 결정하도록 하고, 두 번째로 넘어가겠습니다. 이 부분이 매우 중요한데, 바로 밀림의 여왕이신 크로티아 공작 부인의 동행 건입니다."

휴케바인은 도대체 무슨 소리인지 알 수가 없었다. 그도 머리가 나쁜 편은 아니지만, 아내가 동행했다는 것이 무슨 문제가 된다는 것인가?

하지만 발튼의 요청에 따라 하이번의 설명이 가미되면서 이 문제는 아주 심각한 사안으로 설명되었다.

말인즉슨 황제께서 위험을 무릅쓰고 얻은 밀림의 지지와 협력, 그로 인한 여러 왕국과의 관계가 깨어질 수 있었다는 것이다.

"최악의 경우, 그 모든 세력이 적대 관계가 될 수도 있었음을 주지해야 합니다."

휴케바인은 정말 억울했다. 크로티아는 그의 아내이다. 자신도 죽음의 길이 될 것이 분명하기에 놓고 가려 했었다.

"그건, 아내가 억지로 따라나선 거라구요!"

끝내 참지 못하고 말이 먼저 튀어나와 버렸다. 발튼 후작은 이에 대해 전혀 나무라지 않고 오히려 고개를 끄덕였다.

"제가 듣기로도 부인께서는 스스로의 생명을 담보로 휴케바인 장군을 따라나선 것으로 알고 있습니다. 이에 대해서는 여러 명을 통해 진실로 확인된 바 있습니다."

휴케바인은 목이 아플 정도로 위아래로 열렬히 흔들어대면서 그렇다는 표현을 했다.

"결국 이 부분에 대해서는 휴케바인 장군 혼자만의 문제라고는 할 수 없습니다. 다만, 이 부분에서 우리는 한 가지 중대한 문제에 직면한 것입니다."

발튼은 여기까지 말한 후 잠시 사이를 두고 좌중을 둘러보았다. 이런 회의 때 중요한 부분에서 시선을 집중시키는 것은 이를 주도하는 사람이 기본적으로 갖춰야 할 능력이기도 하다.

"사실 실질적으로 군법 회의를 열었지만 군사상의 직제를 떠나면 우리 중 가장 높은 작위를 가진 분이 휴케바인 공작이십니다. 따라서 앞으로 다시 군율을 어기는 일이 있다고 해도 실제적인 처벌은 힘들다고 봅니다. 더군다나 이번 일로 인해 두 분의 금실이 증명되지 않았습니까? 결국 휴케바인 공작께서 군에 몸담고 위험한 곳에 파견된다면, 밀림의 여왕께서도 동일한 위험에 처하게 됩니다."

웅성웅성.

사람들은 과연이라는 표정을 지으며 고개를 끄덕였다. 확실히 휴케바인이 전장에 나가면 크로티아도 빠지지는 않을 것이다.

"다시 반복해서 강조하지만 그분의 일신의 안전은 최소 10개 왕국의 지지와 동맹을 좌우할 수 있는 힘이고, 밀림의 인정을 받는 기틀입니다."

이 부분에 대해서도 모두가 동의하지 않을 수 없었다. 당사자들이 자각하지 못할 뿐이지, 현재 대륙에서 가장 큰 힘을 가진 몇 명을 꼽는다면 그중 크로티아가 포함된다.

드디어 결론이 내려지는 순간이었다. 휴케바인은 발튼의 유창한 연설에 이렇다 할 반박도 생각 못한 채 굳어져 있었다.

"휴케바인 장군께서는 군의 직위에서 스스로 물러나시는 것으로 하겠습니다."

"예에?"

군의 은퇴란 특별한 부상으로 인해 전투가 어렵게 된 자를 제외하고는 십중팔구 불명예제대의 형태가 된다. 휴케바인은 뭐라 항의를 하려 했지만 발튼은 그의 발언을 막은 채 말을 이었다.

"휴케바인 공작께서 계속 무관직에 임하신다면, 이번과 같은 위험은 언제든지 상존할 것이 분명하기에 이는 제국을 위해 내린 결정입니다. 단, 이러한 조치에 대해 처벌이라는 이미지가 너무 강하면 군의 사기에나 공작으로서의 경의 명예에도 크게 손상이 갈 염려가 있다는 점이 문제가 됩니다. 하이번 경."

발튼은 자신의 말은 끝났다는 듯 발언권을 하이번에게 넘겼다. 자리에서 일어난 하이번은 한 장의 종이를 들어 보이며 말했다.

"이번 일에 대해 발튼 경과 상의한 결과로, 폐하께서도 허락을 내리셨습니다. 휴케바인 공작께서는 그 작위에 합당하게 제국의 재상직으로 임명되실 것입니다. 따라서 휴케바인 경의 무관으로서의 직위는 자동으로 없어집니다."

"뭐, 뭐라구요?"

휴케바인은 기가 막혀서 더 이상 말을 잇지 못하고 입만 뻐끔거렸다.

마치 그것을 노리기라도 한 듯 발튼과 하이번은 차례로 휴케바인의 무관 사직서와 임명 수령장에 각각 사인을 받아냈다.

휴케바인은 자신이 무슨 서류에 사인을 하는지도 묻지 못했다. 주변의 시선이 너무나도 날카로워서 한마디라도 더 하면 폭포처럼 훈계성 발언이 쏟아질 것 같았다.

그 뒤에 사람들은 서둘러 회의를 끝마쳤다. 꾸몄던 일은 성공적으로 끝났다. 하이번은 미소를 짓고 있었다.

다음날, 가이안 제국의 모든 문무대신이 모인 자리에서 두 명의 재상이 정식으로 임명되었다.

그중 한 명은 하이번이고, 다른 한 명은 휴케바인 공작이다.

속사정을 모르는 이들은 모두 휴케바인이 재상이 된 것인 그가 스틸 문에서 세운 전공에 대한 포상이라고 생각했다.

'인재는 모자라고 믿을 만한 이는 한정되어 있으니 어쩔 수 없지요, 후훗.'

이 모든 일을 뒤에서 조정한 하이번은 울상을 지으면서도 나날이 뛰어난 업무 처리 능력을 보이는 휴케바인을 보며 속으로 회심의 미소를 지었다.

서류만 봐도 경기를 일으키는 골수 무관 휴케바인은 평생 벗어날 수 없는 서류 더미에 깔린 셈이다.

*   *   *

"벌써 지치다니, 그러고도 너희들이 대가이안 제국의 근위기사 후보라고 할 수 있나?"

투구를 눌러쓴 거대한 덩치의 기사가 호통을 쳤다. 벌써 한 시간 가까이 전신 갑옷을 걸친 채 연병장을 달린 기사들은 비틀거리던 발걸음에 최후의 힘을 몰아넣었다.

불평도 할 수 없는 것이, 저 훈련관은 자신들보다 몇 배는 더 무거운 방패까지 들고 함께 달리고 있는 것이다.

근위기사 후보들 사이에 '철의 거인'이라는 별칭으로 불리는 교관은 공포의 대상이었다. 그나마 그가 훈련을 담당하는 시간이 길어야 몇 시간 되지 않기에 버틸 수 있는 것이다.

사실, 실력 하나는 엄청난 이 사람 덕분에 자신들의 검술과 체력이 나날이 좋아지고 있음은 부인할 수 없는 사실이었다.

"이제 그만!'

호령이 떨어지자 당장 주저앉고 싶은 것을 억지로 참고 대열을 맞추어 선다.

"휴식!'

그렇게 명령을 내려도 자세를 흐트러뜨리는 후보생은 없다. 철의 거인이 자리를 떠난 후에야 근위기사 후보생들은 종자들의 도움을 받아 무거운 갑옷을 내려놓았다.

첫날, 휴식이라는 말에 함부로 주저앉았다가 갑옷을 머리 위에 이고 다시 달려야 했다.

기합의 이유는 제 몸과 같이 아껴야 할 갑옷을 함부로 했기 때문이란다. 그것을 증명이나 하듯 철의 거인의 갑옷과 투구는 늘 잘 손질되어 광택이 날 정도였다.

"다녀오셨어요?"

"응."

얼굴을 가렸던 투구를 벗어 든 휴케바인은 다가서는 크로티아를 가뿐하게 안아 올려 입을 맞추고 조심스레 내려놓았다.

크로티아는 익숙한 동작으로 남편이 갑옷을 벗는 것을 도왔다. 그리고 제국에서 황제 다음으로 존귀한 지위의 두 부부는 나란히 바닥에 주저앉아 갑옷을 닦기 시작했다.

"오늘은 몇 시간?"

"으응, 오늘은 세 시간!'

"호오, 어제보다 좋군요."

"물론이지!'

졸지에 재상이 된 휴케바인에게 내려진 단 하나의 낙이라면, 바로 이것이었다.

근위기사 후보생들은 자신들의 훈련관이 그 유명한 거인 기사이자 마스터를 꺾은 휴케바인임을 영원히 모를지도 모른다.

더군다나 그들과 함께하는 시간을 위해 휴케바인이 얼마나 열심히 업무를 처리하는지는 절대 모를 것이다.

휴케바인이 애걸복걸하며 매달린 끝에 얻어낸 당근은 하이번이 발튼과 의논하여 미리 준비했던 것이다.

재상으로서의 하루 업무량을 모두 마친 후 휴케바인은 철의 거인이 될 수 있다. 물론 하이번은 업무에 있어서 한 치의 오차도 용납하지 않았다.

처음 몇 달간은 하루 한 시간도 내기 힘들었던 휴케바인이지만, 지금 그의 업무 처리 능력은 하이번이 혀를 내두를 정도였다.

그는 머리가 좋았고, 그 머리로 최선을 다해 일을 처리했다. 오직 신입 기사들을 조금이라도 더 훈련시키겠다는 일념하에.

『흑사자』 8권에 계속…

흉 터

중세풍 판타지

by 로체스티[rochesty.com]